U0795579

XINGLÜYOUDAO

# 行旅有道

陶继新　著

语文出版社
·北京·

图书在版编目（CIP）数据

行旅有道 / 陶继新著. -- 北京 : 语文出版社,
2015.7
ISBN 978-7-5187-0176-6

Ⅰ. ①行… Ⅱ. ①陶… Ⅲ. ①游记－作品集－中国－
当代 Ⅳ. ①I267.4

中国版本图书馆CIP数据核字(2015)第160441号

---

| | |
|---|---|
| 责任编辑 | 李世江　刘　潇 |
| 装帧设计 | 郑　毅 |
| 出　　版 | 语文出版社 |
| 地　　址 | 北京市东城区朝阳门内南小街51号　100010 |
| 电子信箱 | ywcbsywp@163.com |
| 排　　版 | 真语文图书策划工作室 |
| 印刷装订 | 北京市兆成印刷有限责任公司 |
| 发　　行 | 语文出版社　新华书店经销 |
| 规　　格 | 787mm×1092mm |
| 开　　本 | 1/16 |
| 印　　张 | 26.25 |
| 字　　数 | 299千字 |
| 版　　次 | 2015年10月第1版 |
| 印　　次 | 2015年10月第1次印刷 |
| 印　　数 | 1-3,000 |
| 定　　价 | 55.00元 |

---

010-65253954（咨询）010-65251033（购书）010-65250075（印装质量）

# 序

喜欢旅游，且喜欢游而记之。于是，便有了这本《行旅有道》。每到一地，有见有感，便当日写成文字。没有雕琢，任思绪飘转，随即形成烙印着“陶氏”风格的游记散文。无意将其出版，只是不写不足以安抚那份荡漾在心中的感悟而已。直到前不久，一位朋友对我说：“你出了这么多教育方面的书，可我最喜欢看的还是你的游记散文，为什么不出版呢？”我开始一愣，旋即对他表示由衷的感谢。

开始整理十多年来的游记，有些读来依如眼前，而有些感悟性的文字，似乎还很有味道。也许只有那一时刻那一地点的物象，触动了我的灵魂，才让我留下了这么多情思交融的文字。即使全然写景的游记，也多有我的快乐之情在其间游弋，真的是“一切景语皆情语也”。即使今天再次故地重游，也未必能写出先前的物象与意境。看来这本游记，已经成了我生命中一份永远的铭记，甚至有可能给读者送去一份欣喜。

我的网站上有一个“旅途散记”栏目，发表了我的部分游记，今天打开一看，篇篇点击率竟有数千之多。这增加了我出版的自信指数，也相信出版之后会让更多的读者喜欢。

不过，这些游记除了2012年的日韩之行所记之外，更多的是前些年特别是十多年前的作品。那时候我在山东教育社工作，有时出差与工作，是与旅游联系在一起的。喜欢舞文弄墨的我，便在宾馆里、飞机上、火车上、轮船上等可以动笔写作的地方，记下了这一篇又一篇的游记散文。写作的时候，有时也会有喧嚣声，可是，当刚刚游过的物象与感悟进入我的脑海里时，就有了属于我的那份特有的宁静，作品也就快速且轻松地“出生”了。

尽管自然“出生”，可却是经由我的手，特别是我的心才有了这一个又一个的“婴儿”，所以它们身上也就流淌着我的情感，承载着我的思想，也就有了文化的符号，后才有了“行旅有道”这个书名。

正是因为自然，所以，有些地方不可避免地多了一些粗砺。我并没有进行精雕细刻，那样也许文字会美一些，可是，那会破坏整本书的风格。而且，我特别喜欢老子的“道法自然”，“道”有时就在自然中，而不是在执著的修饰里。有粗砺，也是陶继新的，就让读者在我的作品中，感受某些缺憾，且去品味其中之“道”吧。

这些年很少再写游记，不是不喜欢，而是没有了时间。一般人退休之后会有更多休闲的时间，可我恰恰相反，从2008年退休之后，反而愈发忙碌起来，每个月至少出差半个月，采访、讲课、开会等，而且被邀请的越来越多，以至回绝也越发多了起来。回到济南，则是永远写不完的文章，而且永远都是文债高筑。没有闲暇时间去旅游，即使到了一个从未去过的旅游胜地，也很难抽出时间去一览它的美景。尽管设想以后再外出的时候，忙里偷闲地旅游一番，我想，这只是一个设想而已，因为以后的工作非但不会减少，反而会越来越多。

看来，这有可能是我一生唯一的一本游记散文。正是因为如此，我才更珍惜它。因为在我近四十本著作之中，它成了一个“另类”，也成了我的一个“宠儿”。

所以，特别期待它的出版，也特别希望能够得到有缘的读者的喜欢。

最后还需要说明的是，刘金华女士系统地阅读了这本书稿，而且写了一篇评论《黄河之水天上来——读陶继新老师散文有感》，作为附录，放在了本书作品的后边。她不是一位有名的作家，可是，在我的心里，她是一位真正意义上的名家。她的散文比我写得好，她的这篇评论，是一般名家写不出来的。尽管有些地方评价过高，可是，她在这篇文章中自然流动的大气、壮美、厚重，却会让人们顿生敬仰之情的。因此，在这里，一并向她表示感谢！

陶继新

2014年10月6日

# 目录

## 新加坡与马来西亚

## 广西

## 四川



## 山西

陕西



吉林



浙江

## 上海



## 江苏

## 湖南



## 福建



## 山东

## 云南、贵州



## 甘肃、新疆

# 日本、韩国

# 由两个小女孩想到的“均衡”的尴尬

上午9时，中国山东省青少年孔子文化交流代表团一行39人，从济南市水上俱乐部乘坐豪华大巴向青岛港出发。

坐在我后面的是两位小学五六年级的女生。她们谈吐很文雅，问我一些问题，带着天真，却又不显幼稚。听她们两个小声交流，方才知道，她们到全国很多地方旅游过，上海与北京就已去过三四次。其中一位女孩说，她就要上初中了，可是，对口中学校风不好，她爸爸决定让她上育英中学或实验初中、山东附中。我知道，这是济南市非常好的几所初中。想进入其中，难之又难。我问她有没有可能，她毋庸置疑地说：“不会有任何问题啊！”“为什么？”她说：“我爸爸说了，不会有什么问题的。”我不知道她爸爸身居何位，也不想问这个问题。可是，从她的语气中，我已经知道她的爸爸是很有“来头”的。

不过，我还是为这个小女孩庆幸。她太幸福了！

这在我上中学的时候，是连想都不敢想的事！

这两个女孩生活无忧，视野开阔，其前程想是很好的。

不知为什么，我的大脑里突然浮现出我老家那些农村的孩子。这些年，他们的生活有了不少改善，校舍也已今非昔比。可是，比起这两个女孩来，依然是天地之别！一家农户，辛辛苦苦，忙忙碌碌一年，最后真正能够剩下的，最多也就是万元左右。而这次日韩之行，交费就是7000元，况且路上还要花费呢！

在一次又一次地喊着要实施均衡教育的今天，不均衡非但没有得到解决，甚至还有逐渐拉大的趋向。农村的孩子，做梦都不会想到有这样的同龄女孩，正在前往日本的路上，那么自然地谈着她们的行程，谈着她们未来美好的学校。

这种不公平，是因其父母的不同条件造成的。孩子们还小，不一定知道这种差别背后的东西。其实，现在很多农村的孩子，已经与我考大学的时候不一样了。那时，农村学生是考上名牌大学的主力军。现在，他们已经失去了很多考上名牌大学的优势，比起城里孩子来，农村名牌大学生有越来越少的趋向。而这两个小女孩呢？如无意外，考上理想大学当是不成问题，选择的工作也会因其父母的“优势”而比较理想。

这自然与孩子们以后的努力学习有关，可是，父母的“优”“劣”之别也是造成这种分野的重要因素。受教育的不公平，比起一般性的分配不公，更加可怕。而当很多农村人越来越觉醒的时候，就会集聚成一种对社会不满的情绪。目前人们经常在喊构建和谐社会，这个问题又有谁从深层次考虑过？即使思考了，又采取了哪些真正有效的措施呢？

两个小女孩甜甜的笑声，一次又一次打断我的思绪，也一次又一次触动我那根敏感的神经。

16时许，我们到达青岛港，办理好入境手续，登上“理想之国号”轮船。船上有多功能厅、健身房、乒乓球室等着我们去享乐。我与董建华老师被安排到208房间，有办公桌、电视与卫生间等。

晚饭后，又与这两个小女孩相遇在一起，她们花1000日元租了乒乓球拍子，正要去乒乓球室打球呢！再看看其他同行的孩子，个个手有日元，个个出手大方。

据说日本的孩子是比较节俭的，而且也多有一种良好的习惯，但愿这次交流活动，特别是住在日本与韩国人家里之后，能给这些孩子一些启示，并由此影响到他们的家长。诚如是，这次交流活动的意义将是始料不及的。

唉，长叹一声，那些住在农村的孩子，会不会做一个日韩之行的梦呢？

2012年7月9日晚于“理想之国号”轮船208房间

# 大海上的休闲与思考

好多年来，像今天如此闲适还真是“几希矣”。吃饭、休息、看书、闲聊。

董建华老师对我说，开始听孟繁英老师说我要参加这次日本韩国之行，真的有点不敢相信，因为我是不舍得空出这么长的时间来的。

是的，一般人是想不到的。

从山东教育社退休四年多来，一直处于高度紧张工作状态中，采访、写作、讲课。尽管心情极佳，忙是真的忙矣。有的时候，连续几天采访与讲课，而且是好多地方，以至吃午饭都要在车上。即使如此，要求我去讲课与采访者，还是应接不暇。直到9月1日，在我的“采访讲课预约”记录里，未作安排的已经没有几天了。习惯了这种忙碌，心里并没有累的感觉。

现在，在行驶于黄海之上的轮船上，切断了与外界的所有联系，没有了喧嚣，有的只是那份久违的宁静。

这不仅是一种享受，也让我在宁静中有了一番思考。

古人说：“一张一弛，文武之道。”自己也常常用这句名言告诫校长与老师们。其实，我是一个很不会娱乐的人。天天、月月、年年都在工作中。不过，我又是一个比较会关注自己身体健康的人。在一般人看来，我一定累得无法承受，以致身体要垮掉的，其实，我非常健康。因为我几乎每天早晨都要锻炼一个多小时，而且有一半时间是在山上。清新的空气，加之适宜的运动，让我每天都充满了活力。如果在编辑部，中午一般还要继续上山，在那里享受山上空气的洗礼。回到编辑部，再睡上二三十分钟，于是，下午的工作就很有效率。通过QQ与校长对话的时候，大都是思维敏捷，以至文思泉涌。所以，一张一弛，不应当紧张工作一段时间，再放松一下，而应当天天有张，天天有弛。不过，这次在轮船上这么长的时间，而且又是这么悠闲，还是有了另一种味道。这种弛，也是必要的。它让我的心灵整天都处于放松的状态，让我享受那种几乎没有任何打扰的自主与自由，也让我有了静静思考问题的空间。

人不仅要得到必要的东西，也要学会放弃。要求我去采访与讲课者，要求我尽快写出采访后的文章者，出版社要求出书者，越来越多，而且有“愈演愈烈”之势。知道了这个道理，就要从容应付，就要学会说“不”。这会让一些人不高兴，但这是一种无奈的选择。不可能让所有要求者满意，有时候也未必应当去迎合这种满意。所以，我要规划一下以后的日程安排，应当让生命的价值更大化。比如与校长的对话，省内已经写了不少，尽管还有一些比较优秀的校长，但如果“有求必应”，就会降低名校长的标准。尽管这样做会让这些校长非常高兴甚至兴奋，可是，更多的读者就会不太满意。省外名校长可挖的潜力非常大，应当将采写的重点放在这些校长身上。所以，不但要有这个转型意识，更要有这种行动。

凡事不能不作思考就行动，有了这种思考，下一步的工作就会出现新的转机。

这样一想，今天也不是纯然的休闲，休闲有的时候是可以生出智慧的，因为它会让自己的行动更有意义与价值。

2012年7月10日下午于“理想之国号”轮船208房间

# 日本学生的“再见”

2012年7月11日9时30分，“理想之国号”轮船抵达下关港，随后，前往下关小学。先是双方致辞、学生发言，随后，就是双方演出节目。很快，拉近了彼此的距离。

午餐是在学校里与下关小学的孩子们一起吃的。几位负责分餐的学生，头戴白色帽子，穿着洁白的上衣，戴着口罩，为大家一一分饭。

每人一碗米饭，两块油炸的鱼块，少许咸菜，以及从冷藏室里刚刚取出来的一瓶牛奶和两颗桂圆。一碗米饭是不够的，不过，是可以随时添加的。我连续添加了两次，才算吃饱。

令我感叹的是，日本的孩子特别友好，他们一边吃饭，一边用日语问我问题。他们看我一无所知后，就用英语问我姓名，我用很不熟练的英语回答。他们误认为我是会说英语者。于是，继续用英语问我一些问题。于是，我就无法招架了，幸亏同来的几位中学生英语学得相当不错，只好请他们给我做临时的翻译。

每个同学都吃得一干二净，让你真切地看到了什么叫一粒不剩。这对于国内的学生是很难做到的。更重要的是，他们写在脸上的那份自信与友好，让我感动不已。饭后走的时候，第一个用英语问我问题的学生，首先真诚而又自信地向我伸出手，用中文给我说“再见”。此后，一位老师和另外三个同学一一与我握手道别。就连离我们比较远的一个女生，也追过来，和我握手，快乐得像小鸟似的跟我说“再见”。

我们从楼上走下来，他们的学生也跟着走下来，挥着手一个劲地说着再见。外边下起了小雨，我们只好匆匆离开。可是，就在我们走到墙外的时候，从与我们学生一块演节目的大厅的窗户里，露出了一张又一张笑脸，并伴随着一声声再见。我们也挥手与他们说着再见，直到走得远了，这再见声才渐渐消失。

上了车，我的心里一直不能平静。近日，中日关系似乎又有点紧张，甚至有人说，中日终有一战。可是，我在想，中日两国的孩子们，都是那么天真可爱，都是那么真诚友善，他们本可以成为终生的朋友，成为两个国家的栋梁之才。可是，如果矛盾日益增加，若干年后，这些曾一度那么友好的孩子们，说不定就要战斗在同一个战场上，有的还会成为对方的牺牲品。

所以，不管你有多少理由，都要为了孩子们的未来着想，都要让他们过上幸福的日子，都要让他们成为世代友好的朋友。

从这个意义上说，这次的友好交流活动，还有了一定的意义。尽管它不能决定两个国家的未来，可是能为两个国家的关系添一点的友好，也就有了它的意义。

2012年7月11日晚于九重青少年之家

## 德修馆前的即兴演讲

下午3时30分开始，在周南市德修馆孔子像前，我们的学生与三丘小学三年级的学生背诵《论语》。

从日方的讲话中，我们知道，《论语》传入日本已经有1600多年，越来越被他们认可。三丘小学的学生，就是从一年级开始背诵《论语》的。

双方背诵之后，是我的讲话。本来，这次访问团的团长要求我要有书面发言稿的，而且我们的翻译也已译成了日文。可是，当时日方是脱稿而讲，如果我念发言稿的话，就有失中国人的风范，所以，我当即决定即兴而谈，至于翻译到什么程度，我已无暇顾及了。

即兴而谈的另一个原因，就是我习惯于即兴而谈，有现场感，可以随即发挥，这样，更加亲切，有时甚至会有意想不到的灵感，生成属于自己的独特的语言。以至出现妙语连珠、亮点频闪的奇迹，从而让发言成为一道文化风景。这次发言则起到了意想不到的效果。在场的几位略通中文且对《论语》有点研究的老人，对我有了特殊的好感。

晚餐时，我讲话时在场的一位老人，就主动地与我交流，且送我一本日本人写的《论语新译》。

这坚定了我即兴发言的决心。以后每到一处，需要我讲话的时候，我将全部是即兴而讲。我有充分的自信，相信不会丢中国人的脸，还会为中国人争光。

其实，那些只有拿着稿子才能讲话的人，多系领导，抑或少有文化者。他们脱稿而讲，确实会出现一些问题，甚至会闹出一些笑话。这不是脱稿而讲的形式不好，而是他们缺少文化所致。

要想提升即兴发言的水平，至少需要两个方面的努力：一是一定要多读书，甚至背书；二是要有一定的实践经验。二者的结合，才能让脱稿而谈成为一种自然，成为一种美好。

2012年7月12晚于山口县体育交流村三楼指导员室

# 孙嘉呈的“无情”与日本女孩的“狂热”

今天上午，在野田学园考察，双方的学生在他们的室内体育馆里，进行了一场乒乓球友谊赛。说是比赛，并不正规，只是突出友好而已。先是双方四人一组，任选一个乒乓球台进行随意“比赛”。最后，双方各选出两名选手，进行为时三四分钟的比赛。

就是这三四分钟，将比赛推向了高潮，且有了始料不及的“奇迹”。对方的两个选手水平非常高，我方选手之一的孙嘉呈也是艺高人胆大，所以，打得异常精彩。乒乓球常常在很多个回合来往不断的回旋中，让大家感到棋逢对手时乒乓球竟然可以演绎出如此精彩绝妙的美丽。与之相协调的是，人群中时时爆出一阵阵热烈的掌声，以及女孩子们惊呼不已的尖叫声。

比赛很快结束，但大家依然沉浸在异常激烈的比赛氛围中。经对方领导介绍，我们才知道，乒乓球是这所学校的传统项目，其学生曾拿过日本高中学生大赛的冠军，今年在英国伦敦举办的奥运会上，就有从这所学校走出去的一名乒乓球选手。毫不夸张地说，这所学校的学生，在日本校园可谓打遍天下无敌手。可让他们万万没有想到的是，我们中国山东省青少年代表团的一位“文弱书生”孙嘉呈，竟然能与他们难分伯仲，让不可思议的精彩与友谊一并给人们留下很难忘怀的回响，而孙嘉呈，则瞬间成了野田学园女孩心中的一颗“自天而降”的耀眼明星。在双方学生交换礼物的时候，那些活泼俏丽的日本女中学生，几乎无一例外地将期待的目光盯在了孙嘉呈身上。遗憾的是，孙嘉呈面无表情，一脸的酷相，对那些招手叫喊的女孩子“不屑一顾”，竟缓缓地走向对面的男生，交换完礼物之后，一如先前面无表情地折身而回，令这些女生唏嘘不已。

从乒乓球训练场下楼的时候，这群女中学生依然激情不减，追随着孙嘉呈，一个劲地用日语又笑又叫地喊着，而孙嘉呈则好像没有听到一样，旁若无人地径直下楼，留给这群女孩子一个长时间的遗叹。

快要离开学院的时候，那群女孩子则挤在楼梯口，一个劲地喊着，当是呼唤孙嘉呈，要求合影留念吧。

外面下着小雨，孙嘉呈已经穿好了皮鞋，就要走向我们乘坐的汽车了。可那群女孩子还在热切地期待着，叫喊声一点儿也不减弱。我真不忍心扫了这群女孩子的兴，不想让她们太过遗憾，就劝说孙嘉呈，去与她们合影留念。于是，孙嘉呈才面无表情地走向女孩们。旋即，响起一阵狂欢的声音。孙嘉呈就站在她们中间，还是没有一丝儿笑容。那些女孩们，却全都欢乐地笑着、叫着。当几个照相机“咔嚓”“咔嚓”响起之后，孙嘉呈这个偶像，便定格在了这群女孩的芳心里。

孙嘉呈随即匆匆离去，全然不顾这群女孩目送的“秋波”。我想，只要孙嘉呈回一次头，就会再让她们掀起一阵狂欢的。

看着孙嘉呈安坐在车上，没有激动的表情，只是若有所思地望着外面的细雨。外表的无情，会不会与内在的激情构成一种截然相反的心理风景呢？

不管如何，我觉得孙嘉呈为中国山东省青少年代表团争了光。不只在于他的球艺之高，还在于他表现出一个中国男人的尊严与定心。面对如此的诱惑，又有多少男孩能无动于衷、岿然不动呢？

此前，这群日本女孩子对孙嘉呈一点儿也不了解，可是，就在短短几分钟乒乓球比赛之后，孙嘉呈就成了她们的偶像，且呈现出毫无掩饰的羡慕与追捧。看来，日本的学生，多有一种偶像崇拜情结。可是，这种崇拜不是深层次的，是一时心血来潮所形成的。所以，它往往不会太过长久，在一阵喧嚣之后，心灵就会转向。不过，即使如此，作为女孩子，对于自己崇拜的偶像，除了感性与热情之外，还应当有一定的理性，还应当有一定的定心。不然，是很难走向心灵的高层境界的。

2012年7月13日晚于山口县富士之家宾馆301房间

# 日本人的慎独

因同行的学生去了日本人的家庭，今天得以与6位同行的大人去秋吉台、秋芳洞一游。同时，也得以与同行的从中国而来在日本工作了十来年的翻译有了交流的时间。

据他们说，日本人工作的敬业精神是世界罕见的。“迟到没有理由”是上班的准则。不管你有什么理由，迟到都是不能容忍的，所以，每天上班，都要考虑到途中可能出现的问题，预留出一定的时间。十来年间，这个翻译就从来没有听说过有谁迟到的事情。开始的时候，有中国人曾问日本人，有没有谁迟到的时候，他们的回应首先是惊诧不已，然后就是不容置疑地回答："绝对不可能！"

日本人工作起来简直就是拼命。他们说，一个朋友参加雪山上的一个拍摄活动，要背30多公斤的器材，要爬近30公里的山路，其中之苦之累是可想而知的。可是，他却绝对不将这种苦与累的感觉呈现在其他人面前。当有人问他累不累的时候，总是一脸的轻松，笑着回答："不累啊！很好的。"为了减轻重量，为了上山不至于落伍，他竟然只穿一条短裤。他说，他绝对不能停下来，因为只要一停下来，就再也没有力气继续爬了。他要向他的团队展示，我是非常棒的，甚至是不可替代的。因为在日本，在一次活动中，你只要给人们留下一个不行的印象，下一次就不会再让你参与这种活动。可是，整个过程中，任何人也不会说你一句，更不会指责你，甚至还会微笑着与你交谈。只不过，他们不会再用你，你的不可用已经定格在了他们的心里。

说到这里，他们说，曾子太了不起了，他所说的"吾日三省吾身"，在日本尤其具有价值。如果不自我省检，即使有了错误，不会有任何人教育你，让你重复犯下去，最终毁了自己。

《大学》《中庸》都强调"君子必慎其独也"，因为自己做了不好的事情，往往认为没有人知道，正如《大学》所言："小人闲居为不善，无所不至，见君子而后厌然。"可是，正如曾子所说："十目所视，十手所指，其严乎？"所以，如果自以为高明，有意识地去做错事，或者知错而不能改，就会将错误暴露于大庭广众之下，就会犯更多甚至更大的错误，以致毁了自己。

看来，日本是从中国儒家文化中汲取了营养的，又内化成一种民族品质。它给我们一个启示：人们是会自觉特别是不自觉地犯错误的，如果犯了错误，不自行省检，不自行改正，正如日食一样，人皆见之。可是，改正了，人皆仰之。

2012年7月14日晚于山口县富士之家301房间

# 广岛的震撼

上午，在广岛参观原子弹爆炸纪念馆以及和平公园。

尽管此前对原子弹爆炸有所了解，可是，看了展览，还是有了很大的震撼。

原子弹的威力之大、破坏力之强，简直是不可想象。就在那一瞬间，三十多万人灰飞烟灭。而且，其辐射力之远、潜伏期之长，也是超乎人的想象的。

这是发生在1945年的事情，五六十年之后的今天，美国的原子弹之多、威力之强，已是不可同日而语。俄罗斯、中国等国家也有了核武器。如果有哪一个国家动了核武器，另一个国家也按动了核武器的电钮，以至再有其他国家也投入了原子弹，整个地球就会毁掉，所以，在留言簿上，我写下了这样的话："为全球实现无核化而努力！"

特别是如伊朗、朝鲜这样的国家，一旦拥有核武器，它们绝对会铤而走险的。什么社会谴责，什么道义，对它们来说都是不起任何作用的。现在的美国，已经相对理性，如果不是其他国家先行使用核武器，它是绝对不会首先使用的。

在和平纪念碑前，摆放了不少鲜花，那是用来纪念因原子弹逝去的人的。就在我们往回走的时候，一个中年妇女，手捧几束鲜花，然后将鲜花轻轻放下，庄重地祈祷。她不希望类似的悲剧在日本重演，甚至不希望在世界上任何一个地方重演。

尖端科学的发展，给人类带来很多便利，让社会更加文明。可是，如果只是将这些科学研究集中于尖端武器上，可怕的悲剧就有可能再次上演。即使不用核武器，其他先进的武器，也会让很多无辜的人死于非命。

更多的国家说自己拥有核武器，是为了自卫。可是，当都在说为了自卫的时候，是不是有点滑稽与可笑。人类文明发展到今天，难道还会用自己的智慧生产出来的武器将自己的兄弟姐妹一一毁掉吗?

所以，现在很需要一些大国达成共识，削减乃至彻底销毁核武器。这固然是难之又难的事情，可是，却又是必须又必须的事情。世界需要有志之士担当起这个责任，从而让那些背道而驰者越来越少。

2012年7月15日晚于岛根县滨田市弥荣町故乡体验村

# 不知礼，无以立

今天18时多，从日本下关乘坐“HANMAYUU”轮船前往韩国。

屈指一算，在日本已经6天时间了。日本人重礼仪，给我留下了非常深刻的印象。这让我更加感受到孔子的伟大，他所说的“不知礼，无以立”，“不知命，无以为君子也”等，在日本得到了很好的印证。

据日本人讲，1700多年前，《论语》经韩国传入日本，对日本各个方面影响甚巨。现在，有的学校已经开设了《论语》课程，特别是在他们的言行举止中，更是有着谦谦君子之风。

在访问学校的时候，不论是学校领导与老师，还是学生，见到我们都是面带微笑，躬身施礼。在我们离开他们的时候，他们都是非常真诚与热情地向我们挥手告别。

从九重青少年之家离开的时候，所长先生扯起一面“欢迎中国山东青少年代表”的横幅，一边左右摇动着，一边用中国话说着再见！今天早饭后从故乡体验村离开的时候，那里所有的工作人员，全都站在车的东侧，向我们挥手致意。

今天路上休息，我们有的人进了超市，购买了一些商品。在我们离开商店的时候，四位售货员很快地走到门外，笑盈盈地向我们挥手告别。那么真诚、热情，让你着实有了一种“上帝”的感觉。

即使是陌生人，与你不期而遇，他们也会微笑着与你打招呼，甚至躬身致意，有时甚至让我们这些毫无准备的中国人有点措手不及。一次我们正往东行走时，发现一辆客车从北面路上驶来。我们发现自己违规而行时，正想后退数步，让车走过。没想到，车停下来了，司机正微笑着摆手，让我们先行一步呢。我们尴尬而又感动地快行几步穿过马路后，那辆客车才缓缓开动。

今天午饭之前，滨田市市长专门来看望我们。他的欢迎致辞，简短且不失其真诚。孔子说：“文质彬彬，然后君子。”其斯之谓乎？讲课结束后，他向我们一行39人一一赠送礼品。不是由他的随从人员一并送到我们负责人的手上，而是非常谦卑地向每一个人双手呈上礼品，递上名片，然后握手致意。我们的32个中小学生，不习惯于这种馈赠，有的忘了握手，有的忘了说声谢谢。可是，这位70来岁的长者，却一直非常自然地笑着，甚至有点纯净，完全不同于一些官僚，僵硬地伸出手来，蜻蜓点水式地握握手，脸上没有笑意，即使有，那也是装出来的，很不协调。如果给中小学生赠送礼品，那绝对会有一种居高临下的官势在。即使对待成人，如果低于自己的官位，也是行使一种程式化的礼仪而已。可是，他们见到上级领导的时候，却是满脸绽开了笑容，谄媚之态尽显，低三下四的丑态尽露矣。孔子说：“人而不仁，如礼何？”人，特别是为官者，如果没有真诚之心，没有仁爱之意，只是履行一种程序的话，那还有什么意思呢？

中国系礼仪之邦，可是，人不知从什么时候开始，礼仪少了，仁义更少了，甚至连表面的礼仪也没有了。孔子重礼，更重义重仁，这些，恰恰是现代世界文明所需要的。中国人如果不重视礼仪，不让仁礼合一，就很难融入世界文明之中。

2012年7月16日于“HANMAYUU”轮船上

# 由孩子购物想到的……

这些天，看着学生们购物，真是感慨颇多。

他们绝大多数都是有备而来的，即从国内就换好了日元。不像我到今天分文未花，而且来前也没有兑换日元。

我发现，他们所买的东西，主要集中在两个方面：一是自己喜欢的可玩的物上；二是自己喜欢的可吃的食品上。只要看准，就绝不含糊。至于这钱来得容易不容易，该不该花，是很少想到的。

为什么会出现这种情况呢？

一是家庭条件确实好。能够让孩子出国者，多是家庭经济条件相对比较好者。其中也有两三个一般者，孩子在花钱的时候，就不是那么大手大脚。

二是家庭教育有些问题。家长希望自己的孩子生活更好一些，这是无可非议的。可是，什么算好，什么算不好，却很少考虑。不是说让他吃得特别好，穿得特别好就是好，而是恰当为宜。也不是他想要什么就给什么，而是应该给的才能给。更重要的是，要让孩子具备一定的自理能力，特别是少花钱、会花钱的能力。所谓少，则是能不花者则不花；所谓会花，则是应该花者必须花。而且，要让他知道，这些钱不是他自己挣来的，而是父母的。在没有挣钱能力的时候，花些父母的钱，没有什么不好。可是，要知道来之不易，要知道珍惜，要学会少花与会花。特别是出国，不能只是买自己喜欢的东西，还要买父母喜欢的东西。一个从小就不知道关心父母的孩子，长大了不可能关心他人。不知道关心他人者，他人也不会关心你。这是一种天地不变的规则。

孩子是无错的，如果出了问题，主要责任在家长。看看日本的孩子，我们的家长就知道问题出在什么地方了。

一个国家与另一个国家最后的竞争，在孩子身上。如果从小不培养孩子的爱心与能力，长大成人之后，就会落后于其他国家的孩子。

2012年7月17日晚于全罗北道全州市韩星酒店413房间

## 朝鲜帝国演绎五百年历史

下午，在全州市参观韩屋村，十分感慨于朝鲜长达五百年的历史。

其中最令我感慨不已的是这个帝国的年鉴。它与中国古代史书有着相似之处，是真正意义上的实录。可是，它又超越了中国的史书，因为它是不允许皇帝看的。这样，写史者心无顾忌，真实记事。皇帝所做的大事，以至一些平常之事，记者如果认为可记，就可载入史册。这样，皇帝就不会为所欲为，而是要考虑自己的形象。不然，千秋万代，都会为世人所不耻。所以，他要竭其全力为国家为人民做些好事，让自己的英名亘古长青。比如开国皇帝、四世皇帝，至今仍然是朝鲜人的骄傲，至今仍为人们所称道。

可是，当今一些国家的史鉴已经变了味道。国家元首不但要看，还要定调子，甚至亲自过目。于是，歌功颂德的史料也就应运而生。当老百姓看到事实与史料不符乃至完全相悖的时候，不满乃至抵触情绪也就自然而然地形成了。《大学》有言："得众则得国，失众则失国。"一旦老百姓不认可甚至反对的时候，国家的前途命运也就有了问题。

前天在网上看到一则消息，说的是上世纪60年代初期的事情，当时全国很多地方出现了严重的饥荒。可是，各种各样的报纸及史料上，依然是全国形势一片大好，而且越来越好。而毛泽东主席，也就认为如此。李先念就去拜见主席，说明这真相。可是，毛泽东主席却讽刺他说是"杞人忧天"，而且戏称李先念为"杞人"。所以，就有了一批又一批的人被饿死的悲剧。想起那个年代，至今依然是不寒而栗，因为我就是个几乎被饿死的人，从小学到高中，几乎没有吃过一顿饱饭，我村北边的一个村，就饿死了很多人。这种悲剧的延伸，就有了"史无前例"的"文化大革命"，让中国又一次陷入灾难之中，国民经济到了近乎崩溃的边缘。而很多人更是在精神上受到了极其严重的伤害，有些革命干部甚至以自杀结束自己的生命。就连国家主席刘少奇，也成了"叛徒""内奸""工贼"和全国最大的走资本主义道路的当权派，最后死于非命。可是，当时有中央组织的专案调查组，且搜集了大量"事实"，似乎是永世不可能再翻身了。当时作为中学生的我与广大人民群众，对此也是深信不疑的。可是，如果毛泽东听到的是真实的消息，有毛泽东主席看不到的人在写史鉴，恐怕就不会有这么多的悲剧出现了。

这令我想到中国古代的史记者，真的是太伟大了！如果不是允许记录实相，就不会有"无韵之离骚，史家之绝唱"的《史记》的横空出世。

由此想到邓小平，真的是了不起！他三起三落，知道了更多的人间寒冷，知道了更多的世间真相，所以，才有了改革开放的大胸怀与大手笔。这次日韩之行，真被中国的强盛而鼓舞。

现在的人，很少知道那个饿死人的时代的情景了。可是，它给我们的教训却应当是永远的。让群众说真话，让史册记真事，让社会快速发展，才是人间正道啊！

2012年7月18日晚于全罗北道全州市韩星酒店413房间

## 逝者如斯夫

这些年，真正体会到“逝者如斯夫，不舍昼夜”的内涵了。一年到头，总是忙，可是，时间却远远不够用，所以，这次日韩之行，最让我感到遗憾的就是时间的耽搁，去时两天两夜，全在车船之上；回国时又要在车船之上一天一夜。这次出国之前，就与此行的负责人联系，意欲单独乘坐飞机往返，自付费用。这样尽管会多花一些钱，可是，由此节省出三四天的时间，却远比这些钱重要得多，但负责人说确实难以办到，只好作罢。

然而，没有想到的是，今天早餐后从全州赶到首尔后，只在那里用了

40分钟的时间，预定的另一个景点，却说因为时间已经来不及而未能如愿，而这个景点，恰恰是我最希望观览的。因为它是如北京故宫一样重要的旅游胜地，但是，匆匆吃过午饭后，坐上大巴，径奔仁川。到达仁川港口时，只有14时40分，整个大厅里，只有我们一个团队的人员。谁也没有想到，船要到晚上11点之后才能起航。也就是说，我们还要等9个小时后，才能正式起程。这重蹈了9日起程时的覆辙。那天早9时坐大巴从济南起程，下午15时到达青岛港口，晚上22时30分方才起航。

如果说为上次那么浪费时间而惋惜的话，这次就更加遗憾了，甚至有点生气。因为即使不是晚点，看了一下出境大厅里的出航时间表，那是19时才起航啊！那样，也可以在首尔游览啊！千里迢迢而来，真是时不再来啊！

不过，我很快恢复了平静，这些年的心灵修炼已经初见成效。所以，一点儿也不生气了，安然地坐在椅子上，打开李泽厚先生的《论语今读》，认认真真地读起来。外面的喧嚣，一点儿也打扰不了我读书的兴趣，我就当已经回到济南，不写作，不讲课，只读书。结果，反而有了一些很美的感觉。

人的一生，会遇到各种各样的事情，或在意料之中，或在意料之外，或感到非常满意，或觉得极其不好。但是，一定不能为此而高兴过头，或过于生气。特别是对于想不到的令人生气之事，更要坦然接受，以至让心情阳光灿烂。

就说这次日韩之行吧！收获还是很大的。看了几所学校，游览了不少名胜古迹。而且，还重新背诵了《论语》的《学而第一》和《尧曰第二十》。因为此前的孩子，大多是背诵过《论语》的，在两个地方，还集体背诵了这两篇。尽管以前也背诵过《论语》这两篇，可是，有的章节已经背诵不出了。这次在行程中间，再次背诵，真的有了“温故而知新”的感觉。连续几天不断背诵，反而倒背如流了。由于背诵次数多了，且有时学而思之，对《论语》就有了愈来愈多属于自己的东西。即使对李泽厚先生的《论语今读》的某些解说，也有了难以苟同的地方，而且认为自己的理解可能更趋于合理。

初读《论语》时，感到平白简单，可是，读得越多，思考得越深，越是感到博大精深。孔子的思想，流传了两千多年，且从中国走向了世界，得到越来越多的人的认可，当有其独具的生命魅力啊。

其实，今天有此良好心态，也是与这些年诵读《论语》分不开的。这种淡然情怀中，并不是不思进取，而是在一种积极心态下的永远的追求，让我有了良好的发展势头。

看来，这次搁置于仁川出境大厅，失之耶？得之耶？

不再多想，重新捧读《论语今读》，再一次走进孔子的世界。

2012年7月19日下午于韩国仁川出境大厅

# 准备不好，吃亏不小

这次出国，对我来说，一个比较大的失误就是没带转换插头。

很多年没有用手写文章了，电脑对于我来说，太为重要了。所有的文章，都是通过电脑打出来的。这次出访之前，虽然充足了电，可是，由于没带转换插头，结果，前三天电用完之后，后面的时间就因为没有转换插头而只好手写了，所以，今天白天在船上，绝大多数时间用于重新打这些天手写的文章。

习惯于电脑写作的我，一旦有手写的时候，就感到有点力不从心，写得也没有了味道。

这个团队有一个在英国上学的学生，曾向他询问有无转换插头，他说也忘记带了。不过，昨天临上船的时候，同行的董建华老师告诉我，他有这样的插头。于是，向他借来插头，可是，已接近上船时间，只好到了船上方才物有所用。

上次出访北欧的时候，就带了转换插头。不知为什么，这次就忘得一干二净。

2012年7月20日于船的103房间

# 北欧四国及俄罗斯

# “健忘”于维也纳之夜

从维也纳机场到下榻宾馆的路上，虽有路灯，但非灯火辉煌。夜静悄悄的，偶有汽车行驶，也是悄然而过，非常自觉地融入这一静谧的夜色之中。宾馆设施虽不十分豪华，却也给人非常温馨的感觉。躺在软软的床被之上，此前的旅途之苦都已一扫而光。

不知为什么，我突然感到人是健忘的。从北京时间14日14：00离开家中，直到维也纳时间15日21：30（北京时间16日4：30），飞机方才在维也纳机场降落；再至宾馆，吃饭住下，又用去两个多小时。屈指算来，途中竟耗去40个小时之久。其间有从济南坐火车到上海的夜间之行，也有从上海乘飞机到法兰克福，再从法兰克福坐飞机到维也纳的昼夜之旅，以及中途转车转机的坐等之苦，但现在却没了此前的奔波之苦，只有明天维也纳之旅的快乐遐想。

我对健忘没进行过认真的研究，不知它对人类有何贡献抑或有何损害，但有一点却是肯定的，就是在有的时候健忘是必不可少的。如果一味地回忆旅途之苦，就很难有其后的旅游之乐。此前数月之中，我曾因工作繁忙而备感劳顿，其苦其累只有自己深知其味，他人或略知一二，或一无所知，或不予理解。如果对此耿耿于怀，便会生成郁闷积愤之情，久而久之，精神颓矣，身体垮矣。好在健忘帮了我的大忙，只要对得起自己的良心，对得起单位，对得起他人，不管别人有何看法，我多将其放入健忘“宝囊”之中，只让已有的美事或假想的幸福在脑海里自由地翱翔。这有似于阿Q精神，但却作用大显，所以，也就顾不得许多。

于是，健忘便成了我工作并快乐着的一大法宝。

不过，有时并不能健忘，譬若旅游，美好的景色有时一览而逝，但游者却多想让其成为永久的记忆。我便是追索这种记忆者之一。近年来，每次外出旅游，我都要将彼时彼地彼景的某些见闻和感受收拢进记忆的长河之中。这便有了我的当日旅游之记。但以前都是手写笔记，回家之后方才敲进电脑，因之耗去不少时间。这次随山东省新闻访问团出访奥地利、北欧四国和俄罗斯，如果“故技重演”，归国之后定是一个不小的工程。为此，上周日专去三联家电商店购得一台昭阳联想笔记本电脑，今已携带在身，可记之景之事之感，就有了快速直接进入电脑之中的便利。这份“记忆”将成为一种精神产品，为我未来的人生之旅增添异样的情趣。

2003年11月15日夜于维也纳

# 在维也纳掉进艺术的心里

维也纳是奥地利的首都，也是奥地利的一个州。它仅有414平方公里，占全国领土的0.5%；但它却有170万人口，为整个奥地利人口的20%。

提起维也纳，便会令人立即想起它是一个音乐之都，舒伯特、施特劳斯、勋伯格和贝尔格等大音乐家都出生在这里；海顿、莫扎特、贝多芬、布莱姆斯、马勒则选择长居此地。这里的人以这么多世界级的大音乐家与维也纳结缘而自豪，历久不衰地演奏这些大音乐家的乐曲便成了他们共同的嗜好。50家歌剧院和100家博物馆星罗棋布般坐落于这座城市的各个角落，各种高品位的音乐节、舞蹈节，以及高水平的维也纳爱乐乐团、交响乐团以及维也纳童声合唱团，一年四季吸引着全世界的音乐爱好者。专门为这些歌剧院卖票者则头戴特制的黑色帽子，披着类似西方法官样式的黑色披肩，在人们聚集的地方“徘徊复徘徊”。在大街上，当卖艺者小提琴独奏或三重奏时，常有路人高歌歌舞剧咏叹调或歌曲的诗意场景，所以，不论是瞻仰这些音乐骄子的雕像，还是行走在歌剧院门前，总有一种乐声缭绕于耳、诗意回荡于胸的特殊感受。

如果说这些大音乐家的雕塑为这座城市点燃了艺术亮色的话，俯拾即是的各种各样的雕塑则为这座城市增添了浓浓的文化味道。公园里、道路旁，甚至房顶上、墙壁上，都可以看到形态万千、美轮美奂的雕像。每一个雕塑都与这座城市、这个国家、这个时代的历史、政治、经济、文化、艺术、教育等的某些方面有着血脉相通的联系。在施特劳斯、莫扎特、贝多芬等音乐大师的雕塑前，我们同行的15个人都照了相。大家说，维也纳是一个音乐之邦，留此一照富有极强的纪念意义。

维也纳的建筑美与雕塑美形成内在的和谐。保存完好的老城区中遍布着优美的巴洛克式、文艺复兴式和洛可可式建筑，让你沉浸在久远的帝国浪漫氛围之中。它不追随当今世界上发达国家多建高楼大厦的时尚，而是固守着传统的自我。只有五六层高的楼房，反而既长又宽，向人昭示着恢宏之气与传统之固。这个国家的人民多以安居乐业为本，有似这建筑，本分、稳定、安详。听导游小姐讲，奥地利女皇曾有一句名言：“宁要中庸的和平，不要辉煌的战争。”现在这个国家的人也许在两次大战之后悟出了这句话的真谛，在传统中安然地生存，正如这建筑，守持着自我，让珍贵的文化遗产和迷人的民族传统永远流光溢彩。

维也纳良好的自然环境同样给我留下了非常美好的印象。虽已初冬季节，树叶或已枯黄，或已落地，但树木之多与草坪之广，不由得令我想到它在春夏之季的繁茂，想到它是一个令人心仪的花园之城。早饭之前，我与杨学锋先生等人就近走进一个据说是玫瑰园的公园。其间已没了红花绿叶，黄色的落叶铺展了厚厚的一地，但略泛黄色的大片大片的草坪仍在，一只白天鹅和十多只鸭子依然忘情地游戏于清波荡漾的湖水之中。岸上的垂柳倒映在湖水里，演绎出水天一色的秀丽。偌大的公园，就我们寥寥数人在细雨迷蒙中悠然而行，此时此刻，颇有“宠辱皆忘”之感，往日的繁忙与烦恼一扫而空，只有与自然的内在和谐，与天然的心理呼应。

申布隆宫又名美泉宫，是哈布斯堡王朝的夏季行宫，也是一个自然环境优美的所在。深受人们爱戴的希茜公主，就曾住在这里；莫扎特也是6岁时在这里进行了他的第一次宫廷演出；1805年和1809年拿破仑占领维也纳时，也是把这里作为他的寝宫。

申布隆宫花园沿路的树木剪得整整齐齐，可以想象在其茂盛之时，形成一堵绿色屏障的壮观景象。原先种花的地方，已经将土翻起，以备明年重种花木，设想明年春夏鲜花怒放时，这里将是何等的美丽。几个小松鼠在路上、树间毫无顾及地蹦跳着，令游人或驻足观望，或干脆蹲下身子，与之进行友好地嬉戏。尽管阴雨迷蒙，人们还是接踵而至；由此可以想见春花烂漫之时，游人如织的景象。

今天正值星期天，但维也纳城中的各个商店却是关门闭户。如果在国内，正是商机无限之际，争相卖货者与纷纷购买者有时会构成一种摩肩接踵的人流景观。据导游小姐讲，这里法律规定，一周只有四天半工作时间，周五下午还要休息，周六周日则与圣诞节一样，是法定的休息日。工作人员享有休息的权利，除了饭店和特许花店等特殊情况之外，商家营业就是违法。他们把休息看得如此之重，与我们提倡加班加点，甚至是为了工作牺牲身体的做法大相径庭。

今天在维也纳是在没见“天日”中度过的，上午一直下着蒙蒙细雨，下午雨虽停了，阴云却依然不去。导游小姐说，这里冬天大多阴雨连绵，不少人因此心情沉郁，得精神病者相对较多。不知此言是实有其事还是一时戏言，但世界著名精神病研究专家弗洛伊德诞生在这一国度却是一个不争的事实。不过，我们初到此处，一心只想着观览美景，并无多少忧郁不乐之感。但如果今天晴空万里、阳光明媚，也许还会有一个更加明丽的心情。

2003年11月16日夜于哥本哈根

（载于《中国教育报》，2007年2月5日，第8版）

# 生态“古城”哥本哈根

哥本哈根是丹麦的首都，拥有150万人口，既是北欧最大的城市，也是世界上最佳居住地之一。这不只是因为它的富庶，更重要的是它的良好的生存环境。

哥本哈根几乎没有污染，四周有蓝色的大海环绕，城中有清澈湖水荡漾，蓝天白云相映成趣。为了保持上苍所赋予的这种珍稀资源，减少人为的环境污染，哥本哈根市政府采取各种方法防治污染源，其中专供人们无偿使用的自行车就是一道特殊的风景。一种红色或黄色的特制自行车，锁放在全城许多不同的地方。如果需要，很快就能于不远处找到，顺手投上20元硬币，即可取车骑之而去。到达目的地后，就近放在指定的地点，将车一锁，20元硬币即可完璧归赵。这不仅减少了污染，还节约了一定的能源，可谓一举两得。

但这个国家更加关注国民的安全，为了安全，不惜牺牲能源。不管是黑夜还是白昼，所有行驶的汽车，都无一例外地亮着灯。据导游讲，由于哥本哈根冬天昼短夜长，现在下午3时左右太阳就已落山。政府担心驾驶汽车的人们一时忘了开灯而造致事故，便在所有汽车上都安装了车开灯亮的装置。对于人均国民生产总值超过3.7万美元的丹麦人来说，生命的价值超过一切，人民的安全重于泰山。

生活在这里的丹麦人，闲适而平静，安全而超然。他们喜欢喝啤酒，也喜欢读报，据说哥本哈根是世界上人均读报时间最长的一个城市。这与他们所受到的优质教育不无关系，因为丹麦对所有中小学生一律实行免费教育，上大学还可以得到国家补助。这无疑是一个高学历的国度，所以有人称其是一个文化之邦。这令我想到了它多以尖顶式建筑为主的城市建设风格。如果从众多楼房的外部看，甚至有点破旧。它不是“金玉其外，败絮其中”，而是“败絮其外，金玉其中”。之所以如此，也许是希望通过这种外在形态的陈旧，显示其历史的久远与文化的深厚。尽管这个国家只有一千多年的历史，但这些房屋却多已三百年左右。古色古香，透出一种文化的积淀。不仅有安徒生和他笔下的美人鱼的塑像，还以安徒生命名了哥本哈根市一条横亘南北的最为宽阔的街道。这成了显示其文化内涵的一种象征，甚至成了丹麦人的自豪。这不由得令我想起我们中国，虽有数千年的历史，但有人却将这种显示历史积淀的存在自行毁掉，休说北京的四合院，就是曲阜完好无损的城墙，也在1974年“批林批孔”中顷刻间“灰飞烟灭”。很多历史悠久的城市，旧貌难觅，一个个现代化的大楼却拔地而起，气势夺人，大有赶超英美现代建筑之势。如果不是对历史略知一二，只在中国与丹麦两个国家的一两个城市转上一遭，说不定会认为文明古国并非中国而是丹麦呢！由此观之，存留优秀的文化传统，不能只作为一种口号贴在外显的层面，而应当物化为内在的实体之中。然而如此之想在国内却有可能“和者盖寡”，所以让古老建筑演绎中国古代文明依然是任重而道远。

2003年11月17日夜于哥本哈根至奥斯陆的轮船上

# 叹自己之渺小

夜间乘坐轮船在海上行驶，在我有生以来还是第一次。晚饭之后，便与杨学锋先生在轮船的顶层观览周围风光。当时轮船正泊在一座不知名的城市港口上，城中万家灯火，海上几艘轮船在行驶。

后回至房间，写作《生态“古城”哥本哈根》，将近10时方才完稿。此时人们多已入睡，轮船依然平稳地行驶着。何不再至轮船之顶，独自感受夜行海上的壮美？于是悄悄地走出房间，踏上轮船的顶层。茫茫大海，已经笼罩在黑色夜幕之中。天上几颗星星，有气无力地眨着眼睛。远远的海面上，几点微弱的灯光在闪烁，也许那也是夜行的轮船上发出的吧。由于船速较快，迎面而来的风势显得格外强劲有力。特别是走至船头时，迅急而又刺骨的寒风差一点儿将我吹倒在地。不过，因了独自享受这份侵袭，却又油然生出一种特殊的快感。

我们乘坐的是一艘可以容载3000多人的轮船，它的规模绝不亚于一座大型星级宾馆。但在浩瀚的大海中，它只是一叶扁舟。而遥望太空，大海也只是一叶扁舟。我小小一人，在宇宙之中，小得甚至可以忽略不计。如此一想，顿生羡宇宙之无涯，叹自己之渺小之感。

但宇宙之无涯，也令人产生一种恐惧感。夜间独在轮船之顶，四周寂然，唯有浩瀚的大海与漆黑的太空。设若一阵狂风袭来，将我卷入海中，进入鱼腹之中，这个生命就会由此消失殆尽。没有人能知其原因，只有无言的大海作着无言的诠释。

想至此处，不由得毛骨悚然，折身而返，进入房间之中。打开笔记本电脑，如实记之。

2003年11月17日夜于哥本哈根至奥斯陆的轮船上

（载于《黄河口晚报》，2003年12月8日，第3版）

# 闲适情调与追求并在的奥斯陆人

奥斯陆是挪威的首都，只有51万人，454平方公里。整个城市几乎见不到一座高楼大厦，从建筑风格上讲，也没有什么突出的特点。但在海滨城郊，却有不少形态各异、颜色不同的木制房屋，在树木环抱中，静静地弥洒着温馨与闲适。据导游小姐讲，这是奥斯陆人的别墅。因为奥斯陆是世界上人均收入最高的一个城市，很多人不但在城里有着舒适的住房，还在南方海滨另有木制的别墅。挪威有着丰富的植被，奥斯陆森林覆盖率达到75%，他们以木为房，也就有了天然的条件。国家规定工作人员每年有六周带薪休假时间，所以，在最佳地段另建木质结构的别墅，也就成了不少家庭共同追求的时尚。夏季，不少人开着自家的帆船或游艇，举家而行，到城外别墅之中悠闲地去休假，直至休假期满，方才乐而归城。

挪威人不仅夏天有别墅可住，有海水可游；冬天也有令世人羡慕的寻求快乐的项目。因为这里冬天昼短夜长，常大雪纷飞。现在8时多方才天明，下午3时太阳即已落山；此后白天时间还要继续减少。从12月至第二年3月份，更是大雪飘飞的时节。所以冬天整个大地白雪皑皑，就成了挪威的一大自然景观。这为挪威人冬季跳雪提供了天然的条件，所以，冬季跳雪，不仅成了挪威人的一种爱好，而且挪威也成了世界性的跳雪比赛之地。我们专门赶到闻名世界的跳雪台前时，已是白雪盖地。跳雪台近乎直立地从地下延伸向半空中。跳雪者要从最高处飞滑而下，中间需腾空而起，奇险非凡。没有足够的勇气，没有一定的冒险精神，绝对会望而却步，但现在已经有人破了腾空而行104米的纪录，知险而行者，就在这里创造了天下奇迹。我们虽然没有目睹这一天下奇观，但今天下了挪威今年的第一场飞雪，这无疑为我们的观览增加了许多异样的情趣。

但不要认为这里的人们太过悠闲，更不要认为他们无所事事。这里不仅出过伟大的批判现实主义作家易卜生，还出了被欧洲称作“北方的罗丹”的大雕塑家居斯塔夫、维吉朗。在兴建于19世纪的维吉朗雕塑公园里，我们看到了他的数千件生动逼真、惟妙惟肖的雕塑珍品。维吉朗为此付出了40年的心血，也因此成为了一位世界级的大艺术家。这些以大理石雕刻和铁铸、铜铸的全为裸体人像的雕塑，将人的生理之美、爱情之美、性爱之美、人性之美和人生之美，以惟妙惟肖的艺术形态，淋漓尽致地展示了出来。在美学表现形态上，有崇高，也有优美，有悲剧，也有喜剧。每一件雕塑作品，都会紧紧地摄住你的视线，牵住你的心弦。驻足其前，审美体验沛然而出。所以，尽管雪花不时地打在脸上，顷刻融化成水，但却没有一点儿寒冷的感觉。

挪威人有足够闲适的物质条件与心理基础，但他们并不一味地在闲适之地销蚀精神。他们有对生命的向往，对艺术的追求，甚至有一种冒险精神。物质与精神生活高度发达的国民，有了这份追求，就有了动力，有了灵魂。

2003年11月18日夜于奥斯陆

（载于《黄河口晚报》，2003第12月15日，第3版）

# “美景可以嘉人”的田园风光

听说要坐9个小时的汽车才能到达瑞典的首都斯德哥尔摩，就不免心存恐惧，因为平时连续坐上四五个小时的汽车，就会感到比较疲惫。如此长久地待在车上，岂不将人折磨个半死？但随团出行，由不得自己。8时30分，汽车准时离开所住饭店，在奥斯陆市里易卜生雕像前照相之后，便从高速公路上向斯德哥尔摩驶去。

刚出市区，公路两旁的景色便一下子收进了我们的视野——大片大片青翠的树林，大片大片黄绿色的草地，大片大片翻耕平整过的黑色沃土，在高低起伏的地面上不断地延伸着。不一会儿，一潭又一潭的池水次第出现，并将空中的蓝天白云，地上的树林、草地和沃土清晰地透射其间，使水中又呈现了一个同样的美景。一座或者几座颜色不一的木屋时不时地在远近不同的树丛中、草地上、潭水旁出现，“于无声处”构成了一种“但闻人语响”的诗意景观。这令我不由得想起了“不为五斗米折腰”的陶渊明。生活于斯的人们，未必有陶渊明“采菊东篱下”的诗情，却可能有陶渊明“悠然见南山”的适然。如果我们此行能够有多一些的时间，叩开木屋人家的房门，就在门前树下与他们谈谈当地的风情，讲讲外面的世界，该是何等的富有情趣！存此之想，便不禁生发了此后再游的奢想。如能在春夏之交，更多的绿色复苏，遍地的野花争相开放之时再至此地，就住在水旁树间的小木屋里，甚至在小木屋旁搭一间草棚临时住下，自做饭食，日出而起，夜深而眠，闲适地玩上几日，写几篇即景率意的游记。诚如是，当载入我人生之旅中颇有意义的“档案”之中。

正当我遐想万千之时，导游小姐提出了放盘磁带让大家听听音乐的建议，但她的善意“提案”旋即遭到了一致的否定。一个个旁无他顾地饱览着窗外的风景，有的人已经端起了照相机，不停地将眼前美景收入永恒的记忆。但汽车在行驶之中，所照的效果未必见好。于是杨学锋先生提议让汽车稍停一下，让大家下车留此一照。但有规可循的司机依“法”行事，非要在可停之处再停不可。后来终于停在了一个与公路相接的小路边。于是大家一拥而下，对准美景，“咔嚓”“咔嚓”地照了起来。

上了汽车，大家所谈的主题还是这美不胜收的景色，目光依然投向窗外自然本色的田园风光。非但没有不适，反生意犹未尽之感。除中午吃饭45分钟停车之外，路上行驶8小时之久，全都在不知不觉且赏心悦目中度过了。

老子说：“美言可以市尊，美行可以加人。”久读老子，今天对此有了更加深入的理解。

2003年11月19日夜于斯德哥尔摩

## 水“火”相彰的斯德哥尔摩

瑞典是一个典型的岛国，全国拥有大大小小的礁石岛达24000多个，大的岛屿就有44个。大小湖泊星罗棋布，其中最大的湖泊面积达2000平方公里。首都斯德哥尔摩城中的梅拉伦湖在全国位居第三，占了全市面积的四分之一。人们常说，一座城市只要有了水，也就有了灵气。不要说空气变得清新，各种欧式风格的建筑也因水的倒影与水的映衬而更富个性。我们去皇后宫观光时，见到大片清澈的湖水将空气过滤得一尘不染，初冬的树木与草坪也因临近湖水犹然显示出别样的生机。加上众多富有立体感的岛屿、半岛、桥梁，使得湖水更加熠熠生辉。所以斯德哥尔摩也就有了“北方威尼斯”的美称。

水的丰饶，成为游轮众多的一个重要原因。各式各样的船只或停泊于岸边，或行驶于水上。这里的人们拥有游艇如同拥有汽车一样自然。一个仅有880多万人口的国家，就有游艇70万艘。倘若夏季，不仅外来的游客会乘坐游艇尽情地观览美景，当地的人们也会驾起自家的游艇，在周末或空暇之时，悠然地滑行于水泊之上。由于时间受限，我们没能乘坐游艇游戏于湖泊海水之上，成了此行一个不小的遗憾。

瑞典的造船业非常发达，而80年代打捞瓦萨巨轮的成功，则成为惊动世界的一大新闻。在沉船博物馆，我们参观了沉于海中300多年重见天日的瓦萨轮船。瑞典人用了20来年的时间将它“死灰复燃”，让世人不仅领略到瑞典人的大胆构想与科学精神，也让我们领略到了一个悲壮崇高的情怀。它为世界造船业与航海业增添了一束耀眼的亮光，也成了瑞典人永远的骄傲与自豪。

人常说“水火不容”，但瑞典却在因水而美丽、而驰名的同时，也在与火相关的方面名彪千史，这就是九死一生而发明了安全雷管引爆装置的诺贝尔。1896年12月10日，诺贝尔在意大利的圣雷莫逝世，逝世前一年，他立嘱将其遗产的大部分作为基金，将其每年所得的利息分5份，设立物理、化学、生理与医学、文学及和平5种奖金，授予世界各国在这些领域对人类作出重大贡献的人。据此，1900年6月，瑞典政府批准设置诺贝尔基金会，瑞典议会通过《颁发诺贝尔奖金章程》，并于次年诺贝尔逝世五周年纪念日，即1901年12月10日首次颁发诺贝尔奖。自此以后，除因战时中断外，每年的这一天分别在瑞典首都斯德哥尔摩和挪威首都奥斯陆举行隆重授奖仪式。获奖者均可从奖励基金中获取相当丰厚的奖励。据导游讲，近几年每位获奖者均可得到2000万克朗的奖金。更重要的是，因他而成就了一批又一批世界知名的文学家、科学家及为和平而奋斗的政治家。在市政大厅，我们参观了一年一度举行诺贝尔奖获得者颁奖晚宴的蓝厅与舞会厅。解说员流利的外语讲说与导游小姐高水平的华语翻译，使我们产生一种亲临其境的感觉。

在市政大厅，不仅有诺贝尔等科学家及政治家等知名人士的雕塑与画像，还有为建造这所伟大的建筑而作出突出贡献的小人物，就是当时的建筑工人，有的画像也挂上了墙壁，与名人一起，让隔周一次前来开会的国会议员和世界各地前来参观的人们瞻仰。凝视一幅表情庄重的工人画像，真是感慨万千。我们常常说要尊重个体生命的价值，不管其地位高低、贫富贵贱，都要一视同仁，但在现实之中，真的如斯德哥尔摩市政大厅如此为之者，还真的是凤毛麟角。但感慨归感慨，现实还是现实。不过，我平时即平视世人，不管其职位高下，只仰视其崇高的人品与渊博的学识，并不看重其高高在上的官位。于此觅得“知音”，也便有了不虚此行的快乐。

2003年11月20日夜于斯德哥尔摩至赫尔辛基的轮船上

（载于《中国教育报》，2005年5月23日，第8版）

# 芬兰之行的遗憾

今天到达芬兰时，已是上午10点多钟，而下午3点多钟又要乘坐前往圣比得堡的火车，在这里逗留的时间之少可想而知。芬兰是驰名中外的“千湖之国”，在这有限的时间内，不知能否窥其一些湖泊的风光之美成了我心存疑惑的一种奢想。所以刚一见到导游小姐，就迫不及待地询问今天旅游的日程。

导游小姐的回答令我们格外遗憾，休说湖泊美景难见，就是城中有限的五个景点也要匆匆而过。因为要在几十分钟之内必须看完三个教堂，于11点准时赶到一家中餐馆就餐。尽管我们毫无饥渴之感，因为8点多钟已在船上吃饱喝足。更加令人不可思议的是，饭后，导游小姐还要将前往英国的杨学锋等四人送到机场，往返至少需要2个小时，而对我们的安排，就是待在商店之中，等其归来再去另外两个景点游览。本来我们在芬兰这个国家的时间就不足5个小时，可谓寸时寸金。牺牲两个小时，对于我们这些从一万公里而来的中国人来说，无疑是一个重大的损失，但这由不得我们，午饭一过，导游小姐带上杨先生等人，便“义无反顾”地扬长而去。

导游小姐从机场返回已经时至2点，匆匆带着我们去体育馆参观，但却有了时间的限制，那就是15分钟以内。此后又去公园，又是限时15分钟。没有细看的时间，也没有从容的心态。只能是到此一游的存此一照而已。其实，离火车开车时间还有50分钟，如果采取这种走马观花似的方式游览的话，再看一两个景点也是绰绰有余，但导游小姐讲，所租汽车预定时间是3点整，延时绝对不行。这样，我们只有提前赶到车站。站等火车，对如此不合理的安排，心中总有一种受人愚弄的感觉。

旅行社完全可以在有限的时间内让我们看到更多的风景，使我们这些与他们同国家同皮肤的游人不存任何遗憾而归，但只重利益而失却诚信的旅行社并没有视客户为上帝，视信誉为根本；而是视利益为爹娘，视诚信为儿戏。这种不应外扬的家丑，如我般菩萨心肠者本应口不言而笔不录，但念其“本是同根生”的国人，为其未来在国外的发展，特别是为其在国外树立中国人的良好形象，也只好如实记之，但愿此文能在信息发达的今天让他们“一览无余”，并使其在心灵深处有所触动，不再做出类似这种让本国人以及外国人贻笑大方的事情来。

2003年11月21日于赫尔辛基至圣比得堡的火车上

## 安居乐业与奉公守法的北欧四国

此次北欧四国之行，是在走马观花中匆匆结束的。尽管如此，还是对它有了一个起码的了解，就其一些共通之处而言，尚且留下了比较深刻的印象。

北欧之行前夕，很为这些临近北极国家的气温之低而担心，所以带了不少防寒之衣。其实这个时段北欧的气温多在0～5℃之间，而且风力较小，更少强劲的大风。一天之中温差只有二三度，白天与夜晚没有寒暖悬殊的感觉；同样的温度，比在国内感觉舒服许多。即使在奥斯陆下雪之时，亦非寒气逼人。加上这些国家的所有房屋之内都有良好的暖气设施，即使在外边天寒地冻，一进屋内，也便很快转冷为暖。

生存在这些国度的人们在物质上非常富足，不管是国民生产总值，还是人均收入，在世界上都是名列前茅。因为在两次世界大战中，这些国家均未参战，他们在不少国家血战之时得以休养生息，从从容容地发展了自身。加上丰富的资源、先进的技术，使之在当今世界性的经济动荡中得以稳步前进。他们习惯了中立，满足于现有的生活状态。对于创新与守持，他们更倾向于守持。他们虽非对老子的“小国寡民”情有独钟，却也是以少于争事、免于事端为怀。在他们看来，发展才是硬道理，安居乐业才是真幸福。

这些国家的国民并未高喊奉公守法的口号，但他们却是奉公守法的忠实实践者。刑事犯罪率极低，身处其国，让人有一种着实的安全感。从奥斯陆到斯德哥尔摩的路上，路虽不宽但车辆不多，司机完全可以开到每小时100多公里的速度。但在整个行程中，他几乎都是以每小时80公里的速度匀速行驶。一旦出现限速的警示牌，他就立即减速而行，绝不越雷池一步。午饭之后，我们都已上车，他却坚持再等5分钟方能开车。原因非常简单，因为交通规则规定司机行车四五个小时之后，必须一次性休息不少于45分钟。他说，这早已成为他们司机的自觉行为。其他司机也如他一样遵守规则，在奥斯陆市里行驶时，两个车道的左边，一条长龙式的小车队伍非常缓慢地行驶着；右边则是一条无车行驶的空道，但却没有一辆小车越“轨”而行。因为这条空车道是专供公交汽车行驶之路，小车即使寸步难移也不能抢道而行。这与我们国内形成了一个巨大的反差，包括北京在内的全国许多大城市，汽车塞车已经成了一道令人头疼的“风景”。我们的交通规则并非没有规定，但汽车司机一个个我行我素，以自我为中心，视规则为无物。为了自己先行一步，大车可以在小车道上飞驰，小车可以在不准拐弯处急转。就是高速公路上的小车道上明明标着“限制大货车行驶”的大大的白字，超重大货车依然旁无他顾地在上面飞奔，令“无可奈何花落去”的小车只好在并排而行的货车道上寻缝而行。于是，事故频频发生，车祸惨不忍睹，而这次我们在长长的行程中，却从没看到一起交通事故。北欧国人自觉的守法意识，何时才能走进中国人的心灵深处？

行前对于北欧的物价之高便有耳闻，但如果不是亲临其境，还是难有一个具体的印象。在芬兰商店坐等导游之时，便对物价进行了一些调查。在这里购物通用的货币是欧元，1欧元可以兑换9元多人民币。如果看看下面一些物品的价格，绝对令你感到吃惊。一块普通的面包，就有2.67、3.19、3.75、4.50欧元等几种不同的价格。水果与蔬菜一般以公斤计价，西红柿的价格在3.30～4.10欧元之间，梨子2.50欧元左右，苹果2.00～2.30欧元之间；柿子椒则高达4.40欧元。到书店里顺便翻翻书的价格，便感到有些高得吓人。封面157克铜版、内文80克双胶的二三百页的一本大32开本的书，则多在20欧元之上。

而在丹麦购物多用克朗，1克朗约兑换人民币1.2元。一件在我们看来并非特别高档的西服，价格多在四五千克朗之上；就是一件很不起眼的毛衣，也要一两千克朗。饭店里饭菜价格都在国内的数倍之上，不大的一盘什锦牛肉竟要109克朗。

瑞典与挪威的物价同样居高不下，从斯德哥尔摩到奥斯陆560公里的火车票价达1000多克朗。而在斯德哥尔摩市内的交通车月租费就要500克朗。如果坐出租车，起价都需数十克朗，每行一公里还要再行付费。在斯德哥尔摩坐5公里左右的出租车，大约需要支出80克朗的费用。一般两室一厅80平方米的房子的月租金多至五六千克朗。一个留学生一个月的生活费一般也在7000克朗左右。

但与在赫尔辛基工作了七八年的一位上海的先生谈及此事时，他却认为物有所值。因为这里的工资多在1300欧元之上，所以物价高也就情在理中了。

但这里也有令人难以理解之处：青年妇女口叼烟卷，在大庭广众之中，津津有味地吸着，旁无他顾，甚至以此为荣，而男人则只能吸一种包在嘴中才能抽的特制之烟。所以，有人说北欧都是女权国家。

2003年11月21日夜于赫尔辛基至圣彼得堡的火车上

## 壮美而宏阔的圣彼得堡

一条条宽阔笔直的街道，一道道纵横而流的河水，一座座宏大的欧式建筑，一片片苍劲的松柏将圣彼得堡演绎得格外壮美而宏阔。

总长28公里的涅瓦河，不但使圣彼得堡在发展初期以港口之都的形象呈现在世人面前，而且还成了整个市区规划的基础。河的两岸不但保存了许多18世纪至19世纪期间的杰出建筑，而且城内所有重要的综合性建筑群，几乎无一例外地建造在涅瓦河两岸。8座精心设计的吊桥横跨于涅瓦河上，以其艺术极品的雄奇与壮观迎接着过往行人。涅瓦河还是国际性的水上运输要道，从波罗的海顺着河道，客轮与商务轮畅通无阻地进入圣彼得堡。每逢重大庆典节日，还要在涅瓦河上举行波罗的海军舰的各种庆祝表演活动。这一古老的传统，从彼得大帝时期一直沿袭至今。闻名世界的“阿芙洛尔”号巡洋舰也已永久地停泊在涅瓦河畔。可以说，它是圣彼得堡兴起发展的摇篮，是这座城市的灵魂所在。

圣彼得堡的教堂是旅游的亮点，壮观、雄伟、高贵、华丽。在芬兰走马观花式地观看三个教堂时，导游小姐就曾说过：“如果看了圣彼得堡的教堂，再看这里的教堂就会感到毫无意义。”今日一看，始信其言绝非谬语。世界第三大教堂圣伊萨克大教堂，是圣彼得堡当代综合艺术里最杰出的建筑极品。它的内部装潢以精美细致的设计手法，采用珍贵罕见的高级建筑材料修筑而成。其中还有150幅画和各种彩绘天花板，这些俄罗斯19世纪中叶艺术珍品中的杰出作品，使得教堂内部布置充满了富丽堂皇、缤纷灿烂的高雅气息。而喀山大教堂则是一个典型的俄式礼拜堂，它不但建造得壮丽雄美，而且教堂内还安葬着米哈伊尔·库图佐夫元帅骨灰的银柩，并收藏着每一个战俘城市的代表旗帜及钥匙。这些1812年祖国战争中的纪念物，将喀山大教堂塑造成了一个具有安抚战士灵魂及守护光荣战绩的英雄纪念堂。其实，不管走进哪一座教堂，都会令你感慨万千，因为这里面不仅有着宝贵的宗教价值，还有令你目不暇接的艺术珍品，以及具有象征意义的稀珍陈列品。

在胜利广场，我们着实对崇高悲壮产生了深切的感受。英雄的雕塑屹立于广场之中，接受着来自世界各地人们的瞻仰。900天围困博物馆里，不熄的灯火，壮美的浮雕，悲怆的电视纪录，向游人昭示着伟大民族惨烈的命运与顽强的斗争精神。就是其间唯一的服务员，也不是年轻的女性，而是一位神情庄重的老太太。不知道这是博物馆有意安排，还是无意为之。因为她的年龄和神情，与这里的氛围无懈可击地融合在一起。她肯定是一位对这些英雄心存敬仰的老年妇女，也许她就是一位卫国战争中英雄殉难者的夫人。为自己的丈夫，为与她的丈夫共同牺牲的英烈而守卫在这里。她的面部表情表现出一种特定的内涵：悲怆中蕴含着无限的自豪，庄重中透视出神圣的职责。

如果说胜利广场呈示出一种悲壮的话，圣彼得堡的一些庄园则张扬着一种大气与华贵。巴甫洛夫庄园里，高大的松树与挺拔的白桦，在寒冷的初冬中依然绿色宜人。英雄爱美人和强人追逐权力几乎是一个世界性的话题，而对于彼得大帝与叶卡捷琳娜而言，则更具典型的意义。在大片大片松树与橡树之中，叶卡捷琳娜庄园有着彼得大帝的金屋藏娇处，那是一个虽然不大但却很有情调的建筑。彼时彼地的叶卡捷琳娜还在彼得大帝的宠爱下未露锋芒。而彼得大帝逝世后，这位女人登上皇位之后，便有了巾帼不让须眉的“气概”。叶卡捷琳娜宫就是一个物化了的证明，它的大气磅礴足以令男人“竞折腰”。而彼得大帝与叶卡捷琳娜曾经共同生活过的夏宫，就更加气势夺人，其占地面积之大，高树与草坪之多，都显示出一种王者的风范。况且它面对波罗的海，迎望万点风帆，虎视海外之国，这与北欧的小家碧玉式的美丽，形成一种强烈的反差。在北欧，你感受到的是一种“杨柳岸晓风残月”的秀美；而在这里，你则感受到一种“大江东去，浪淘尽，千古风流人物”的壮美。

但是，在叶卡捷琳娜宫的一侧，也有被游人忽略了的文化亮点，那就是普希金贵族学校和普希金雕像。就其建筑而言，它与叶卡捷琳娜宫相比，真的是小巫见大巫；就其雕塑大小而言，在阔大的公园中，也只占了尺寸之地，所以，一批又一批的游人，往往忽视了它的存在。可是，这一世界级的伟大诗人，却在世界各地人们的心里永远矗立着一块令人需仰视才见的丰碑。从世界文化的视野中考察，这外在形态上并不太过引人注意的纪念物，却有着巨大的文化气魄与深邃的历史内涵。在某种意义上说，它从另一个层面，甚至是更高的层面昭示了一种壮丽之美，与其他壮美的景点一起，共同构成圣彼得堡同一的风景。

2003年11月22日夜于圣彼得堡

（载于《黄河口晚报》，2003年12月18日，第3版）

## 夜换宾馆的波折

今日是这次欧洲六国之行观览景色最多最美和时间最长的一天，心中的愉悦情不自禁地洋溢在每位同行者的脸上。如果晚上再住进高级宾馆里美美地睡上一觉，真可谓锦上添花了。

晚饭过后，也只8点来钟，坐上去宾馆的汽车，大家一个个笑逐颜开，加之缪娟总会计师的妙语连珠，气氛就更加显得欢乐而喜祥。

乐极生悲。汽车在行驶了一段路程后，最后却拐进一个较窄的胡同，停在一栋破旧的楼房前。

“不会就住在这里吧？”有人小声地提出了疑问。

“到了！请下车。”集导游与司机于一身的刘先生做出了肯定的回答。

原有的笑声戛然而止，大家不情愿地走下汽车。各人拿着自己的行李，随在刘先生的后面，慢慢地走进这座破旧的楼房。

黑暗的楼下袭来一股难闻的气味，同行的女士立即捂住了鼻子；一个不知是死是活的男人，蜷缩着躺在楼梯的水泥地上，令大家不由得生出一丝恐怖的感觉。

走上三楼，刘先生将三个女士安排在一个房间，让我们八人分住两室。房间里四张床，一台电视；没有洗手间，亦无洗澡之处。刘先生说，外面走廊上有一个公用厕所，一个公用洗澡间。

但出国通知上明明写着此行所住都是四星级以上宾馆，为何住进这等地方？电视台女士、报社老总们，哪里受过如此低下的“待遇”！于是，大家的心情陡然变得沉重起来，旋即又升腾成一种挥之不去的怨恨。

我恐怕是此行中唯一拉过排车、住过草棚和露宿过旷野，以及挨过批斗的人，在相当一段时间里，生存环境异常恶劣。可就是在这种环境中，磨炼了我的意志，铸造了一颗宠辱不惊的心态，所以，虽然遇此不测之事，我还是很快就有了“既来之，则安之”的平静之心。于是，从容地打开笔记本电脑，记写今日之游。

三个房间的同行者开始走动，抱怨之语迭起，愤怒之声不断。

“必须另换住的地方！”有人慷慨激昂地提议。

回应几乎是一致的。

究竟有谁甘愿承担交涉此事的重任？却没了响亮的回应。

一向慢言慢语、不急不躁的山东影线台有视频道广告部主任何晓甲先生主动承担此任。他与这次活动的俄罗斯联系人小崔打电话却不通，便去找就在同一楼层居住的刘先生。刘先生说只是奉命行事，况且昨天所住宾馆已经住满，为了让我们十一人住在此处，白天已经辞去一拨客人；如果领导安排另住宾馆，他会不辞辛苦地将我们用车送去。此时此刻的何先生既不急躁，也不知难而退。他又与组织这次出访活动的山东省新闻工作者协会的从老师通了电话。从老师将省外办张主任的电话告知何主任，让他马上联系。何主任“跟踪追击”地又与张主任通了电话，张主任又与小崔取得了联系。终于，小崔打来电话，说是让我们离开此地，另住宾馆。还是刘先生带着我们，用他的面包车和一辆出租车，将我们又送到了昨天居住的宾馆。

刚到宾馆大厅，缪总就对我下达了“命令”：“今夜不睡，也须记下这场意外之事！”虽已10点多钟，但岂敢违抗缪总旨意，自当挑灯夜战，完成任务。

在这个星级宾馆里的感受，确实在与刚才所住的地方大不一样。就是受惯了罪、吃惯了苦的我，也顿时有了一种心畅意舒的感觉。但缪总旨意难违，我做的第一件事情，就是打开了笔记本电脑。

写完这场风波的经过之后，何晓甲先生的形象还是在我的脑海里一遍又一遍地浮现。如果他不是在这场风波中初露锋芒，真的很难知其是一个喜怒不形于色的将帅之才。在交涉换住宾馆的整个过程中，他没有一句过激的话语，但所说却无一不切中肯綮。他缓缓地，却又是有板有眼地陈述11个人轮流前去厕所和洗澡间的耗时之多、问题之多，理由充分，不容置疑。这令我感到他不但善于说理，还是一位特别关心他人的人。这使我不由得关停电脑，参与到他的换住宾馆的行动之中。特别是同行的三位女士，更是对他感激莫名，因为她们不但习惯了清洁与舒适，还有礼让三分的淑女风范。设若我们这帮男士争去厕所与洗澡间，她们就真的望洋兴叹了。要是有人再出现一些特殊情况，就更是不堪设想。所以，大家特别是女士们拥戴何先生也就顺理成章了。

究竟谁使我们在圣彼得堡之夜遭此之难？真的是公说公有理，婆说婆有理。因为涉及的几方人士都说责任不在自己一方，但有一点却是明明白白地摆在了我们的面前：这所星级宾馆并非已经住满，直到我们住进时，空房依然不少；另外一点也是明明白白地摆在了我们的面前：中国人愚弄中国人，已经到了见怪不怪的地步。

2003年11月22日夜于圣彼得堡

# 神圣而庄严的教堂婚礼

喀山大教堂是圣彼得堡最富典型意义的教堂，远道而来，自是有着一看的价值。今天是礼拜天又恰遇一对新人举行结婚典礼，就更增添了别样的情趣。以前虽然在电影电视上看过在教堂举行结婚典礼的情景，但却从未亲临其境。今日天赐良机，当然要一睹这一婚礼的景况。

足有1.75米高的新娘，长得端庄而美丽，在她白皙的脸上，流溢出压抑不住的幸福感，而身高1.9米之上的新郎，面部表情则有点儿严肃，也许他感到这是一件空前庄严的事情。尽管如此，一种幸福感依然时不时地在他那棱角分明的脸上显露出来。两个牧师在他俩的面前，一边口中念念有词地说着什么，一边往后退行着。后来虽然停住了脚步，但口中之言仍未停止。他俩的神情格外庄重严肃，我想，在他们看来，这不仅是在履行一种结婚仪式，更是在为这对新人的未来奠定宗教基础，因为在他们看来，宗教的承诺重于泰山。

在这对新人之后，也有一对男女，也许如中国一样是一对伴郎与伴娘吧。其后则站着一些像似新人亲属的人们。

正在一心一意观看之时，我被一位特殊装束的俄罗斯人非常友善地拉了出来。原来，我在无意之中，已经越过一根拦绳的规定范围，走进了他们亲属的圈子之内。

没有尴尬，只是歉意地笑笑，继续在拦绳之外观看。

中国人结婚的形式没有如此庄重，多是在喜庆的气氛中进行的。这是国情不同、民族不同使然。我对欧洲教堂举行婚礼没有进行过深入研究，但却对这一庄重的形式有着浓厚的兴趣。

其实，不管采取什么样的结婚方式，都只是一种形式，它有一定的约束力，但却起不到决定性的作用。特别是当今社会，人们思想的解放，对婚姻的开放式看法，使得这种形式的作用越来越弱化，但某一形式的存在，又自有其合理的内核。不管人们对其采取何种态度，这一形式毕竟定格在了相当多人的心里。想起在教堂中举行婚礼的这一对新人，便在脑际立即浮现出双双庄严肃穆的神态，以及人们对其神圣结合方式的心理认可。我想，在教堂举行婚礼这一传统形式，还会绵绵不绝地存在下去。

2003年11月23日夜于圣彼得堡至莫斯科的火车上

## 冬宫之叹：是非成败转头空

以前在历史书上看过有关冬宫的故事，特别是列宁率军攻打冬宫的壮举，但今天看了冬宫，对它的伟大的艺术价值又有了进一步的认识。

冬宫宫殿之雄伟、艺术珍品之精美，都是前所未见的。特别是油画，几乎是集中了数百年来世界众多大艺术家的精品佳作，但是，其中并非都是艺术家自愿将其珍品奉送而来，有人则是无意钻进了彼得大帝特设的一个圈套。彼得大帝隆重地将他们请来，高规格地进行招待，其后才是要画。如果从命，则当场作画；如若不然，他则托词有事而不予放行，直到这些被软禁的画家从命作画而止。这种先礼后兵的索画方式，其实也是一种掠夺，而也正是这种掠夺，才有了冬宫博物馆举世罕见的油画珍品。

同时我们也不得不承认，彼得大帝是一个对绘画艺术有着特殊追求的人，但如果对这一情有独钟于艺术珍品的深层意蕴作进一步透视的话，就会发现这又与其叱咤风云、征战四方的枭雄之心不无联系。说到底，这也是一种占有欲，一种观之美而据为己有的强烈的占有欲。这与其不惜一切代价地动用武力，将他国之土之物掠为己有并无本质的区别。这也是一切侵略者与所谓英雄的共通行为。而愈是英雄，愈是占有了更多的本不属于自己的东西。

但是，“是非成败转头空”。曾几何时，这些轰动一时的盖世英雄，早已变成了泥土，他们的所有欲望，都随着他们的死去而一去不复返。尽管他们无不希望在其去世之后，后代永远地继承与发展着他们所创下的基业，但是，这只能是一种梦想。任何一个王朝都不可能万古长存。十月革命一声炮响，结束了沙皇的统治。倘若彼得大帝地下有知，真的是“长使英雄泪满襟”了。

我者平庸之辈，在省城一个不大的单位，当了一个芝麻似的小“官”，所以更是微不足道。本没有将其看重，退隐之意久存心中。以前不但口头向教育厅领导提出过辞去职务的请求，还向厅长提交过书面辞呈。今天看了冬宫，更加坚定了自己的辞职之意。老子说：“人法地，地法天，天法道，道法自然。”自然法则早有天定，非人力可为也。物盛则衰，物极必反，自己在单位做了一些工作，有了一点贡献，如不识时而退，就连原有的一点贡献也将化作乌有，甚至走向它的反面。回国之后，还需将辞职一事作为头等大事对待。设若如愿以偿，我便可以静下心来，在自己爱好的读书与写作上闲适地走完自己的人生之路。

2003年11月24日夜于莫斯科至北京的飞机上

# 永远活着的无名烈士

昨晚12时从圣彼得堡坐上火车，今天上午10时方才到达莫斯科。草草吃点早饭，就去这里的必看景点——红场。

天上还飘着雪花，地上已积了厚厚的一层。在白雪皑皑中，红场显得“分外妖娆”。红场四周是雄奇壮丽的建筑物，克里姆林宫红墙下，苍劲的松树显得生机勃发。在苍松掩映下，有为国捐躯的知名人士的小小墓碑及他们的名字。他们接受着来自不同国度人们的瞻仰，英名也随之播扬于世界的各个角落，但在这有限的空间，不可能记下所有战死者的英名；而更多的则是战死疆场，没留姓名，甚至连一句话都没有留下。于是，就有了纪念他们的无名烈士墓。

无名烈士墓前有两个士兵在站岗，背枪站立，神情庄严。据导游讲，一小时一次的卫兵换岗是人们常看的一个景观，但随团而行，时间受限，欲观换岗只能化作此行的一个遗憾。

烈士墓前的人行道上，一位老太太正在扫雪，她扫得非常认真，神情也格外庄严肃穆。我和东营日报社副总编赵清秀决定与这些久眠地下的烈士合一张生死之照。为选更好的角度，我们翻过栏杆，向烈士墓靠近了一些，但刚刚越过栏杆，老太太便很快地走过来，友好而又不容置疑地让我们退了出来。从她那坚毅而又凄切的脸上，透出的是对无名烈士的无限敬仰之情。

就在栏杆之外，我们以无名烈士墓为背景照了几张相。看着那一排不高的墓碑，心里不由得涌动起万千思绪。为了自己所追求的事业，为了更多人的利益，他们义无反顾地走向了死亡。没有留下姓名，没有留下事迹，甚至他们的后代对其生死不知，即使知其已死也不知其死于何时何地。灵魂就这样无声地飘逝，飘逝得无影无踪。

有的人虽未战死疆场，却并不愧对死者。他们不愿留下多少英名，也不愿博得多少赞语，只是默默地尽其全力地工作着。即使死去，也是无声无息。其实，他们与这些无名烈士有着同样令人敬仰的人格，但有的人则不然，他们踏着逝者的血迹，拼其全力地为自己造功、造名，而且还真的做了官、成了名。他们不以为耻，反以为荣；人民则早已将其深深地埋在受人唾弃的耻辱坟墓之中。这令我想起臧克家的一句诗："有的人死了，他还活着；有的人活着，他却死了。"

2003年11月24日夜于莫斯科至北京的飞机上

# 奥地利、北欧与俄罗斯异处解析

六国之行已告结束，但想想这些同属欧洲之地的国家，在许多方面还是有着相差甚远的地方。

奥地利与北欧非常富庶，人们大都非常安乐闲适地行走于大街小巷。我们所到之处，从没见过一个乞丐或衣衫褴褛者。俄罗斯则相对贫穷，街头巷尾常见乞讨者可怜巴巴地向你伸出脏兮兮的手，就是在神圣的教堂前，乞讨者也是并列两旁，伸手要钱。

奥地利和北欧的交通秩序井然，很少堵车。偶有堵车，司机也是依规而行。而俄罗斯的交通则相对混乱，不但堵车严重，而且行车司机无视法规，违规抢行者随处可见。我们常常抱怨国内城市交通秩序混乱，今日白天于莫斯科城内多次受阻，令我常生“同是天涯沦落人”的慨叹。生怕迟误了上机时间，我们在飞机起飞前四个小时便坐上了送行的汽车。事实也恰如所料，在去机场路上，我们竟走了两个小时。

但是，俄罗斯地大物博，景点多而可观。一个莫斯科，人口之多就超过北欧一个国家的人口总数。在圣彼得堡和莫斯科旅游，可以充分感到它们的宏阔博大与气势夺人，看不完的美丽景色，走不尽的宽阔街道。如果为了旅游，绝对应去莫斯科。我们虽然在奥地利和北欧四国的首都进行了游览，但少有雄奇与壮美之感。欲看某几个景点，汽车行于不大的城市之中，总会不只一次地“故地重走”。街道也是窄窄的，汽车还要停放在街道的一侧。美虽美矣，只是美得有点小巧而已。

奥地利和北欧尽管追求文化品位，甚至有意保留文化传统，以显示其积淀的深厚；但它毕竟不如俄罗斯历史悠久。俄罗斯是一个典型的文化强国和文明古国，出过一大批世界级的大哲学家、大文学家、大科学家和大教育家。据说俄罗斯的每一家农民都有一个像样的图书馆，他们以继承这份文化遗产为荣耀。在这一方面，就连我们有着优秀文化传统的中国人也需仰视才可。目前俄罗斯已经有了原子弹、人造卫星、航空母舰等，经济也在一步步地复苏。可以说，俄罗斯绝对有着不可限量的发展前景。

2003年11月25日凌晨于莫斯科至北京的飞机上

# 新加坡与马来西亚

# 夜识新加坡

飞机将近新加坡时，初夜的帷幕已经在无涯的天际悄然拉开。透过机窗，可以感受到这个华灯初上的国度缓缓地向我们走来。

这时候，飞机上预告着新加坡的气温为29度，而午后起程时，祖国首都已是河水封冻，寒风凛冽。温差之大，实在令人始料不及。于是，便匆匆脱下毛衣，做好适应新的气候的准备。尽管如此，走下飞机时，还是顿感热气扑人，汗水倏然涌满全身。

但一入樟宜机场的搭客大厦，便顷刻间感到神清气爽，愉悦异常。中央空调将凉气均匀地洒落在大厦的每一个角落，又渐渐地浸润到我们的心里。踏在一尘不染的高级地毯上，不住地环顾左右，但见玻璃幕墙清洁透明，回应给旅客独特的舒畅。各种现代化的设施应有尽有，且又恰逢其位，恰到好处，尤其是触目可及的鲜花，令你感到温馨之时又多了几分生气，而第二搭客大厦的室内胡姬花园则更显示出异国情调之美。没有嘈杂的声响，舒缓的轻音乐与优雅的环境和谐共存。

一出机场便乘上中巴，傍海西行，向市中心驶去。沿路两边，尽是繁茂的花木，而且树木品种不一、错落有致，花木的造型很奇很美，感觉汽车是在天然美景中行驶，很快洗去了我们旅途的劳顿。

海滨的住宅楼也是一道风景，大都以四个圆球体的形状聚合为一，拔地而起，每一个窗口都透射出璀璨的光。中间呢，也是灯火辉煌，据说那是人行通道。更有趣的是，一层并无住房，只有数根水泥柱子有序地挺立着，真真正正的“空中楼阁”。据说新加坡多雨，因为过于潮湿，一楼便没了住户。每一楼前，几乎都有花木相映的花园，且有供人小憩的石桌石凳。

走入市区，尤其是到了红灯金融区时，但见高楼林立，灯光璀璨，一条河流，倒映出无限风光，形成水天一色的美景。同行的人们几乎都在情不自禁地叫着：“真美！”

下榻美丽华大酒店。饭后虽已到了夜间10点多钟，仍想出门一览市景。可推门而出时，已是雨声淅沥，只好折身返回，去做初识新加坡的美妙回味与悠远遐想。

1999年12月3日晚于新加坡美丽华大酒店

## 市区漫步

早饭过后，距中国期刊展布展还有不少的时间，便走出酒店，在附近随便走走。结果是不走不知道，一走吃惊真不小。昨天的夜色，还是阻隔了我们不少的视线，新加坡市区之美，还有更为丰富的内容。

天还阴着，雨已停了。但因了昨夜的雨，地面已如洗了一样，草木也因雨水的浸润变得格外葱茏而有生气。除水泥公路、各色建筑材料铺就的人行道与林立的楼房之外，便是随处可见的花草树木。即便是人行高架桥的两边，也都特意留出十多公分的地方，栽植花木，令人感到奇妙有趣，生机盎然。公路上，一辆辆崭新的轿车在奔驰，没有塞车现象，不见交通事故。由于新加坡是一个法制社会，而且每一个路口都有红绿灯显示，虽无人指挥却井然有序。人行道上，只有零星的行人在无声地行走，与摩肩接踵的济南形成鲜明的比照。楼房在路的两旁，也在花木掩映中，造型不一，十分奇特，都显示着自己不凡的风格与诱人的风采，透视出大气、洋气与灵气。

好一座美丽的城市！

可是观景忘了看车，穿过一条斜路时，一辆汽车也已驰来。我抱歉地笑笑，做好后退的准备。岂不知车也停了，司机从车窗里伸出头来，微笑着，摆摆手，示意让我先行通过。我稍一迟疑，便匆匆而过，回首向司机招手致谢时，他已从容地开动了汽车，脸上依然挂着友好的微笑。我在国内也遇到过与汽车遭遇的情况，但受到的"礼遇"却绝然不同，汽车不仅照样行驶，司机还会大吼一声："不要命了！找死！"甚至还有更加不堪入耳的污言秽语，令本已惊魂未定的我，又受到一种人格的侮辱。今天呢，在美景愉悦了我的感官时，新加坡的司机又愉悦了我的精神，因此对新加坡的好感，又升华到一个更高的层面。

美丽华大酒店的附近，并非旅游胜地，也不是绿化最美的地方，但饭后不足一个小时的即兴观游，已令我感到欣慰异常。新加坡尽管只有600多平方公里，但它所包容的内涵与辐射出的美，就恐怕不是以面积的大小来计算了，所以，我期待着与之做更多的接触，用心灵去感受这一异国的情调。

1999年12月4日于新加坡美丽华大酒店

# 国家图书馆见闻

新加坡国家图书馆的管理工作已经步入现代化的管理层面，借书还书更具特色。借阅者只要将借阅卡往电脑的指定位置一放，将书的条形码在电脑上一刷，何人借什么图书便自然输入电脑系统之中。规定借期21天，超期罚款，罚款由本人持现金卡到电脑上自行操作扣除。还书的简便几乎令人难以置信，只要顺手将书扔进还书口，即可输入电脑操作系统。借阅者完成这道工序时，都是边走边扔，轻松中露出微笑，即便七八岁的孩子，对此也早已轻车熟路。借书还书的飘逸从容，令我们视作一道独特的风景驻足观赏，久久不忍离去。听图书管理员说，国家图书馆已与各个社区图书馆联网，借还图书似国内的银行的通存通兑一样，在任何一个图书馆都可以感受这种互联网的便利。意欲查阅有关资料或某种图书时，只要敲击一下电脑，便会立即给你一个如愿的答案。

下午，中国期刊展座谈会就在国家图书馆举行，许多关心华文期刊的新加坡国民闻讯赶来，侃侃而谈，叙说着各自的见解，而旁边不远的地方，便是年龄不等的读书人，不管我们如何高谈阔论，他们都恍若置身无人静境之中，这种全神贯注的读书习惯令我们敬佩不已，并自觉地压低了谈话的声音。会后到其他地方走走，一切都是静悄悄，外来的声响与行动对他们构不成任何诱惑，书中的内容与其内在心灵达成了和谐与默契。

特别有趣的是，十分庄严的国家图书馆专为孩子开辟了一方自由嬉戏的天地。那里有五颜六色的儿童书，供这些活泼的生命体任意挑选与翻阅。他们把书随心所欲地摆在地上，或坐或卧，或说或读，凭着儿童的天性与书中的孩子世界做心灵的碰撞。一些家长，并不用大人的行为规范约束他们的行为，而是为子女的放飞心灵窃笑不止。儿童的天真本性在这家图书馆里也展露得淋漓尽致。

国家图书馆的图书可以称得上蔚为壮观，但华文版图书仅有3万多册，英文版图书占据着绝对的主体地位，这与拥有77%华人的国度很不协调，而博览英文书者，却大都是黄皮肤的故国同胞。不过，这里华文版图书的文化品位很高，《藏传世书》《中国大百科全书》等都赫然摆在特别醒目的书架上。一位须发尽白的老者，正襟危坐，十分专注地研读着《周易折中》，还不时用钢笔记录着什么。那苍劲有力的汉字，透视出他的学养深厚以及对中国传统文化的执著追索。

令我感到欣慰的是，在图书馆结识了一位年轻的华文教师杨惠声先生，他那流利的普通话与热情的笑声，一下子拉近了我们两人的感情距离。他向我介绍了不少新加坡图书馆的情况，尤其是华文图书在新加坡的市场状况。我希望他找几位华文教师，在方便的时候召开一个小型座谈会，以让我更多地了解一下新加坡的华文教育现状。他十分爽快地答应了我的要求，而且给我留下了他的家庭电话。这是我在国家图书馆的一个意外收获，我希冀这一异国座谈会给我一个更大的惊喜。

1999年12月4日晚于新加坡美丽华大酒店

（载于《当代散文11家》，华艺出版社，2006年12月第1版）

# 飞禽公园撷趣

飞禽公园位于新加坡西部，在绿色植物的环抱之中。

一入公园，便可以看到两边树上的各色鹦鹉，它们看惯了来来往往的异国游客，十分从容地鸣叫着欢迎人们的光临。至于其他飞禽，也是随处可见，而且都在展示着各自的美姿。乘坐单轨车观览飞禽则有另一番味道，解说员用流利的华语抑扬顿挫地讲解着，各种各样的飞禽也便在游客的眼前次第出现，令你目不暇接，高兴异常。园中树木花草很多、很美，飞禽就幸福地生活在其间，让你感觉有一种步入原始自然生态环境之中的审美享受。

园中的飞禽表演给我留下了难以忘怀的印象。

先看的是老鹰表演。这里的鹰类，与我以前见过的秃头凶眼的恶鹰相去甚远，它既保留着鹰类飞禽的凶悍壮健，又有着色彩斑斓的羽毛。它们在人的指挥下，驯服而又英姿勃发，令在场的游客不时鼓掌叫好。在我一旁，坐着一位髯白发长的老者与两位不足一米高的小姑娘，她们有着长长的睫毛，深深的眼窝，大大的眼睛，黑黑的皮肤，当老鹰展翅飞来，音乐顿然奏起时，她俩也翩然起舞，与音乐节拍相和谐，灵动与美感同时折射出来，令人们感到一种自然童稚之美。一些人们纷纷端起相机，按动快门，留住了这一精彩瞬间。

其后去看鹦鹉表演。此前我在不同的公园看过多次，对此已失却了新鲜感。但同行的人们作了统一的安排，我也只好慢慢地跟着。但这次的鹦鹉表演却是别开生面，令我顿生不虚此行的感想。这里的鹦鹉不仅多，而且美丽宜人，指挥者也只四五人。鹦鹉不仅会说话，会钻圈，还会唱歌，虽不婉转，却也合乎曲调。后来，要演鹦鹉叨钱时，我以为是故伎重演，顿生反感。因为在国内观看过多次这种表演，指挥者口若悬河，志得意满，因为他的玩物鹦鹉不仅可以叼回游人手中之钱，而且可以辨认钱的价值，非10元以上不叼也。在一现场我领教过这种精灵的精细之处，一位小女孩手持一张5元人民币，双手扬着，喊着，聪明的鹦鹉却置若罔闻，而远处一位男士刚一举起一张10元人民币，它便展翅飞去，巧嘴一张，顷刻衔钱而归，送到主人手上。主人欣然收下，又放鹦鹉再去叨钱。主人眉开眼笑，鹦鹉往来飞转，观众掌声迭起。不长时间，主人手中的钞票，已是厚厚的一叠。但观众笑后如果稍作反思，又觉苦涩不已。这表演告诉人们的是什么呢？鹦鹉认钱不认人，认多钱而不认少钱。本已收费的节目，又多了一份额外的收入。但这里的表演却不同，主人照样放飞鹦鹉，让其去叨游客的钱，但表演不是敛财，主人还要让鹦鹉将钱完璧归赵。所以，那位游客接到鹦鹉送回的钱时，观众席上响起了热烈的掌声。如此而为，利益驱动少了，表演艺术高了，用鹦鹉的借还有道，向人们昭示一种人生的道理。而且主人笑得满脸灿烂，语言流畅而富风趣，令游客笑声不止，身心愉悦。

坐在我旁边的是几位马来西亚的小学生，我向他们了解一些情况时，他们竟然都可以说出一口流利的中国普通话。他们说，他们的先辈都是华人，马来西亚不少人会说华语，学生正值放大假的时候，教师便带他们到新加坡来旅游。上个假期到了泰国，以后的假期还要到另外的国家去。说这些话时，他们没有自豪与骄傲，而是自然而平常，因为在他们看来，出国度假是合乎生活常理的事情。

走出飞禽公园时，又遇到刚才见到的马来西亚的几位小学生，他们微笑着，彬彬有礼地向我挥着手说“再见”。是的，到了与这群孩子说再见的时候了，与飞禽公园也该告别了，但这里给我的心灵冲击，美感体验，却定格成一种美好的记忆。

1999年12月5日晚于新加坡美丽华大酒店

（载于《现代教育导报》，2002年1月10日，第4版）

## 绿色植物园

午后要去植物园游览，我感到那肯定是多此一举了，因为整个新加坡就是一个大植物园。上午去飞禽公园的路上，两边的草坪与繁茂的树木便接踵进入我们的视野，大家都惊叹这是植物的王国。即便在繁华的市中心，也往往可以看到大片的树林、花草，令人们感到这个寸土寸金的地方，绿色就是其主体生命。

但到了植物园，还是令我大开眼界，这里几乎荟萃了热带、亚热带地区的所有植物，在国内北方植物园温室中娇养的一些稀珍植物，在这里则遍地都是。这里无需专人往植物上洒水，雨水几乎每天给花草树木一遍乃至几遍的冲洗，使得每一片枝叶都绿得放光，花蕾则鲜嫩夺目，甚而可以让我们感受到它争奇斗艳的姿态与声响。走在满目绿色之中，心灵深处也不由得跳跃起生机。

几位年轻的美国人早已打开画夹，在一簇簇叫不上名字的花儿前专注地画着。我们悄悄走近他们的身旁一看，发现每一个画夹上都已经铺展开一个美妙的世界。有的还画上了点缀花中的蝴蝶，充满生机也洋溢着美。一位小伙子见我久久地欣赏他的画作，友善地朝我笑笑，又继续进行他的创造。斜阳透过浓密的树叶，播洒下点点碎金，在他们英俊的脸上锦上添花，充满趣意。一位印度黑人小孩，悄然按动了相机的快门。我分明看到，他的脸上荡羡起欢快得意的微笑。

新加坡的国花——卓锦·万代兰，在一片不小的草坪上独成一道诱人的风景。从远处观望，好大一片卓锦·万代兰的上端黄花点点，格外鲜艳。而近处细看，又感到奇中生怪，因为所有的花都没有植入土中的根。长长的茎，蛇一样盘绕于一个个直立的方形木桩上，那一缕缕根须，便一一裸露在外，无声地吸收着天雨的水分与自然的营养。我一方面惊叹其独特的生长方式，一方面神思天外，想着新加坡这个几乎没有任何资源而又异军突起富庶起来的国度，看似毫无依托，却将根须伸向国外，伸向似乎看不见的生命之源，进而悄然成长，蓬勃发展。

在植物园，我看到两个残疾人转动着轮椅，边行边看，边看边说，边说边笑，流溢着无法掩饰的幸福之情。我正担心他俩难上台阶观览不远处的一个景点时，他俩却轻巧熟练地转一下方向盘，轮椅便从容地驶到曲转而前的水泥路上。我这才注意到，这里已修了专供残疾人观光的道路，而且在每一个转弯处都有十分明显的标记。他们可以行到任何的风景点，与健全人同样拥有享受自然之美的权利。看着他俩渐行渐远的身影，再看看那高雅鲜美的卓锦·万代兰，心里涌动而生的一股温馨之水，便汩汩流淌，久而不止。

1999年12月5日晚于新加坡美丽华大酒店

## 蜡像馆感怀

圣淘沙观光区位于新加坡的南部，是一个颇受游人青睐的旅游胜地。

马来西亚的几艘轮船静静地停泊在附近的海域里，午后的阳光从云隙间洒下金光万道，令本就十分豪华的轮船更加器宇非凡。据当地人讲，这是赌徒们趋之若鹜的场所，因为新加坡禁赌，这些赌船便接纳四方赌客，然后再驶向公海，到那里做金钱的交易与利益的角逐。

我们对赌博避之唯恐不及，对捡拾到的这点信息很快置之脑后，然后便去观览颇有名气的蜡像馆。馆内的蜡像栩栩如生，即使人物脚上凸起的青筋都历历在目、触手可及，仿佛那都是一个个活生生的真人。置身其中，流连观览，方知那是一部浓缩的新加坡历史。

从1819年1月29日英国驻明古连副总督史丹福·莱佛士爵士和威廉·法奈尔少校（后来出任新加坡首任驻扎官）登陆新加坡，到1965年12月8日新加坡首届国会开会，铺展开新加坡近现代史开始到这一国家诞生的一轴历史画卷。这一弹丸之地，又是军事要塞，所以成了军家必争之地，而且英、日、印、马、中等国家的人们都以自己的生活方式在这里书写了很不平凡的历史。从19世纪20年代起，每年都有中国帆船抵达新加坡河口，并源源不断地带来中国移民，也带来干粮和腌制食品、中药材、丝绸、青花瓷器和陶器等。华人在甘密园做工，也经营有关商品，并有了市区规划的华人村，但华人的剧增与房屋渐增产生矛盾，造成华人移民或者苦力只得住在牛车水的简陋房子里。尤其是1942年2月始，日本人取代英国人统治新加坡后，生活相对稳定的人民便走入步履维艰的境地，而积极支持中国对日抗战，同时组织起来抵制日货的华人则被日军强迫集中到几个指定的地点，接受检查，遭受欺凌，如被视为反日，便遭屠杀。在观看这段历史时，我看到周围很多黄皮肤的中国人的脸上，都凝结着悲愤的严峻，乃至走出蜡像馆时，仰视悠悠白云与展望郁郁绿色时，仍然驱赶不去人们心中积淤的愤懑之情。

马来西亚的赌船依然泊在静静的海面上，越来越多的游人轻轻地踏着夕阳的余晖，向奇彩迭出的音乐喷泉汇聚。擦肩而过的，是肤色不一的各国游客，但这人流的主体，仍是黄皮肤的中国人，挺胸昂首，自信而又自豪，大国风度清晰地写在他们的脸上。于是，一股民族自豪感在心中腾地升起，我会心一笑，便融入那行色匆匆的人流中。

1999年12月5日晚于新加坡美丽华大酒店

# 华文版报刊图书一瞥

上午在报摊上发现零售华文版《新明日报》，便倍感亲切，因为到新加坡之后，在酒店只可以看到一种华文版报纸——《联合早报》，当时认为新加坡华文版报纸只此一种，所以今日有此新的发现，便有了一种格外的惊喜。

下午到新加坡报业中心——新加坡报业控股公司总部参观，经林焕章先生一讲，方知《联合早报》与《新明日报》原系此家报业中心的两份报纸，此外还有《联合晚报》与《星期五报》。《联合早报》注重经济、政治、文化等问题的报道，是新加坡在中国唯一公开发行的报纸，上海、北京、香港、台湾均有销售，并拟于新千年伊始，在广州新辟发行市场。《联合晚报》与《新明日报》有似于《北京晚报》与《北京晨报》，所载内容注重娱乐性、消遣性，在新加坡有着广泛的读者。《星期五报》则是以中小学生为读者对象的报纸，广告收入很少，入不敷出，不过为了青少年的教育，他们决定2000年分中小学两个层面的读者扩办成两份报纸，在内容形式上更适合于读者的实际需求。《都市佳人》是其主办的一份装帧精美的刊物，受众以当代女性为主，新潮时尚，颇受女士青睐，在广告市场上倍受关注，所以200页的刊物，竟有100页的广告。

报业中心真正地面向市场，受众的评价决定着它的生存发展，所以对报刊的质量有着很高的要求，主宰着新加坡的报刊市场，没有与之抗衡的竞争对手，有时也会有新的报纸破土而出，但都没有逃脱自生自灭的命运。因此，它成了新加坡唯一的报业集团。集团采编人员3200多人，经济实力雄厚，尽管近年来受到电视、互联网的冲击，但仍以不败的态势受到新加坡国人的喜爱。

我们到二三楼参观了华文版报刊的采编现场，很有现代气派，与我国《光明日报》的采编中心一样呈现出恢宏之气，但这里的工作个体的主体意识还是张扬了出来，一位小姐所操作的电脑上，置放着两个布制的小动物，活泼而有生气，像其他工作人员一样，她充满自信而又微微含笑。

3点半以后，我们又去新加坡最大的书店——百胜书城参观。我对琳琅满目的外文版图书没有太多的兴趣，几乎是直奔华文版图书销售处的。从图书的内容到装帧形式，都很符合当代人的阅读心理，所以翻阅购买者络绎不绝。我很为华文版图书在新加坡拥有如此之多的读者而高兴。可是待我一本一本地看其版权页时，心里顿时凉了半截，这些图书绝大多数竟是香港、台湾出版的，大陆出版社很少能跻身于这个热闹非凡的世界。后来，我在特价书店里看到了倍受冷落、俯拾即是的大陆出版物，尽管书价已经一降再降，依然是无人问津。山东省明天出版社的少儿读物，也是“门前冷落车马稀”。作为拥有近亿人口大省的山东省的一员，真是感慨唏嘘，无地自容。中国大陆有12亿多人口，500多家出版社，何以在这个拥有77%华人的国度里难有立足之地呢？带着这个疑问，我采访了胜华文化出版公司经理李元开先生。他已六旬开外，深谙新加坡华文图书市场的行情。他说，来自大陆的华文版图书内容过深、过难、过于僵硬化，儿童图书则趋向成人化，新加坡人不喜欢这种风格，也难以接受这种内容，所以不少大陆华文版图书没有走进新加坡读者的心里。

李先生说这些话时，平静、自然，但对我的心灵冲击却异常猛烈。在计划经济向市场经济转轨时期，出版社，尤其是个体书商，已经激战无数回合，在成败得失中，渐而适应了这种新的市场需求。特别是那些走在改革前面的人们，已经基本在国内图书市场上游刃有余，频频获胜了。然而，他们对东南亚，尤其是新加坡华文图书市场的了解不多，研究不深，甚至根本不了解。在改革之风吹来时，他们也慌不择路地冲出国门，尤其是走向东南亚图书市场，特别是将国内读者认为尚可的图书推向新加坡等一些国家。孙子曰："知己知彼，百战不殆。"反之，不了解新加坡读者的阅读心理与实际需求，失败也就成了必然之势。中国哲人又言："失败者，成功之母也。"但愿此"母"孕育出成功之"子"，使泱泱中国大陆的亿万图书真正地进军新加坡、东南亚，乃至整个世界的图书市场。

1999年12月6日于新加坡美丽华大酒店

# 走进新加坡儿童阅览室

在集体参观完新加坡淡滨尼区域图书馆后，姜小姐便带我们去西南方向的一家商店购物，时间是两个半小时，这对早存购物欲望的同行者来说，的确是一个难得的良机，所以不待姜小姐宣布这一信息完毕，几位女士已经率先步入商场。但我在参观图书馆时，很为儿童阅览室里的独特景观所吸引，因随团而行，只能走马观花地略一浏览，便心存留恋之情地与之告别。对购物历来不感兴趣的我，便悄悄折身而返，径奔图书馆儿童阅览室。

我十分欣赏这里营造的浓浓的儿童学玩结合的氛围。入口数步之后，便是一辆造型别致的六节小火车，前有虚拟的火车头，上有色彩鲜艳的花色篷布，每节车厢可坐两三人。有坐在那里聚精会神读书者，也有父母与之同读者，还有谈笑玩耍者。这里是读书的地方，也是玩耍的地方，儿童求知欲望与好玩的天性同时得到了满足。

与这辆小火车相对的，是一排排具有各国情调的书架。15个中国书架，一律黄色，与在国内见到的书架颇有似曾相识的感觉，而40个外国书架，均以具有儿童情调的尖顶小屋的形式构成，让你顿时想到那是西方一些国家簇簇相连的小巧玲珑的别墅群。仅从这种外在形态上，就足可以让你感到设计者是何等的匠心独运。顺手翻开一些儿童书，有文字，有图画，文字童趣横生，图画则形象地勾画出文中的意境。我想，设若我能返老还童的话，也一定会为此流连忘返，乐在其中。

更有趣的是，靠近中国书架的两面墙上，都有古诗古画，弥洒着中国古文化的芳香。每首古诗之上是一幅精彩的画面，下面注有汉语拼音与写着汉字的古诗，再下面的斜面木板上，则有作者简介、注释与译文。读读那些翻译文字，感到既合诗意，又流动着童趣。我先看了李白的《静夜思》、杜甫的《夜雨》、王维的《鹿柴》、郑燮的《竹石》，最后驻足于朱熹的《水口行舟》前，诗写得很美："昨日扁舟雨一蓑/满江风浪夜如何/今朝试卷孤篷看/依旧青山绿树多。"而对诗的翻译也颇有诗情画意："昨天夜里，我披着草编的雨蓑，坐在一只小船上，看着江中翻滚着白花花的浪头，心里想，经过一夜大风大雨，明天会怎么样呢？可是今天早上，收卷起挡雨的篷一看，雨停了，风停了，两边岸上青翠的大山，青绿的树木，依旧跟以前一样啊！”我刚看完，一位小孩已经从我腋下钻出来，用并不标准的普通话朗读起来，童音袅袅，诗意沛然，再看看那反映诗意的图画，竟感到自己也走进这种深邃清雅的意境之中了。

不过，真正前来欣赏这些古诗的儿童很少，中国书架前的小读者也寥若晨星，更多的孩子还是集聚于外国书架旁，在那里翻阅与学习。为此，我采访了一位新加坡的华人，他是带着7岁的女儿来此借阅图书的。他说，新加坡尽管是一个双语国家，但大都轻华语而重英语，小学阶段只有学语文课时用华语，其他学科的老师都是用英语讲课，尤其是上了初中以后，课程已不再将华文作为必修科目，可学可不学，大多数家长为孩子升学计，也不想让孩子花费较多的时间来学华文，甚至有的认为只要会读华语，会写自己的名字就可以了。作为源远流长的中国文化，到了这个以华人为主体的国度后，难道竟然失却了生命的活力？

这时，朗朗的童声吸引了我，转头一看，三个孩子正在中国书架前，诵读李白的《静夜思》，而在读到“低头思故乡”时，身后孩子的父母又用低缓的声调重读了一遍。我快步走过去，见他们眼里，已经有泪花滚动。这些流动着中国血脉的新加坡华人，是在用心灵去感受中国文化悠远的意蕴，并用心灵碰撞子女的幼小心灵。中国文化，还有着潜在的生命活力。

1999年12月7日晚于新加坡美丽华大酒店

（载于《中国教育报》，2003年2月18日，第7版）

# 在杨惠声家作客

自从在国家图书馆结识华语教师杨惠声之后，我们便经常运用电话这种便捷的通讯载体进行交流。关于预定召开小型华语教师座谈会的事情，我们设想过几种方案，都因我们的活动安排太多而难以敲定。今日上午已知下午6点以前集体活动即可结束，于是座谈会便定在今晚举行，地点是杨惠声先生的家。

集体活动一结束，我便与同行的侯尚德先生坐上了东行的地铁，到达四美站时，已是6点1刻了。若在国内，夜幕早已降临，而在新加坡，夕阳依然灿烂，透过青枝绿叶，洒落在净洁的地面上，我们便是踏着这碎金似的余晖，与迎接我们的杨惠声先生握在一起的。我们又坐了四站公共汽车，才到了杨先生的家。

杨先生三十多岁，尚未找到可人的女性为伴，独在一百多平方米的居室里，有序地安排着自己的生活与学习。他认为水饺是中国饭菜的象征，便买了馅子和白面，由我们三人各司其职地包起水饺来。

过了一会儿，两位青年女教师蔡红、陈梅青结伴而来，陈女士还抱来了她的小宝宝。她俩是来自中国安徽的语文教师，现在于新加坡教学华语。她们住在新加坡的西部，之所以专程赶到新加坡东部的杨惠声家里与我们座谈，一是因为对教育的关心，二是因为对中国的热爱。她们两位的先生一听说要与中国人座谈，便给了她俩很大的鼓励。她们说，她们十分想念中国，很想了解中国目前的教育形势，因为她们是中国人。

临近吃饭时，又来了一对青年情侣，男士名叫王俊义，地道的新加坡人，他的女友是韩国人，他俩都毕业于北京大学。王先生所教学华语者为中三、小二、小三、小四以及幼儿园的五个层面的学生，而且很得孔老夫子因材施教的妙道，效果颇佳。同时，他还与几位同窗契友创办了一份名曰《身土不二》的刊物。他说他的女友在韩国最深刻的汉字印象就是满街招牌上所写的“身土不二”。蔬菜水果摊外的大招牌就像童子军发誓一样，信誓旦旦地以这四个字强调其果实的新鲜——从土地里栽种出来的“身”，合二为一地继承了泥“土”的原始和自然。

几个初出茅庐的后生小伙，要想办好一份刊物，谈何容易！但王先生却充满了自信，他说，出版计划成型的初期，印行准证、阅读对象、批发网络、稿件来源等太多的顾忌，像一道高大而厚重的铁门，将他们阻隔在外，令他们寸步难行。可是后来义无反顾地开始动手做这份杂志时，才发现铁门并没有上锁。说着，他将创刊号《身土不二》递给我。我没想到这份仅有26码的刊物办得如此富有品位，不仅有诗歌、散文、小说，还有哲学方面的内容。可见，他将读者定位在喜爱华文的高中生、大学生方面，是深思熟虑，而非心血来潮。他说，《身土不二》要为他们开辟一方发表作品的园地。王先生从容自然地谈这段话时，依偎在他身旁的美丽而娴雅的女友，始终用明亮的眼睛看着他，自豪与幸福难以压抑地从她的整个面部表情中洋溢出来。

其后，他们要我们谈谈中国的报刊与教育，他们对此充满了好奇与希望。于是，我与侯尚德先生将自己的见闻感受绘声绘色地讲解出来。他们听得极其认真，有时还很激动。中国的改革与发展，令侨居海外的华人以及关心中国的人们兴奋不已。再后来，我们之间的交流由一方讲一方听转为热烈的讨论，友谊的鲜花也悄然怒放了。我们每一个人都为此次聚会感到幸福莫名。

10点半多了，大家仍然没有归意。陈女士的小宝宝早已酣然入睡，蔡、陈两位女士还要坐很久的地铁才能到家，所以只好与杨惠声先生握手告别。王先生携女友另路而行，我们便与蔡、陈坐汽车后又转上地铁。新加坡东部地铁是在地上行驶的，透过车窗，夜色中的灯光、楼房、树木依稀可见。而我们在车上，谈的依然是中国，是对祖国母亲的依恋与祝福。

1999年12月7日晚于新加坡美丽华大酒店

## 中国书刊应走向世界
### ——新加坡中国期刊展见闻与思考

新千年来临的前夕，第三届新加坡中国期刊展拉开了帷幕。在新加坡国家图书馆里，展出了600余种有代表性的中国期刊。新加坡的一些华人，以及关注热爱华文期刊的有关人士，观览了这场展出。

新加坡异军突起后，已经跃入发达国家的行列，它成了游人云集的地方，也成了人们了解世界的一个窗口。作为舆论载体的书刊，不宣而战地涌入这个富有竞争况味的世界市场。不要说英文版的外国书刊，即使台湾、香港等地区的书刊在这里也已有了一席之地，而中国大陆尽管拥有12亿人口、8000多种期刊、500多家出版社，却在这个多元化的竞争市场上显得势单力薄。通过期刊展、书刊展等形式，展示中国大陆改革开放以来书刊发展的繁荣景象，认真研究新加坡华人受众的实际需求，调整出版方略，从而在新加坡书刊市场上占据应有的位置，已是势在必行，迫在眉睫。

新加坡有77%的华人，华语情结或急或缓地在他们的血液里流淌着，这也许是中国书刊在这片沃土上生根、开花、结果的最好的基础。近年来，前往新加坡的中国人日渐增多，他们通过书刊了解国内情况的心情更为迫切。我在圣淘沙遇到一位在新加坡一家电脑公司打工的青岛女孩，她说与她同来的十几个同学，几乎是见了好的中国期刊就买，有空就想去书店购买一些新版的大陆图书。我感到，他们对中国书刊，有着一种母爱似的亲和。而且新加坡政府规定，华语是小学的必修课，华人家庭的语言交流不少也以华语为主，这便给中国书刊，尤其是少儿书刊提供了一个十分广阔的阅读背景。实践证明，大陆的一些期刊，已经在新加坡市场上显见了旺盛的生命力。价格不菲的《人民画报》，竟有2000份在新加坡销售，《读者》最高销售量曾达5000份，其他如《小说月刊》《语林》《故事会》《咪咪》《半月谈》等也受到不少读者的青睐。另外，妇女类、老年人杂志、收藏、书法、词典等书刊也颇有销路，所以，研究新加坡华人的阅读需求，将书刊有效地推展到这个市场上，既有经济上的收益，又有着深远的社会意义。

不过，中国大陆书刊界的人士很少认真研究过如何打入这个市场。

新加坡300多万人口，华人就有200多万，但华人书刊在新加坡市场上所占比例却少得可怜。即便在华文版书架上，摆放的也多是香港、台湾版书刊，大陆书刊既少又受冷落。在这次展出时，我们的一些期刊很少有人翻阅，令我们这些在场的中国人尴尬与不安。中国办刊者是针对国内读者而策划选题、组稿编稿的，这与新加坡受众的华文水平、认识水平与评判标准相去甚远，所以不少期刊感受碰壁的痛楚自成必然之势。我们也召开了一个由50余人参加的座谈会，有人还提出了具有一定水平的意见或建议，但时间太短，没有真正深入探讨下去。我曾与几位当地的华人私下交流，他们讲得一针见血：你们的期刊有的办得很有特色，但大多数期刊的内容，是我们绝不感兴趣的，华文版《联合早报》《联合晚报》《新明日报》、刊物《都会佳人》为什么深受华人的喜爱，因为它们办到了我们的心里。他们还说，目前人们对书刊的装潢包装提出了高层次的审美要求，中国大陆的出版者这方面的意识还比较淡薄，一些书刊显得层次低下、土里土气。另外，价格也成了抑制市场的一个重要原因。新币与人民币的兑换比率约为1：5，华文版书刊是以人民币标价的，但卖的却是新币的价格，也就是说在新加坡要以大陆5倍的价格购买书刊，颇令并不拮据的新加坡人在华文版书刊前望“价”止步，而且滋生出一种心理上的不平衡。如果与当地的华人再深入谈下去，便感到这种期刊展更注重了形式，没有从根本上解决问题。如果不从办刊思路、编辑内容、读者需求上作以深入的研究，即便再展出三五次，也还是舍本取末，不得要旨。

不过这次中国期刊展毕竟给了我们一定的启发，即便如瞎子摸着石头过河一样，也还是有了勇气探试。起码在我的心里有了一种强烈的信息冲撞——中国书刊要冲出国门，走向新加坡、东南亚，走向世界，占世界人口五分之一的中国人在世界书刊市场上应当拥有华语文化的骄傲与自豪。

1999年12月7日夜于新加坡美丽华大酒店

# 初入柔佛州

在新加坡逗留五天的时间，在这个虽小却美的国家的东南西北几乎转了一遭。正所谓“梁园虽好，不是久恋之家”，不知不觉中，我们都滋生了寻新求奇的向往，所以，今日要去马来西亚，便兴奋不已，情趣陡增。

下午5时自新加坡美丽华大酒店坐上汽车，北行半小时，便到了马来西亚的边境。从此国到彼国，如此迅速便捷，虽有所料却终感惊奇。

一湾宽阔的海域上，南北横亘着一条长长的大堤，汽车在上面往来奔驰着，海水却静静地躺在大堤的两边，目睹着日出日落，看惯了各国游人，显露出见多识广的波澜不惊的形态。

晚饭安排在海域北岸的新香港酒楼，饭菜虽然十分简单，但却合乎中国人的口味，不长时间，饭桌上便呈席卷残云之势。

饭后走出酒楼，举目南望，不远处便是刚刚离开的新加坡，东西两边，海水茫茫，心中便有了一种旷远的感觉。比起新加坡，拥有33万平方公里疆土的马来西亚可以称得上幅员辽阔的大国了，而我们的驻足之地，则正是马来西亚柔佛州的南端。夕阳斜照，绿树簇簇，海风轻轻吹来，给原本温热的天气送来一丝清凉。

夜住新山市冠晶大酒店，放下行囊，便邀上同伴，到市里一游。这里的街道没了新加坡的净洁与平整，鲜见了遍地尽是的绿色草坪，也少了繁茂与密集的树木，甚至不够卫生的地方还偶尔闯入我们的视野。特别是往来如飞的汽车，因缺少红绿灯的设施，令我们每过马路便左顾右盼，心存惊慌。

我们步入一个较大的商场，货物琳琅满目，人声也嘈杂纷乱，所以，走到第二层，便折身而返，回到下榻的酒店去编织明日的梦想。

明日将路经闻名遐迩的马六甲海峡，入住马来西亚的首府吉隆坡，那里也许可以圆我们这些远来游子的美丽梦想吧。

1999年12月8日晚于马来西亚柔佛州新山市冠晶大酒店

## 青翠的棕榈

早饭之后，便离开新山市，乘车进入长有890公里的南北大道，向西北方向驶去。

公路两边是漫野的棕榈与橡胶树，遮蔽了土地，远近绵延，无边无涯。这些树木尽管没有高耸入云的树干，但那大大的叶子，繁茂葱翠，十分宜人。它不似原始森林那样高低不同，疏密不一，而是横竖成行，呈示着有序与规则。原来，棕榈均系人工种植而成，而且大都生长在一个个凸起的土丘上。因为这种植物需要充足的水分又害怕涝灾，马来西亚高低起伏的地势与常年有雨的气候，便为其生长提供了天然的契机。它不像国内农村庄稼那样在一年之内生死轮回，而是可活30来年。这里的人们无需一年一度地忙于种植与收割，只是按季收获。棕榈的果实可以榨油，并成为以伊斯兰教为信仰的马来西亚人的主食油料，其榨油的产量与出口量，与橡胶等一样，在世界稳居第一。沿途旷远的土地上，很少见到房舍，更鲜见人群居住的村庄。

9点多钟，原本阳光灿烂的天空突然飘来几片云彩，顷刻间，雷鸣电闪，暴雨如注。公路两边的棕榈，与茫茫无边的大雨做着顽强的抗争。公路上已有积水流泻，棕榈的每一片叶子都因雨水的冲刷更见生命的绿色。十几分钟过后，乌云无声地隐退，阳光又从云隙间洒落到株株青翠的棕榈上。滞留在绿叶上的颗颗晶莹的水珠，则将片片棕榈装扮得风光无限。

这时候，汽车内没了声响，每一个人都将窗子打开，去观照棕榈雨后的生命状态。司机似乎读懂了我们的心思，将车停放在一个不大的停车场上。于是，人们便不约而同地奔向近处的棕榈林。

棕榈的叶子很似芭蕉，叶柄有细细的小刺，因了雨水，变得比较柔软，用手触摸，有一种柔嫩的感觉，痒痒的，十分舒服。一阵风起，颗颗晶亮的水珠便害羞似的滑落到地上，并顿时融入大地母亲的怀抱里。

据导游说，棕榈开花时，从叶间钻出内穗，黄花点点，十分美丽。可惜此时不是开花季节，空留诱惑在我们心中盘旋。但这骤雨，这绿色，这轻轻的触摸，已令我们感到美在其间、妙在其中了。

1999年12月9日晚于吉隆坡明阁大酒店

# 马六甲抒怀

只要铺展开世界地图，将视线往东南亚方位一扫，便会立刻感受到马六甲海峡是一个举足轻重的战略要地。它从西头的半岛到东头的皮艾角，绵延1080公里，西北部宽370公里，东南部宽37公里，最窄处仅只5.4公里，是欧、亚、澳、非洲之间的海运要道，每年都有六七万艘船只从这里飞驰而过。

时近中午，我们终于领略到了它那独具的风采。

海水茫茫，船舰或远或近，或隐或现。碧波荡漾的大海，既容纳百川，吞吐万物，又诉说着历史的变迁。这里16世纪奔驰过葡、西、英的侵略战船，二战期间翻腾过日军侵略的硝烟。而岸边尚有战后留下的残垣断壁、炮台座座。蔚蓝的天空白云悠悠，似乎也在回首往事，俯瞰当今，给马六甲一个客观的评说。

最早将船只驶入这片海域的是中国人，可以追溯到15世纪初叶，不是侵略，而是将友好与文化的种子在这里播撒。

历史记住了这个伟大的时代，也造就了一代伟人——郑和。

郑和的塑像迄今安在，无声地雄踞于华人山下。塑像不高，但雄姿勃发、威风凛凛，令我们在瞻仰之时生出许多自豪。还在1405年时，他便率舰队通使西洋，两年后返回故国。后又屡次航海，凡28年间，七次出国，遍访三十多个国家与地区，最远地方曾到达非洲东岸和红海海口，谱写了一曲中外航海史上前无古人的壮歌。

朗日皓月，行云海波，你是否可以向今人叙说一下当时的盛况？想当年，大明皇帝不仅嘉奖郑和，而且将公主远嫁此处的皇帝。

距郑和塑像不远处，还有一口完好无损的公主井。据说当时水源奇缺，郑和曾掘井七口，这里的皇帝便赐公主水井一口，以示特殊关爱。

明朝公主早已埋于异国之地的九泉之下，公主井的悠悠深水却缓缓诉说着一段中马两国友情、亲情的佳话。

在我正要离开公主井时，一位年事已高的马来人翘起大拇指说：“中国公主，太伟大了！”我看着他满脸的虔诚，笑着与之告别时，一股自豪之水在胸中汩汩流淌。

1999年12月9日晚于吉隆坡明阁大酒店

# 黑风洞之奇

吉隆坡东部的黑风洞以奇与美著称，它在马来西亚雪兰莪州之内，因历史的原因迄今仍为印度的辖区。这一带除了供人游览之外，印度人还建起了小学与初中，于是，印度的文化便在这里繁衍发展起来。

黑风洞又有黑洞与白洞之分。黑洞因其险象环生与游人屡屡失踪而关闭，所以，游览黑风洞，便将重心放在了白洞上。

白洞前面是遍地行走或飞转的和平鸽，且时有数只机警的猴子跳来窜去。这些动物见惯了游人，知道了游人的友善，所以，不管游客如何往来行走，都旁若无人地自由嬉戏。与群鸽合影，与玩猴交友，便成了我们这些异国游人的共同乐趣。

拾级而上方可进入白洞，而沿路的印度雕刻艺术会令你心驰神往。每件艺术品都精雕细刻，很具功力，人物栩栩如生，有些甚至是人物与动物合二为一之物。走至石阶中间时，左右观看，但见峭壁千尺，绿树铺展，大自然的壮美赫然入目。

进入石洞之中，上面断断续续地流下水滴，打湿了水泥地面，有的还形成片片浅浅的积水。石洞顶端有石灰岩倒悬，呈千奇百怪之状，显自然造化之功。中间露天，近似圆形，仰观而体悟，有一种直视天穹的恢宏感。石洞很大，有不知名的鸟儿叫着飞转；而一只只小猴，做出各种姿态，令你感觉是在向原始生态逼近。

洞壁上时见雕塑，与初登石阶时见到的雕刻艺术有异曲同工之妙，印度的佛教文化在这个神秘的地方又幻化出更多的神秘色彩。石洞的壁与顶，乃天然生成，而石阶为人所造，雕塑为人所刻，水泥地为人所铺，但这里的人为构建已经融入自然的怀抱，人文景观与自然景观同时步入和谐、古朴的殿堂，印度佛教文化的深奥与大自然的奇美，同时冲撞游人审美的心灵世界。

这种独特的景观与吉隆坡市区的喧闹及现代化的建筑形成迥然各异的两种风格，两种情调。皇宫前骑马侍卫的雄姿英发、独立广场前古式建筑的典雅、直插云霄的双峰塔的壮美、与黑风洞自然造化与艺术雕刻遥相呼应，各显亮色。所以，在与黑风洞挥手告别时，总是别情依依，恋恋不舍。

黑风洞黑洞的真面目难以观览，不能不是一个遗憾，不管导游将它说得如何奇崛与悲壮，还是难以用想象去勾画它的真实。这一悬念，仍在我的脑海里挥之不去。

1999年12月10日晚于吉隆坡明阁大酒店

## 登临吉隆坡塔

久闻吉隆坡塔是一个观览马来西亚首都夜景的绝好去处，明早又要返回新加坡，所以，今晚登临此塔便是此番马来西亚之行的唯一机会了。晚饭刚过，便与侯尚德、潘启澎先生向吉隆坡塔走去。

公路上的汽车如梭般奔驰着，双峰塔下已是行人如织，灯光如昼，而吉隆坡塔的圆形灯光，也已璀璨夺目，与双峰塔遥相呼应，构成夜间高空建筑对峙的壮美。

继续向着吉隆坡塔行进，方知沿途高楼林立，造型优美，呈示出大都市的气派。

吉隆坡塔坐落在咖啡山上，四周草木繁郁，景色宜人。146米高的广场中央，喷水池在灯光闪烁中吐珠溅玉，为高耸入云的吉隆坡塔做着绝好的映衬。

坐上电梯，可以直达塔顶。塔顶四周由玻璃环罩，透过玻璃，可俯瞰吉隆坡的全景。

吉隆坡之夜太美了！原以为很高的大楼，只好在吉隆坡塔下俯首称臣，只有双峰塔，依然高高矗立，灯火灿烂。纵横交错的公路上，往来行驶的汽车显得很小。造型各异的楼房，有的从窗中透出灯光点点，形成纵横有序的块块“井”字形组接的亮块；有的则没有灯光，在幽暗的夜色中呈示出朦胧美。

吉隆坡塔正处市区中心，在其上环绕一周，可以俯瞰全城夜景。这时候，我们才感到吉隆坡真大真美。我们转了一圈又一圈，看了一遍又一遍，原有的疲劳早已隐踪潜影了，全心的愉悦升腾起来。

我们边转边赞不绝口，而猛一回身，竟然发现塔中间的柱墙上雕有许多国家的塔形与塔高：553米的加拿大CN电视塔、537米的俄罗斯奥斯坦基诺塔、450米的上海电视塔、421米的吉隆坡塔、415米的天津电视塔等。世界最高的五座塔中，中国竟占了两个。我们在上海电视塔图像前照相，自豪感随着“咔嚓”一声的快门声，一种永恒的纪念便留存下来。

终因时间已晚，只好恋恋不舍地归去。9点35分赶到酒店时，同行的另外13人还在房间里闲聊着。其实，我们只在吉隆坡驻留一天两夜的时间，时间对我们何等宝贵，错失这一重要景点的观览，岂不万分遗憾，但我们将这一想法与之交谈时，他们却都不以为然地笑笑，继续去做无聊的神侃，而我则铺开纸张，奋笔疾书，记下了这一难忘的登临吉隆坡塔之行。

1999年12月10日夜于吉隆坡明阁大酒店

# 人与动物的和谐

我去过几个动物园，总对人与动物的活动情态表示忧虑：大都是将动物囚于笼中，当作游客观赏的玩物，使动物丧失了本有的天性，所以观看时，感到情趣大减。后来人们突发奇想，将动物置于一个自然生态环境中。游人坐在封闭保险的游车上，从“囚车”上看回归自然的动物。这样一来，动物的灵性得到了张扬，但人的心理却被锁禁了。我总在想，用何巧计妙方，使人与动物都适得其位、自由自在呢？我将这一希望寄托于新加坡万里动物园。

动物园位于新加坡的北部，与一个不小的蓄水池相依相傍，加之遍地都是的青草绿树，使这里的动物有着得天独厚的生存条件。

走进动物园，我立刻亢奋起来，心存幻想的美好景象就在眼前。我的第一感觉便是，动物在自然中，人亦在自然中，没有人为的隔离，也无心理的屏障，就像走进了一个动物王国里。原来，一些凶猛动物活动的地方与游人驻足观览的所在，在地势上有一个落差，其间的水沟为茂密的草本植物所遮隐，从视角上，人与动物之间隔着一小段自然生长的植物，是在与之做同一环境的互娱互乐。游人可以不受约束地欣赏凶猛动物在草地林间奔驰腾跳；而一般动物则在游人可以走进的环境中，让人们悠然自得地与性格温柔的动物做亲和友好的逗趣。

下午5点钟，阴云大多隐去，夕阳也失去了午时的炽热，透过树隙洒落在我们身上，有一种难言的舒服。就在此时，我们步入了蝴蝶馆。各种色彩的蝴蝶，翩翩起舞，缓缓而行，或者停贮在鲜花上，去吸吮花的芬香。我正陶醉在这种观游中时，一只蓝色蝴蝶已经悄然落在我的肩上，它长得很美，两根须一上一下地摆动着，在我肩上轻轻地转动。好长时间，它才不动声色地飞转而去。这里的蝴蝶与游人相亲相近，游人更不损其秋毫。庄周梦蝶是令人深思的哲学命题，设若庄子再世，畅游此馆，他肯定又不知是庄周变成了蝴蝶，还是蝴蝶变成了庄周。我们虽非庄子式的哲人，但在蝴蝶馆中的审美思索却在绵绵伸延。

6点多钟时，我们已经在动物园里余兴未尽地转了一圈。走到鹿场时，才发现乌云早已将夕阳遮掩，雷声也已隆隆响起，刹那间，倾盆大雨自天而降。我们躲进一个没有墙壁却有方形顶盖的建筑物中。对面的梅花鹿没有因骤雨突至惊慌失措，而是从容自若地走进它们的房子里。树上一些苍黄的叶子与黄色花儿，经不住强劲的雨势，飘然而下，真可谓“落英缤纷”。半小时后，雨渐渐停下，天还阴着，经了雨的冲洗，所有的花草树木更显鲜亮青翠。

在这所动物园的一侧，还有一个夜间动物园。草草吃过晚饭，便径奔而去。可是到售票口一看，不由得大吃一惊，一张门票连同乘坐游览车费竟需18.5新元（合人民币90多元），而我们两人手中只有零钱少许的新币。明日即要回国，此晚不看，更待何时？可是近处并无兑换新币之处，只好向售票员、售货员、游人等陈述兑换新币的迫切心情，结果均以失败告终。这里只有美元、港元可以通用，人民币没了用武之地。正在无可奈何之时，突然见一个操着中国口音的旅游团走来，于是快步迎去，说明原委，不费吹灰之力便换了40新元。

真是喜从天降，匆匆买上门票，奔入园中，坐入游览车之中。游览车启动了，开向密林深处，开向动物出没的地方。雨后的树叶在灯光下，闪着黝黑的光；而没有灯光的地方，树木影影绰绰，或隐或现，给人一种神秘与恐怖的感觉。于是，人们屏住了呼吸，以防怪兽突然袭来。

车开得很慢，有时干脆停下，因为各种各样的动物随时在左右出没。时有雄狮在很近处目露凶光地与游人对峙，老虎张开大口啸震山林。我们坐的车子则没有任何遮拦，如若猛兽奔来，说不定顷刻毙命于异国他乡，所以，这时大家的心收得更紧，每一个人的脸上都现出一副严肃的表情。后来，我们又走下游览车，到幽深小道上去感受更加恐怖神秘的气氛。雨水还没有从树叶上滑落，碰在我们身上，湿湿的、凉凉的。而林间的大小动物都在探头探脑，或大摇大摆地走动，或蹦跳奔驰，呈凶顽之态。原来，这里与白天观游的万里动物园一样，在凶猛动物与人行路之间有一道草遮的水路，只不过夜间更难发现这种掩体而已。它们垂涎欲滴，也只好望“人”兴叹。而我们，却感受着夜间与动物同处的神秘快感。

动物要回归自然，也要亲和自然，而人与动物同属于大地上的生命体，和谐地相处当是一种美，一种幸福。

1999年12月11日于新加坡美丽华大酒店

## 旅游购物的喜与忧

8点1刻，我们即赶到新加坡樟宜机场，拟乘CO958次班机飞返首都北京。

我们一行16人，都已坐在候机大厅里，谈论着这些天来的见闻与感受。坐在我身旁的一位老先生，却愁云笼罩，闷闷不语，与往日的乐观健谈判若两人。问及原因，方知在吉隆坡旅游商店购物时购买了一些金额不菲的赝品。

我们在吉隆坡只逗留了一个白天的时间，导游却用了不少时间将我们运载到吉隆坡东郊雪兰莪州的几个以卖金器玉石为主的旅游商店里，去做定点购物的活动。导购小姐仅用了不足10分钟的颇富煽情性的解说，便点燃了大家购物的强烈欲望。尤其是导购小姐极力推崇的新千年“时来运转”金饰物，就更成了人们争相购买的抢手货，尽管每件999元，却仍有不少人一掷千金，一买就是三四件甚至五六件。现在坐在我身旁的这位老先生当时似乎棋高一着，他在与导购小姐窃窃私语，然后喜形于色地一买便是6件。我走到跟前意欲提醒其请勿上当时，他却支支吾吾，躲躲闪闪，对我防之又防。上了汽车之后，他才得意洋洋地告诉我说：“导购小姐按9折单售于我，让我秘不外宣，真是抱歉之至。”我真为他悲哀，因为在他购物之前，一位购物小姐也以同等手段要我买上几件，在讨价还价之后，她十分诡秘地告诉我，可按4折独售我几件。其实我只是问问虚实，并无意购买，所以推脱太贵而与之告别时，她却笑得格外妩媚，拉拉扯扯，问3折如何？呜呼，老先生竟以9折购回了独享的“优惠”物，不知其他诸位正欢天喜地欣赏所购之物时，以几折“优惠”买了几件新千年“时来运转”金饰物？我粗略算了一下，除两三个人购物较少之外，其他人仅从第一个商店平均购物即在三千元之上。诚实的中国人，当将这批赝品带回家赠送亲友时，是否想到真的“时来运转”了？现在这位老先生坐在我的身旁，再没了那天的得意与神秘，他说自己走进了两难的境地。如果说货真价实送给亲友，特别是妻女，愧疚之情必然久久啃啮他那受伤的心灵；如果告之真情实况，会很令翘首以待的妻女、朋友万分扫兴，甚至遭到揶揄与嘲弄。见他举手无措的样子，我也真为之着急，只好用“吃一堑，长一智”“失败者，成功之母也”等话来劝导他。他说这些道理自己都懂，可心里仍难以承受这个打击。他说，他在新加坡一家权威商店里做了认真的咨询，“时来运转”真品价格确乎可值千元，且货色也异常精美，而他购买的赝品与真品一比，简直是粗陋不堪，其价最多也只值数十元而已。而且同行者迄今仍蒙在鼓里，以为要载珍品而归，凯旋的得意之情仍真真切切地写在每一个购物者的脸上。

我真的困惑不解了。同行者都是拥有知识的领导与学者，甚至有人还经常出国，目睹耳闻过他人上当、自己也上过当的人，却又在这一次出国时“败走麦城”，真不知错了哪根神经。目前一些旅游点商店里赝品之多、价格之玄，确乎到了令人堪忧的地步。记得今春到海南开会时，一个规模不小的商店里标价498元一件的“珍珠项链”，最终竟以20元售出。而用标价或略低标价购买以悦亲友者之多，恐怕数也数不清。人到外地，尤其是国外，总想买点特色东西以馈赠他人或留下自用，与导游联手的旅游商店便应运而生，并呈方兴未艾之势。这种市场缺少法制管理与有序规范，便令观游胜景的人们或喜或忧，走入一个人为的迷宫。

飞机起飞时，有的同行者还为多购了几件“时来运转”金饰物而喜形于色，津津乐道。我分明看到，那位已知上当的老先生正一声不响地在那里苦笑与思索。

1999年12月12日于北京

# 越　南

# 北部湾之行

下午进入越南之后，行车半小时，便到了芒街码头。乘船向西南方面行驶，直进下龙湾。

这一段距离大约行驶3个小时。船在波澜不惊的水面上行驶，两边是水上之山。南边便是被称作“水上桂林”的群山。

说是群山，但与我们常说的群山有着明显的不同。因为它是一个又一个小的山错落有致地散布于大海之中，在其背后不太远的地方，则是连绵不绝的山脉。一个个小的山头，与桂林之山有相似之处，也有不同的地方。就其突兀而起、互不相连来说，它们有相通之处，但是，总体上说，它比桂林的山还要小一些，但却要多得多。它不像桂林的山那样有茂密甚至是较高的树木，只有一丛丛灌木不规则地散见于山的不同角落。有的多一些，有的少一些。也许由于没有桂林的山上那么多的土，所以看得见的都是山石，这些灌木，是在石缝中寻得一线生机，异常倔强地生存着。

但它有大海作为底色，有连绵的山脉作为背景，所以就有了不同于陆地山水的美丽所在。同行的陈强说其犹似一个个的盆景，不是没有道理的。在自然物之上，加以人工的修饰，便有了巧夺天工的景观。但那毕竟有了人为的痕迹，这里却是一种纯天然的景色，而且再有气魄的艺术家，也不可能将盆景放置在如许广阔的大海之中，绵延上百公里。也没有任何的艺术家，会有如此的气魄，将如此大的盆景雕得如此天衣无缝。

这就是大自然的鬼斧神工，是人力不可为也的地方。在这么一个长廊中，它不管日月星辰何以变迁，一如故我地生息不止。“道法自然”，也就是自然，是最高的层次，最高的境界。所以，重视自然，珍视自然，欣赏自然，就应当成为人类的本能，但现在的人却往往忽略了这一点，所以也就受到了自然的嘲弄与反击，而自然中的审美形态的东西，就更是如此，我们往往有意无意地在毁灭这种美，于是，美也就在看似自己毁灭中，也将人们可以作为审美对象的物象摧毁了，而世间一旦没有了自然美，人之为人，就缺少了许多东西。即少了自然美，人也就缺失了许多东西。在它在的时候人们也许并不珍惜，而一旦失去，就会感受到它的力量。

所以，在异国他乡，看到这种自然之美时，总是带着一种朝圣的感觉，不要认为自然就不是圣人。在老子心中恐怕没有人比自然更圣人了。

2004年8月10日晚于越南河内河新工别墅

# 国父胡志明

对于胡志明这个名字，中国人几乎无人不知，但中国人只知道他是一个革命的领袖，很少有人知道他是一个迄今仍被越南人称道的国父。

带我们团的是一个越南人——阿福。在与我们刚刚接触不久，他就从心里流露出对胡志明的敬仰之情。而在今天上午在瞻仰胡志明遗容时，以及观看他的住处及博物馆时，我这方面的感受就更加强烈。因为我也从中更多地了解到了胡志明的革命斗争及其生活情况。他终生致力于越南的革命事业，终身未娶，没有留下后代。就是他的哥哥与姐姐，也是独身一人，直至去世。他并不是一个保守主义者，他到过世界许多国家，他会五国语言。他的生活异常简朴，简朴得令你感到一个伟人太过平凡，但也正是这样，他才更加令人敬佩，所以，自从他于1979年去世后，到现在人们还是将其视作本国的国父。他不同于金日成，朝鲜人已经将其视作一个神，一个超越人们之上的神。他也不似毛泽东，太多的人为个人崇拜，以致在他去世之后，对他的评价总是与先前的评价大相径庭。

胡志明保持了自己革命成功后的冷静，也保持一个人之为人的平凡。所以，时代的变迁并没有将他从原有的敬仰的天上拉下来。

越南的变化是巨大的。从昨晚初入河内，到今天从河内出发，几乎是无处不在的摩托车，看出这所城市的喧闹与繁荣。我曾去过朝鲜，那里有着良好的秩序，有着本分的人民，但那里的贫困却是何等的可怕。这里则不然，繁闹的城市中，升腾着经济的复苏与发展。而在这种市场经济到来之际，人们的价值观虽然发生了一定的变化，但人们对胡志明的敬仰没有变。这就不同于一般性的领袖——在时是神，去时是魔。

所以，作为领袖，如果将自己视作神，将人民视作玩物，他就只能得逞一时。而只有在世时就将自己视作人，去世后人们才能将其视作神。

由于来越南，对胡志明多了一点敬意；因为来越南，对这个社会主义国家有了一点了解。

2004年8月11日傍晚于越南海防市星星旅馆

# 老虎机前

对于赌博，我一向嗤之以鼻，但今天下午的旅游项目中有一个海防赌场。在这个社会主义国家里竟然专设了赌场，这是来前没有料到的。

既然来了，就有一看的必要。这不但出于好奇，还有增长见识的必要。但由于第一次到这个地方来，它到底如何，还是与在电视上所见到的样子一致？

赌城不大，坐落在越南东海边上，坐东朝西，小巧玲珑。走进去后，但见里面已经有了不少人。中间部分围了不少人，说这里是下赌注比较大的一个赌点。西南与西北也有一个较大赌注的分点。而四周与门庭中，多是老虎机。虽是小打小闹，可因为一次买的不得少于100元人民币，换成11美元之后，再换成44个筹码，方能进入老虎机的运作之中。

从来没有打过老虎机的我，断定是要进行一下尝试的，并非为了赢钱，更不是为了输钱，只是对这种生活进行一下体验，所以心中在想，这100元是一种体验费，输了不再作，赢了不再打。

投上一个筹码，用一只手将一个把手向下一按，很快就会现出结果。这并不是一开始就知道的，而是看了几个打老虎机的人才开始尝试的。

前两码显示的结果是0，也就是说输了。而后则或得手2个5个或15个，而更多的，则是0。同行的张宝敏一直跟着，还不时地献计献策。后来同行的刘健也来了。张宝敏希望我打那种命中率比较高的，但是，命中高额者也相对较少。于是，我选择了一个高额者。刚打了两下，便命中了100点。“叮当”“叮当”的撞击声引来了不少的围观者。因为如此而获得成功者，在众多的打老虎机者中，并不太多见。我所见到的一些打者，多是一败再败，扫兴而止。

获得如此成功，是进行下去，还是见好就收？这是两种选择。我毫不犹豫地选择了后者。这并非认为得了便宜不想再输，而因为一开始就没有想着多赢的目的，所以，有此体验足矣。

但我没有得意忘形，非常平静，只是知道了老虎机是怎么回事，是怎么赢的怎么输的。仅此而已。

其实，长时间地打下去，绝对的输多赢少，就是赢，也不会太多。况且靠这种方式赢些钱，其价值也没有太大，说不定还会增加一种侥幸取胜的心理。

毕竟是有了体验，增长了一定的知识。所以在平静中，还是多了一些愉快。我想，就是全输了，我也不会特别的不高兴。我相信自己的心理素质，也相信自己认真学习了几年儒释道的经典之后，文化品位与思想情调亦不同以前，这也许就是我心如止水的原因所在吧。

2004年8月11日晚于越南海防市星星旅馆

# 海上桂林的小孩子之乐

今天下午游览海上桂林，与10日艇上之行有明显的不同。那天在某种意义上说，是从远观，今天则是近看，有的就在面前，有的可以直接深入其中。山上低矮的树木眼之可见，手之可触。小船就在我们旁边不断地穿梭而过。

听导游说，这里已经成为世界自然遗产，每天前来旅游的国内外游客络绎不绝。

与10日相比，那是一个水上长距离的桂林，今天因身在其中，因此看到的是美丽的景色，而看不到远方的景观。

可就在船上，因为有李伦娥之女李小娥与赖红英之子聂其臻的参与，则多了许多趣事。

在我们男人看来，越南导游阿福只是一个平常的孩子，黑黑的，平常的身材，平常的表述水平，但是，李小娥却毫不掩饰地称其为典型的帅哥，并说他就是自己在越南的男朋友。此语一出，大家笑声一片，阿福的脸上也泛起红晕，但李小娥一点儿也不羞涩，并说可以与阿福同照一相，留此一照。

于是，就在船头上，两个人站在了一起，而且都洋溢着甜甜的笑容。先是李小娥将手搭在阿福的肩上，后是阿福也将手搭在她的肩上。而为妈妈的李伦娥，则是自然地笑着。几张照片就留在了数码相机上。大家彼此传看，笑声不止。而李伦娥，则问其是否愿意到中国去。阿福不说，只是迟了一步。

这里面有不少嬉戏的成分，但也不可否认，阿福在李小娥心中，确实是一个美男子，而李伦娥的自然是一般为人母所不及的。她真诚地笑着，给女儿自我表情达意的自由。其实，这才是真正的母亲，一个与女儿互相相信、彼此理解的母亲，所以，在阿福照相之后，李伦娥也说，何以没有与我在一起时照过如此和谐的合影。于是，女儿又与李伦娥同照了几张。

正当李伦娥与女儿、阿福谈婚论嫁之时，安主任则说，李小娥可是我的女婿啊。聂其臻说何以两个女人能够结婚，他便不经意间注了一句“变态”。于是，笑声又荡起一片。

就在这一高潮刚刚落下帷幕之际，赖红英的儿子聂其臻则将正躺在沙发椅子上睡觉的王树勋用数码相机照了下来。由于他在照时的夸张手法的运用，以及王树勋当时正睡得“面目全非”，照出来的是另一个变了形的男人。于是，小家伙拿着照出的样子让我们一一观看，并说“变态”，直笑得我们差点儿跳到海里去。

但王树勋很快醒来，就与这家伙打成一片，并教给他几个简单的魔术。于是，这个在刚才还是“变态”的山东大汉，顷刻又成了他的良师益友，这甚至让他有点捉摸不透。

于是，王树勋与小家伙成了许多人围观的对象。高潮迭起，兴趣长在。而绿水青山，蓝天白云，就在这笑里自然流转。

2004年8月12日傍晚于越南下龙市绿湾酒店

# 魔鬼洞探险

今天晚上去皇家海岸乐园看完越南民族歌舞表演之后，就去魔鬼洞探险。据导游讲，最佳的方式是一两个人前去，这样的话，就会很有恐怖感。而人一旦多起来，就是“鬼”也会害怕起来。

但是，我们还是全体行动，一起走进魔鬼洞。

初入里面，首先感受到的是一种阴森可怕的氛围，以及与之相应的鬼哭叫的声音，而移步换景，都有不同的“鬼”在你的左右。有的女同行者已经感到难以支持了。这些静止的“鬼”虽然可怕，但一旦真有活鬼出现，就会令你毛骨悚然。这种担忧只在脑中一闪，就在我行走的右边突然闯出一个活“鬼”，满身是白，长长的袖子，伸出手来，向我们扑来。我下意识地往前一跑，他便将手伸向我身后的云南记者杨云慧。本来她早已吓得有些魂不附体了，这一伸手，一声鬼叫，便将她吓得真的魂不附体了。于是，她大叫一声，突然向前跑去。这已经变了的原来的声响，令我立即返回身来，但只见她的双眼也已变了绿色，当时我真怀疑是不是又一个活“鬼”。定睛一看，方知是一个真的杨云慧。我赶快用手将她的一只手拉住，一同前行。即使如此，她还是余惊未定的样子。直到将近出口大门时，我才将她的手放开，她才真正地定下心来。

她的这种害怕不是没有道理，虽然明知并没有真的鬼在里面，但一旦走进那样一种场景，就不由得你不害怕。设若我一人身在其中，也会因一个活“鬼”的突然出现而惊出一身汗来，因为有众人在旁，所以才有了更大的胆量。

“鬼”是中国古已有之的一种幽灵，它是不是真的存在我们不得而知，但书上与传说以及乡村、城里的人的口中，都谈过“鬼”，所以，这个东西尽管人们都没有见过，还是在人们的心中有了一个令人害怕的形象。

这与中国一样。好在这只是成为了一个旅游项目，我们不必真的担心与害怕。但因一定的刺激，所以，还是有不少的人前去探险。

2004年8月12日晚于越南下龙市绿湾酒店

# 晚归迷路

今天在皇家海岸乐园游完之后，我与《中国教育报》的蔡继乐及一帮女士一同返回。可是到了一家卖布料与衣服的小商店时，她们就走不动了。我与蔡继乐等了20分钟，她们还是乐不思蜀的样子，我们只好先行归回。

就在海边，我们一边走一边谈，竟然将归路也忘了。好在走过应拐的路不太远的地方，蔡继乐说可能走过了，我们只好返回原路。走了一段距离后，我们再往右拐，但是又到叉路时，我们又不知归路了，只好问路。正好一个骑摩托车的男子立即停下，后面坐着的女人也随即下来，主动问我们坐不坐摩托车。其实，我真的想坐上摩托车，因为还不知道何时才能找到我们的绿湾酒店。但随后那个女人又说一句："要不要找个女的玩一玩？"于是，我们失去了兴趣。蔡继乐问其离我们的宾馆还有多远时，她说并不太远，但并不好找。

蔡继乐说不坐其车，就在前面不远处。于是我们就继续行走，没有走几分钟，就到了我们的宾馆。

这给我一个不小的教训：如果不是蔡继乐与我同行，我真的是不知酒店在何处了，而一旦遇到一两个坏人，就更是不堪设想。因此，以后出国一定要群体而行，不要一两个人走。

2004年8月12日晚于越南下龙市绿湾酒店

# 朝鲜

# 万景台

朝鲜时间上午9时左右，我们到达万景台。

万景台以能看到万景而得名，这里自古以来就以风景优美闻名。它位于平壤市中心西南方12公里的地方。鲜花、绿草、鸟鸣、水流共同和谐地形成一个怡人甜美的环境。

适值“五一”劳动节，前来观光与参观万景台革命史迹馆的人络绎不绝。人们不但带着欣赏美景的心情，还带着对金日成同志的虔诚汇聚于此。

我们是在副馆长吴永淑女士陪同下参观万景台革命史迹馆的。据吴女士介绍，1912年4月15日，金日成同志作为金亨稷先生和康盘石女士的长子，就诞生在这里。史迹馆里陈列着金日成祖孙几代的奋斗史，尤其是金日成的成长道路的文献。

金日成同志的旧居就在眼前。这是一所极为普通的草屋，以山为依托，以绿为底色，由低矮的房檐、隔小庭院相望的房屋和参差不齐的篱笆组成。茅草屋旁边挺立着白杨，摆出参天的姿势，告诉人们这曾经是眼睛张望的高度。旁边是清泉、学习场、军舰岩、滑岩、水曲柳等文物。一条醒目的小路延伸到远方，与山水和谐为一体。放眼青青的山野，淡淡的一抹云把这座普通的农舍映衬成与世隔绝的世外桃源。金日成同志的家族一代一代在这里度过贫苦的生活。草屋内现在仍保留着各种食具、农具、火盆，还有褪色的衣柜、歪了的米缸、暗淡房间里的矮腿桌子上的砚台、一个A字形的行李架。在谷仓里有梨木制的杯子、一个畸形的水壶……透过这些器具，我们读懂了埋在万景台心底的秘密。平淡的农家，清贫的日子，勤劳的耕作……

万景峰是万景台的最高峰，也是金日成同志革命成功史的扉页。峰顶建有万景楼，登上金碧辉煌的万景楼，眺望遍地野草执著地绿，野花忘情地艳，而平壤全城的都市风景像一幅巨画尽现。一座古代石砌烽火台雄踞在万景峰之上，台下悬崖绝壁。山脚下，大同江水悠悠流过。波澜不惊的光芒之上，一只水鸟展翅旋转，惊动白帆。真想走下山，俯下身，掬一捧来自天空的蓝和天地融为一体。

如果说大自然的美带给我们的是享受，那么游园带来的则是欢乐。我们游览了第一游乐场与第二游乐场，它们就在山下，而且票价较低，第二游乐场的门票只用3朝币，相当6毛钱人民币，在我们国内是两个鸡蛋的价格。游乐场中设施较多，风景很美，十分干净。来游乐场的人很多，况且又是“五一”劳动节。游客以青少年为主，男性着装以中山装为主，女性都穿裙子。色彩不是绚丽夺目，而是以深蓝色为主，即使学生的校服，也是深蓝色的中山装样式。男女身高不及中国人，肤色不及中国人的鲜嫩，尤其是儿童。这些大大小小的“朝拜者”一声不吭，就像一枚枚树叶，将春天背在背上，不愿意说出一句话。

其实，有些话，我也说不出来，这需要一种思维的沉淀，也需要一种深深的回味。

1996年5月1日

# 板门店

板门店，一个刻在记忆中的名字。板门店是开城和首尔之间的一个村庄的名字。从前，这里的人为方便来往于开城和首尔的旅客，用木板盖了店铺，称为板门店。久而久之，这个称谓也就成了地名。

板门店在朝鲜与韩国的分界线——在北纬38度的三八线——以南5公里处，是朝鲜战争和朝鲜半岛分裂的见证，也是当今朝韩双方最为敏感的前线阵地。板门店是《朝鲜停战协定》签订的地方。军事停战委员会会议室、中立国监察委员会会议室等7座木制单层建筑一字排开，会议室内的桌椅都按原样排列。其中三幢蓝色建筑是当年朝鲜和中国所建，由朝中方面管理。四幢白色建筑是联合国军所建，由联合国军方面管理。我们的脚步在不停地向前移动，目光也在不停地变换位置。偃旗息鼓的这里，不管怎么观看，血与火的战争都让我们心寒如雪。

一位有10年兵龄的同志金克吉陪同我们，并具体讲解了当时谈判的情形。

在板门店最终举行的停战协议签订仪式上，谈判桌是3张，一张坐的是美国克拉克将军的参谋长，一张为中国志愿军席位，一张则是朝鲜南日将军的主席座位。3张桌子上摆放有3面旗帜，一面是朝鲜人民主义共和国旗帜，一面中华人民共和国旗帜，另外一面则是联合国旗帜。

听当地人说，谈判很艰辛。中国代表团成员在国际军事谈判中不但突出了文韬武略、刚柔相济的斗争艺术，还显示出坚韧不拔的精神和壮志凌云的英雄气概。谈判的第一天，因为中国和朝鲜从没上过谈判桌，看到谈判桌上分界线一端的美方插了一面旗帜，中朝方面没有准备。聪明的中国军人很快从军用吉普车上摘下一面带铁杆的旗帜，往谈判桌一插。结果旗子比美方高出一大截。谁知，美方提出“今天不谈，明天再谈”，强硬的态度和转身就走的气势，弄得中方莫名其妙，不知发生了什么事。第二天谈判桌上美方的旗帜，突然高于中方的旗帜。中方明白了旗帜的魔力，同样亮出“今天不谈，明天再谈”。第三天中方制造了一面高到屋顶的大旗帜，而美方也同样制造了一面高到屋顶的旗帜，但没有中方的旗帜大。谈判就在这样的环境里开始了。

谈判长达两年，开了158次会议，时间达800多小时。1953年7月27日上午10时，站在刀锋之上的谈判有了惊喜，停战协定最终签订。硝烟落定，结束了三年刀光剑影、惨烈的战争。一纸条约，湿润了世界上多少双期待已久的眼睛，多少个家庭的父子、妻儿幸福的团聚。

板门店，被鲜活的历史定格。一部无比厚重的巨著，蕴藏着沧桑、炮火与辉煌。它，醒目地告诫：和平共处是全世界人民的共同心愿。

1996年5月3日

# 金刚山

今天，我们在金刚山游览地管理所金艳玉女士的陪同下，饱览了以风景壮美著称的金刚山。金刚山绿树成荫，水流不断。全山有1200种树木，全国特色植物880种，仅金刚山就有100种。山上橡树较多，自然结果也多，因此不少野兽可以以此饱腹。山上仅兽类动物就有68种，鸟类200种。山上山竹较多，可做药竹，熬后喝汤，可治疗骨病。

海拔1639米的金刚山，按季节享有各种美称，春天的奇景像纯净透明的金刚石，名为金刚山；夏季因它与蓬莱相媲美，名为蓬莱山；秋日漫山红叶如丹，名为枫岳山；冬天奇岩怪石，瘦骨伶仃，名为皆骨山。金刚山不仅春夏秋冬景色特点独具，而且有着不少优美的神话传说。

相传很久以前，有一位叫道的农夫在山上居住。他的妻子生了一个女儿名曰拉吉。不幸的是拉吉刚满一个月，他的母亲便与世长辞。道便将女儿背在背上，以砍柴为生。后来拉吉长成大姑娘，而且如同天仙一般。拉吉与一位小伙子相爱了。不巧，拉吉的容貌被当地的地主得知，地主非要将她娶为小妾不可。拉吉决不同意。地主恼羞成怒，将她用绳子绑起来，并带上枷锁拷打，而拉吉宁死也不做地主的小妾，结果被活活打死。其父饮恨将女儿埋在山里。砍柴的小伙子得知这一噩耗，火速赶去找她。但见一堆新坟之上开着白色的鲜花，那姿态很像拉吉生前害羞的样子。小伙子便知拉吉一定埋葬在那里，于是放声痛哭。后来，为纪念拉吉，将这花叫做道拉吉花。由于花为白色，后又名曰白吉梗花。此后几十年，这种花开遍了朝鲜各个地方，并传到中国及其他国家。这种花被朝鲜人视作女性的性格。

路途之上，怪石嶙峋。行走间，一尊丑怪石像出现在眼前。

相传一个加拿大人长得丑陋不堪，可以说是世界上最丑的人了。其母背他一路行来，人人都嘲笑他长得丑，长得怪。他十分悲哀，想看看风景，便看到景色宜人的金刚山，于是他便化作了化石。由于他十分悲伤，所以每逢下雨时，这块石头就掉起泪来。当我们还来不及仔细端详时，前面一只石蛤蟆让我们惊奇不已。据说有一只井底之蛙，从狭小的井底来到风景壮丽的金刚山，顿感天之大、地之美、景之秀，双目不够用，于是，它使劲鼓起双目，想一览大好风光，结果由于用力过大，用时太长，它双眼鼓出，变作化石。轻轻拍一下活灵活现的蛤蟆，耳畔似乎传来呱呱的叫声。

走过万景桥，一顶石形头冠进入我们的视野。导游说很久以前，金刚山风景秀丽，尤其是泉水清澈见底。天气炎热，洗澡人畅游此池。一天玉皇大帝偶见此景，一下子被诱惑，悄悄去冠脱衣尽情地冲洗，不巧这事被山神所见，认为有失体统，便偷偷将其头冠藏起来。玉皇大帝只好丢冠而去，玉冠变成石冠，留下千古传说。

紧走几步，南边山上赫然现出形若脚印的绝壁。导游介绍，以前在这一绝壁上面，有一美丽的仙女弹着悦耳的琵琶。一位砍柴的小伙子闻声睹人，不由得顿生爱慕之情，意欲与仙女说几句话，并邀其下山。仙女自尊心很强，又比较害羞，尽管看着小伙子十分潇洒，也不下来。小伙子不畏艰险，毅然向绝壁攀去。由于小伙子用力较大，脚入山石之中，留下了深深的脚印。小伙子终于攀上顶峰，仙女却悄然离去。小伙在仙女打坐的地方傻傻地等待，最后感动仙女，两人结为连理。

可以说，金刚山每块石头都有一个传说，成为朝鲜和海外游客游览的文化胜地。

初入山里，便有耳目一新之感，而当到万景台、万景桥、金刚山、玉流桥时又有渐入佳境的感觉。仰望西南山峰，一大一小石头耸立，极富特色。金艳玉小姐让大家根据石头各自不同姿态猜想，去展开想象看看它像什么。我们便猜出：像一位年轻的母亲哺乳孩子？像读书人在看书？像姑娘在化妆？像画家在作画？像和尚在念经……

继续前行，舞凤瀑以独特的舞姿呈现。人们说它掉下来变成瀑布，流下来变成绸缎，闪开变成珍珠，积起来形成潭，合起来形成补药。它和九龙瀑相比，各有千秋。不，它以绝妙的变化更胜一筹。烟波浩荡之处，若梦若幻。是谁慢慢地舞起这凉凉的风、淡淡的雾、柔柔的练？靠近，再靠近。聆听宇宙的和声，有巨大的生命在呐喊。钟情于水，伸手可得。一颗珍珠巧妙地溅在我的面颊，我突然明白，它的梦也在远方。欣赏它，得用另一种境界。

九龙瀑是朝鲜三大名瀑之一，因其珠子穿连起来形成帘子状而得名。飞瀑自山顶经陡壁峭崖直泻而下，形成飞珠溅玉的一帘81米白带。颗颗珍珠晶莹剔透，悄悄穿梭，不被世俗的喧哗所惊扰。据说瀑布之下的13米深潭里藏有九条蛟龙，他们守护着金刚山，为金刚山带来风调雨顺的好年景。

这里，山色水声、花香风声、树绿鸟声交织在一起，成为天然的交响曲。我们纷纷从不同角度将自己的形象与瀑布一同摄入镜头，留下令人遐思的记忆，成为令人永久欣赏的美。

1996年5月4日

# 辽 宁

# 感受大海

我们乘坐的飞鱼号快艇，8点半离开烟台港后，便向北直奔大连。

天上没有一片云彩，海上只有轻轻的几缕风丝，万顷碧波的大海上，小小的波纹在轻荡。从天上洒落下的无声的阳光，与无声的海水进行着无声的交流，然后形成粼粼的波光，似万千银色的碎片，遍撒在无垠的海上，形成美不胜收的天然景观。大自然便是如此神妙绝伦，让你有着永远欣赏不尽的美。

记得三年前曾涉足烟台海水浴场，我与几位同去开会的朋友意欲一争高下，向大海深处游去。后来他们一个个悄然而退，只剩我一人志得意满地继续前游。海浪一浪高过一浪，我在海水的上下颠簸中起伏着。蓦然回首，但见遥远的海边，星星点点地布满着嬉戏的人群；而前方、左方、右方，不见一个人影，只有一眼望不到边的苍茫大海。我不由得一惊，如果此时有一个海怪出现，哪怕只是一只剽悍的大鱼，一条游动的水蛇，都会令我心惊胆寒。于是我倏然返身，拼命地向岸边游去。过了许久许久，距离海边依然很远很远。凶猛的海水有力地拍打着我的全身，将我迅速掀起，又骤然甩下。偶尔张一张嘴，海水便以迅雷不及掩耳之势冲入我的口中，那又咸又涩的苦味，令我欲语难言，狼狈不堪。当我游到岸边时，回望无际无涯的大海，仍是余惊未歇，思绪万千。

自那以后，我体味到了大海的凶猛与浩大，对它多了几分敬畏，少了一些亲和。

可今日的大海，却温柔得似一位柔情似水的淑女，用她的平静、娴雅、温顺，托起我们的快艇，迎接灿烂的阳光，她频频微笑而又行止轻巧，而且10点过后，连那轻轻荡起的小小波纹也都渐渐隐去了，仿佛是内地无风无浪、波澜不兴的一池湖水，任人观览与游耍。人言海水无风三尺浪，今日方知那是一种夸张。

大海也有两重性格，它可以卷起千堆激浪，令樯橹折倾，航船沉灭；也可以似今日的温情，从容平静地诉说其含情脉脉的柔顺与优美。在不同时间，大海以其多元与多姿的美，令世人惊叹它的深奥与博大，而人类在它的面前，则显得格外渺小与无奈。

1999年6月29日夜于大连

（载于《齐鲁晚报》，1999年11月8日，第8版）

# 初识大连

大连因为三面环海，城中又有山有林，有花有草，所以空气格外清新。洁净的街道上寻不见半片纸屑与脏物，给人一种特别舒服的感觉。不见如织的人流，没有突突冒烟、彼此争胜的摩托。即便是出租车，也是清一色的桑塔纳，显示出这个城市的经济实力与文化品位。

为了鸟瞰大连全城，对其有个宏观的认识，我们先去了位于市中心的广播电视塔。电视塔尽管只有七层，但由于巧建于一座山顶之上，所以登至楼顶，俯观四野，大连全城便尽收眼底。错落有致而又造型别致的欧式楼房，让你感到一番现代气派与独特的审美情调。加之水天一色的大海，绿树遍地的小山，四通八达的街道，更令人感到这一海滨城市的不俗与飘逸。

从电视塔下来，就近去了劳动公园。这里并非外地游人青睐的旅游胜地，但却给我审美的享受与心灵的安顿。公园里的草坪干净得似水洗一般，葱翠的树木鲜花，看不见一丝细尘。尤其是其间的喷水池，和着音乐的节拍，或高或低、或急或缓、或多或少地向上冲出白色的水柱、水珠、水沫。这种富有音乐节奏的动感，令人感到耳目一新，又多了几分情调与诗意。尝闻音乐喷泉之说，今日终可目见耳闻。

在条形长凳上，坐着当地的人们，他们感受着清新空气的洗礼，平心静气地欣赏着绿茵遍地的草坪。草坪上有一个美丽的女人与一个活泼的女孩在照相，一位年过70的老人，也情不自禁地走过去，与那对母女留下了永恒的瞬间。夕阳的余晖悄悄地洒在草地上，斑驳的树影呈现出点点片片的金色。天上是一片湛蓝，远处是林立的高楼与绿色的山头。我觉得这简直是一幅美不胜言的油画，令人驻足观望，久久难以割舍。但与当地人谈起这一感受时，他们不由得哑然失笑了："真正代表大连特色的景点，你还没有看到呢！"说完，他们继续意味深长地笑笑，去与遍地的绿色做视角的碰撞与心灵的对话。

夜幕将至，归去来兮，那水洗似的草坪、绿树与鲜花，那各具特色的楼房，那蓝色的大海，那自豪的大连市民，依然一拨又一拨地在我眼前掠过。

1999年6月29日夜于大连

（载于《齐鲁晚报》，1999年11月15日，第8版）

# 旅顺感怀

旅顺口位于辽东半岛的最南端，地处黄海、渤海的要冲。老虎尾、狮子口两山雄峙于仅有270米宽的水面两边，成为进可攻、退可守的一个军事要塞。

旅顺口外面是浩渺深远的大海，里面则是绿山环绕的一汪水泊。大海狂奔怒吼、扬波翻浪之时，水泊依旧平静安详，不动声色地保持着它的从容优雅，保持着它那天然军事港湾的矜持与自豪。

旅顺口，成了历代兵家必争之地。尤其是近代，隆隆的大炮声震撼着山岳，也与扬起的怒涛相撞击。

日俄两军，在中国这块土地上，为了争夺这一隘口，曾进行过不义的战争。为了扼住旅顺口的咽喉，另一军事要塞203高地，便成了日俄之战的焦点。日军以战死近17000人的代价，攻克了俄军占领的这块地方，从而置停泊在旅顺军港上的俄军于死地，成了这块地方长达四五十年的统治者。

这里也有过清兵把守，但在外敌入侵时，经营百余年的北洋水师竟顷刻土崩瓦解。邓世昌等英烈，以其不屈的精神与捐躯的行为，为水师弹奏了一曲最悲壮的挽歌。腐败的清政府，没有高扬邓世昌的精神，而是在割地赔款的条约上屈辱地签了字。尤其是在日俄战争期间，竟以中立的立场，坐观他们在我中华土地上拼杀。国民受害，大海呜咽，我数万同胞，竟死于日军枪下。万忠墓，今日看来是那么的平静，一块不大的墓碑，一块不大的坟墓，底下竟埋葬了数万同胞的骨灰，当时日军惨杀我同胞的情景该是何等惨烈。

在南子弹库，停放着一些清兵用过的大炮与子弹，它们锈迹斑斑，似乎诉说着无数的难言之隐。在203高地，看几眼铁铸的尔灵山，似乎听到了日军的哀号与凶悍。众志成城的北洋水师，在外夷精良的武器面前，败北中又多了几分遗憾。落后就要挨打，这一颠扑不破的真理，给了中国太多的教训与悲惨。

那湾平静的水泊，现在已成了中国军人的港湾。国人尽知的《军港之夜》，便由这里诞生与升华，它折射出了中国军人的丰富情感与无限自豪。狮子口、老虎尾依然雄峙于旅顺口的两边，但更远的大海里还有外国的军舰。到了20世纪的末叶，落后就要挨打的国训，迄今铭刻在国人的心里。所以，旅顺之行，更带点悲怆的况味，更多些历史的责任，更多些奋进的思索。

1999年6月30日夜于大连

（载于《齐鲁晚报》，1999年11月22日，第8版）

# 广场夜景

久闻大连的广场之美，而今晚看到的广场，比想象之中的又多了几分瑰丽的色彩。

广场四周是绿色宜人的草坪，以及不多但却茂盛的树木。广场中的人行道与活动场所，又与草坪形成和谐的搭配。周遭是一律的欧式建筑，却又高低不同、造型不一、情调各异。霓虹灯闪烁着醉人的光彩，给原本色彩绚丽的楼壁、设计独特的楼窗，增加了几分流动的美感。广场上的花草，则以静态的美姿与辉煌炫目的四周楼房形成一种比照，以它的无声与低小展示出带有优美情调的气韵。

广场上最有动感的是乐在其间的人。

夫妇携幼儿缓行于公园里，恬然优雅的情调弥洒在天伦之乐中。年轻的情侣，软语悄笑，挽臂而行，尽享着爱情的甜蜜。一些老年夫妇，静静地坐在草坪边，静静地观看着欢乐的人们。而另一个独具特色的风景，则是随处可见的踢毽子活动。或两三人，或四五人，甚至更多的人，使一只毽子在他们之间神奇地传递，那脚上的功夫，那愉快的心境，都随着起起落落的毽子而荡漾回旋。据当地人谈，这种活动在近两三年间风起形成一种时尚，成为人们健身娱乐的文化追求。尤其是那些技艺高超者，简直是一种竞技表演，令行人在围观中叹绝。而他们，也在熟能生巧的美中潜流着一种自得与炫耀。但与一位年届七十的老者谈及此事，他却对此给予了彻底的否决。他说广场是人们娱乐消遣的地方，它应当有一种自由轻缓的抒情美，而踢毽子活动则破坏了这种和谐的氛围，以影响他人的愉悦而取得了自身的欢快。青年人与老年人的娱乐距离感便是如此的格格不入。然而，青年人依然无所顾及地欢笑着，而老年人呢，只有静静地在那里坐着，静静地观望与静静地思索。

中山广场向西铺张开一条宽宽的街道，这便是繁华的中山路了。中山路上有久已有之的希望广场，为时不长的胜利广场，以及气势恢宏的人民广场，而每一个广场，都以它自己的风格、自己的情调，构成不同的审美景观。据说大连竟有十四五个广场，市民与游人，到任何一个广场，都可以领略到大连独具魅力的美。

今年1月曾去昆明，为那里的广场之美而惊诧。今观大连的广场，那种惊诧便成了一种无知的滑稽。大连的广场，不仅有西方风格、现代气派，而且有它的文化内涵。它是大连市民思想观念与文化视角的折射，也是北方璀璨的明珠。

1999年6月30日夜于大连

（载于《齐鲁晚报》，1999年11月29日，第8版）

# 关注动物

依山傍水，建造一个天然的动物园，在海滨大连，这一美妙的设想已经物化为实在的景观。从远处观望，但见两山相峙，绿色遍地。从近处细察，则是青山绿水旁边，有众多的动物在那里生活与栖息。这些动物没有远离山林水泽，与自然形态有着耳闻目睹的亲和，而游人，在与大自然相近处，与从自然界走来的动物去做从容的交流。

一群俏丽的孔雀，就在山石相依的地上自由地行走。没有牢笼之困，不远处即是环山的青翠。展开美丽的翅膀，即可归隐山林，远走他乡。但它们似乎习惯了这里的生活，留恋于这里的环境，或怡然自得地轻步漫行，或孔雀开屏，向游人展示出它那绚丽的美姿。

不过，老虎与狮子等更多的动物，还是被圈定了一个活动的范围。但那都与自然形态相去不远，不让游人为动物的居所之小、活动受限而遗叹。因为背依真实的山林，那是真正的动物生存的理想空间。

尽管如此，动物的异化现象还是发生了。熙来攘往的游人，淡化了各种动物的警觉。甚至突然向老虎大吼几声，它也置若罔闻，不予理睬，失去了固有的野性，多了几分惰性与平和。至于形态可掬的熊，则更见少有的乖巧，用各种逗人发笑的姿势，乞求与迎接着游人的食物施舍。令你在不禁发笑之后生出许多难言的酸楚。

安徽的驯兽者在这里也有了一席之地，动物被他们制服，成了游人观赏取乐的玩耍对象。两只大虎、两只雄狮，被囚禁在几乎难以翻身的牢笼里，以休眠的状态在那里做着无语的反抗。表演即将开始，驯兽者突然向它们泼一桶凉水，惊醒的狮子老虎，只有无奈的一动，竟然连稍许的怒气都没有显露出来。驯兽者先放出一只雄狮，让它按主人的旨意去踩滚球。这时候，睡眼蒙胧的雄狮方才感到受人羞辱的愤怒，张牙舞爪地做着各种不予就范的反抗。但驯兽者不做丝毫的退让，一如故我地用闪着光的铁棍在它头上敲打。人与兽的较量，终以雄狮的失败而告终。而后便是老狼跳高、羊走铁丝、狮虎骑马、猴熊骑车等。它们只有跟着人的指挥棒行事，方可安然返回。生物界的原有形态已经荡然无存，只剩下受人摆布的悲哀。

我总感到，森林动物园还是越原始越好，人在受到自然界的惩罚之后，似乎已经觉醒，渐渐地去亲近大自然。动物是大自然的骄子，还原它的本色，或接近它的本色，也许更可以受到人们的欢迎。因此，这种由外地而来的动物表演，破坏了被称作原始森林动物园的自然性与真实感，人们感到这种表演还是愈少愈好，离动物园愈远愈好。

不过，走出动物园，那训兽者的一个活动景点已经掩藏在山林之间。几朵轻渺的白云在青翠的山顶飘过，而后传来几声婉转的鸟鸣。更多的动物，还应当为生活在这么一个近似原始森林的空间而欣慰；更多的游人，因观览了这么一个与自然和谐为一的动物园而愉快。

1999年7月1日夜于大连

（载于《齐鲁晚报》，1999年12月20日，第8版）

# 海滨掠影

人言道，海滨路是大连的一道风景。傍晚乘车前往，真正领略到了它那独具的风采。

汽车沿海而行时，一边是无尽的大海，一边是青翠的山野。而在山间奔驰，满目的绿色便从你的身边匆匆而过。凉爽的海水，透过车窗给人惬意与舒畅的美感。路上干净得不见一丝尘土，两边人设的草坪与花木，以及各种各样的雕塑，与清秀的山色构成不同色彩的美。洒水车在原本翠绿的草木上再一次喷洒，让你感到那是在做锦上添花的构建。

在济南看惯了尘土飞扬的街道，漠视了灰土尽是的草木，看到此情此景，真感觉是到了另一个世界。这里的路修好了，草坪也铺展好了，花木也栽上了，而且呵护保养，便作为一个系统工程系列化地展开了。所以，这里街道的整洁与环境的优雅，便有了一个永恒的特质。

后来到了傅家庄海滨浴场，那里已有了不少游人。没有如昼的灯火，但喜欢海的人们，依然情有独钟地到这里休闲愉悦。坐在海滩碎石子上，见一对对情侣在那里低语；一个个家庭在那里幸福地交谈；一些身着泳装的青年男女，有的笑着走向海水，也有的笑着从海中走出。

一位男士牵了一只雪白的小狗，吹着轻声的口哨向海水走去。在水边来回走了几遭之后，便将小狗牵到了海水里。那小狗挣扎着、扑腾着，在水中游了很小一会儿，便蹦上岸来，与主人一块儿向沙滩走来。一个小女孩惊奇地观看着人狗同乐的场景，从妈妈的包里拿了一个香蕉，追着送给这个刚刚从水中而来的生灵。

凉风习习，拂在面上，舒服在心里，白天还是炽日炎炎，晚间便是如许的清爽。海洋气候，给海滨城市之夜增添了多少亮色！济南的天气，往往是白日炎热，晚间犹然余热不散，甚至吹来的南风都有一种温热之气。所以，尽管天已很晚，坐在海边，享受海风的恩赐，总有一种乐不思蜀的慵懒与美感。

走近一个小小的帐篷，听到里面有年轻人的悄语与情话，那是情侣在海滨的临时租房。他们用这种浪漫的方式，给爱情生活披上神秘的外衣，去创设别开生面的恋情神话。看惯了这种浪漫的大连市民，从帐篷前行过时，发一声会心的微笑，于心中送去一分诙谐的祝福。在人们看来，这种诗化了的谈情说爱方式，给优美的海滨之夜增添了不少的情趣与色彩。

不远处，大海与夜色早已融为一体，海水依然静静地淌着，与富有诗意的人们继续着低声的絮语。人们似乎与大海有着特殊的感情，总是别情依依，晚而不归。

滨海路只走了半程，浴场也仅到了一处，但大连海滨的美，却深深地镌刻在了我的心里。

1999年7月1日夜于大连

（载于《齐鲁晚报》，2000年1月3日，第26版）

# 鸟语断想

虎滩公园的鸟语林就设在有林有水的山上。在高高的空中撑起一个天网，鸟儿便在这阔大的空间里自由地生活。没有行动之限，在山石上、草树间、清水旁、人群里，无拘无束地行走，自由自在地飞翔，放开嗓音地鸣唱。这里的鸟与一般动物园里动物的生活空间与生存方式有着本质的不同，几乎与生活在自然界里的鸟类没有太大的差别。南来北往的游人，就好像走进了一个纯属自然形态的森林，与久违的鸟类进行亲切的对话。新奇中透着愉悦，游览的兴致始终呈示出不歇的态势。于是，人鸟共乐的情景随处可见，构成了鸟语林一道亮丽的风景线。

一个顽皮而又聪颖的女孩，在妈妈的陪伴下，买了许多可供鸟类啄食的食料，甚至一些人用的食品。她毫不吝啬地将这些食物给仙鹤、给鸽子、给鸵鸟。她的脸上，始终洋溢着欢笑与好奇。后来，她索性到游人少去的林中去寻找新的鸟类。突然，在树丛中，几只孔雀悠闲地走来。她像发现了新大陆一样，连蹦带跳地奔向它们。孔雀依然故我地行走着。小女孩将食物扔给它们，并用细嫩的小手去抚摸孔雀那柔美的羽毛。一只蓝得诱人的孔雀干脆驻足不行，似乎要与这个女孩进行心灵对话，缔结友情。小女孩用细细的甜甜的声音对孔雀们讲着心里话，几只另类的小鸟则在树上不停地叫着，似乎要来探究这一人鸟对话的奥妙。小女孩的妈妈不停地按着相机快门，为女儿的创举作以永恒的纪念。几缕清风吹来，孔雀美丽的羽毛轻轻一动，与这一对母女的笑容和谐成一幅动静相宜的风景。

本来，动物与自然就有着天然的联系，失去了自然的依存，动物便失却了它的生动与灵性。但动物又往往难以在市区集聚，更难以与人类同乐了，而鸟语林，则寻到了这一契合点。我们常常说关注动物的生存环境，呼吁保持生态平衡，但又有多少地方能像大连做得如此富有创意呢！因了这一风景，使现代气派的大连，又增添了另一种色彩，又多了一些内涵。然而，多少年来，熙来攘往的参观者，在赞不绝口后，又进行了多少实际的行动呢？

1999年7月2日夜于大连

（载于《齐鲁晚报》，2000年1月17日，第25版）

# 思考大连

今天便要与大连告别了，但那种难以割舍的情感，却分明不时地向我袭来。我曾到全国不少城市进行过观光游览，尽管它们不乏自己的妙处与特色，但如大连给我留下如此深刻印象者，尚是寥若晨星。

人言大连是北方一颗璀璨的明珠；人们还说两年之后，大连便是中国北方的香港。始听此言及未与大连谋面的时候，犹半信半疑；而真正地观览之后，便感到此说绝非妄言。

大连的楼房承袭了既往的风格，又将这风格发挥得淋漓尽致。它以欧式建筑构成主体规划框架，而不同的楼房又特色别具，颇有味道，使这个城市显得格外洋气潇洒，很有现代气派。这种同中有异、异中有同的规划构思，反映了大连规划者的胸有全局与当代思想观念，以及很高的文化审美情调。

更为可贵的是，大连充分利用既有的自然资源，又人造了无数的自然景观，使之绿色遍地，生机盎然，与大自然的形态相接近。这里的人在感受现代生活时，也可以随时随地从自然美中感受清新的空气，寻得心灵的慰藉。

人类在走向未来，中国在走向世界，这便离不开现代思想、现代生活。与此同时，大自然的审美价值与生命价值愈来愈大，人们也越来越感受得到大自然对人类的必需与重要。于是大连便将二者做了有机的结合，在发展趋向上与当代人的审美取向、心理思考相吻合。

1999年7月3日凌晨于大连

（载于《齐鲁晚报》，2000年1月10日，第25版）

# 广　西

# 听到就任总编的消息后

从桂林机场到这次《中国教育报》记者站会议地点——中山大酒店的路上，刘凤山社长突然打来电话，说是教育厅已经决定由我担任山东教育社总编，他向我表示祝贺。对此，我一点儿也高兴不起来。对刘的回答也没有太多的谢意，而是说了自己对此并不高兴。

但尽管如此，赵显坤与宋全政还是向我表示祝贺。

晚上，安俊芷主任在晚饭之时又一次向我表示祝贺。

但我还是高兴不起来。

因为自去年6月23日向齐厅长提交书面辞呈之后，今年6月28日我又一次向刘社长提出书面辞呈。这绝非一时心血来潮。因为，我本对仕途一点儿也不感兴趣，近两年更是心灰意冷。我的爱好不在这方面，只在读书与写作，但教育厅领导与社长却不如是想，也许他们对我还是信任，但这对我并不好。

其实，这个地球，没有谁都照转不误。我不管教育社的事，不会碍着大事，而不管对我却好处太多，所以，我想不能犹豫。人的最大问题往往是不能清醒地认识自己，也不能清醒地认识别人。老子说："自明者强。"这是一种哲理。我想，在这个时候，我的冷静是有益的。

也许有人说我不知趣，但那是他们的认识，而不是我的感受。为此，我还是要努力，努力将职务辞去，回到看书和喜欢的工作中去，回到自己的自由中去。

2004年8月4日晚于桂林中山大酒店

# 20年后重来桂林的感受

这次来桂林，已是第二次。相隔20年，只是弹指一挥间，但两种境况，两种感受，却是大不相同的。

1984年，第一次到桂林，参加“漓江之秋”语文教学周。那时我还没有正式调入山东教育社，回去的时候，同样与这次来时一样，绕道杭州。但那次是坐的火车，这次是坐的飞机。初来桂林，见这里的橘子与香蕉如此便宜，便买了70余斤。没有小车相送，肩扛手提，且要到杭州下车转车。回到兖州，已经只有几元钱。绕道而出，回至曲阜，看到自己独自一人在那里学习的女儿，真的是送去了最好的东西。现在大女儿不知还记得那些往事否。

现在再不会如此坐车，再不会如此买东西。因为现在有了钱，有了其他条件，但是，现在人也56岁了，所以，我突然想，许多东西并不是都一起向你涌来的。有好，也有不好；有愉快，也有痛苦。但何以以一个好的心境对待它，却是一个十分重要的问题。

不要以为现在了不起了，也不要认为现在老了。自然界万事万物，无一不要在宇宙之间经受考验。或生，或死，或发展，或倒退。但将其视作自然，则心里一片明丽。这非常重要。我则如此也。

2004年8月4日晚于桂林中山大酒店

# 考场前的留影

在王爷府，有一个去处，那就是当年考子的考场。那是一个一个的单间，前有一个不宽的木板，后是一个倚墙而造的座位。据导游讲，考子需三天时间，在此答卷。吃饭睡觉都在此处。每两间之间都是隔着的，试想从另一学子那里窃取一点情况，那是绝无可能的，因为不但彼此相隔，还有严格的监场人员。

这考试燃起了多少人的希望，也毁灭了许多人的前程。有的一生饱读诗书，却因没有榜上提名而与仕途擦肩而过，所以才有了“范进中举”式的滑稽与可笑，但对那个除了此路、几乎无路改变自身命运的贫穷之士而言，这又是唯一之路。现在人们的成才之路已经不止一条，成功之路也非一条，做官之路也是如此，但是，考学还是众多学子的最大砝码。为了考学，他们不惜十年寒窗苦读。这一中国古代曾有的举贤之路，迄今还是被采用着。尽管也有不少的问题，但还是没有找出更好的方法。

但是，我总感到现在的学子更多了一点浮躁，少了一些定心。想古代那些虽为功名，但面壁读书者却是大有人在。当时没有更多的其他方面的诱惑，现在不但有了电视、网络，还有了红红绿绿。在小小年纪，所思所想，已经不止在书本之上，所以，休说大思想家，就是大学问家，也越来越少。这不能不是一个悲哀。让现在的学生到这个地方坐一坐，了解一下古代圣贤学习之难、学习之苦、学习之持之以恒，也许更有意义。

2004年8月5日午前于桂林中山大酒店

# 两江四湖夜游

如果不夜游两江四湖，我几乎对桂林没有什么可写了，因为我只看到它的夜火辉煌，比诸20年前，它多了许多现代气息。当时还有不少的土路，而且几座小山都是很少有人到的。在傍晚时分，我曾两次独自爬上去，在那里感受山之秀美。昨天也曾再爬独秀峰，已是人山人海，而且有了石砌的石凳。虽然山还是那样秀美，但总激不起我的写作激情。

可今天晚上之游，却总有一种激情环绕不去。一是上次没有到这个地方，二是那时还没有现在这么美丽的景观。

江湖之水在无风之夜显得平静而温柔。不大的船行其上，稳稳的、轻轻的。坐在上面，与水就有了很近的接触。这令我想起了小学就学过的《桂林山水》。虽在夜间，看不到它之清澈，但它之优美却无时不在我的心中流动。

两岸是葱翠的垂柳、银杏和桂树，明度色彩不同的灯光闪烁其中，令你感到它的轻柔之美。水之倒影虽在夜中难见，但水树相依的美丽却在夜中无时不辐射出来。

从一座一座的桥下经过，都可以令你感到艺术的美与自然的美的和谐。因为这些桥都是人工所为，但在为之时，却都考虑到了它的环境，它的艺术品位。它没有游离于自然之外，也没有成为与自然风景的一个相悖的物在，而是感到自然天造之外，还有人造的艺术，二者的融合，才构成了人在其中的美丽。

突然想到，这一切的一切，包括几座塔，都是玲珑剔透，都是那么的小巧玲珑。

这令我不由得想到了这里的女孩。在吃晚饭时，女服务员一律的小巧玲珑。个子只有1米58左右，清秀的脸上荡漾着清纯的稳重与自然。问其何以长得如此清秀而小巧，她们说也许是桂林山水所致吧。俗话说，一方水土养一方人。诚哉斯言！一座座山都是突兀而起，而又秀气宜人。山水的秀美与小巧，与女孩的小巧秀美，正如自然的美与人文的美的和谐一样，就有了桂林纤细秀美的女孩。

2004年8月6日晚于桂林中山大酒店

# 漓江之游

游览漓江，已是第二次，而且首次是在20年前。那时坐的是一个小船，只有十多个人。清水绿山，悠悠白云，就在静静的行走之中演绎着一方自然美景，但那时没有记下具体的景象，只留下这些仅有的记忆。

这次重游，本以为不会再有新的感受，况且我们乘坐的还是一个可以容纳近百人的豪华邮轮。可是，在轮船刚刚走出不久，两岸还没有秀山之时，我的心里已经为两岸的景色而陶醉。这时尽管没有多少人对此有太多的感受，甚至有的说“太没有意思了”，但我看着两岸是一片又一片的草坪与沙地，而且有意思的是，浣洗的女子，悠然吃草的一头又一头的牛，以及划着一只小船在水边打鱼的渔民，都是在其他地方没有见到过的，还保留着原始的状态，尽管水上游艇一艘又一艘地飞驰而过。

这里让我有一种宁静与安适的感觉，他们在这里目遇各种各样的游人，但他们并没有太多的艳羡，只是平静地看着云卷云舒、人来人往，一如既往地做着他们在做的事情，没有一点儿浮躁，这与城里人的不安分形成很大的对比。是的，不但桂林山水本身是宁静而安适的，这里的人也是安适的。

船继续南行，两岸绿山也渐次显露出来。它们或直立水边，或曲环而上，但不管什么样的山，都是绿色尽是，就是直立者，也是生命的绿色在强劲地生长着。这里的山一点儿也不张扬，与绿水和谐为一，一样的秀美。

人们纷纷走到船顶，从不同角度照着相，有的干脆在啧啧称道着。而广东来的赖红英的儿子，则一直在留恋着无处不在的美色。红里透白的脸上，往往呈示出对奇色突出的美丽的一阵又一阵的惊诧来。

在山水之中，常有一些水中小洲，那是一片更加宁静的地方，加之有水牛、有沙石、有绿草、有清水环绕，更有诗意。

这是我重游之地还有再游期待的一个地方，是一个秀美而和谐的地方。

2004年8月7日晚于杨朔富安大酒店

# 《印象刘三姐》观后

观看《印象刘三姐》之前，我还只是将其视作一个一般性的演出，因为所到之地，几乎无一例外的都有其不同的绝活，但是，大同小异者多，有新意者少。我想，这也是如此吧。

演出之前，天又下起了雨，在闷热的晚上，又必须套上一个塑料的衣服，那只有热上加热。况且因有雷，还迟误了演期，烦躁之心不断地增加。

后来雨停了下来，雷声也渐渐远去。于是，演出开始了。

演出就在水上进行。从水中船上突然出现了“刘三姐”，她唱着山歌，向观众缓缓而来。随后，灯光一下子将后面与左右两边的山打上亮色，给它一个极大的夜色背景，神秘、瑰丽。

歌声过后，突然在整个江面上出现了数百个船夫，气势恢宏，其后更是想所未想，见所未见。有红布遍江，人在其中的红色海洋似的壮丽；有身着艳丽衣服的窈窕淑女的陆续出场；有牧童骑着水牛缓缓而过的悠闲；有傍晚归来鱼满仓和迎其归来的喜悦之情；有远近都在的船上之行。而且整个场面都非常壮观、雄奇，而不同的色彩，配以雄浑的音乐，将这种壮美演绎得波澜壮阔。

它没了桂林山水的温柔与清丽，也没了桂林姑娘的温婉与小巧，这几乎改变了我对桂林人的看法。有人说这是张艺谋导演所致，他喜欢壮丽与色彩，所以就明显地打上了印记。但这可是一群桂林的姑娘与孩子，也是桂林的山水。所以，正像人有两面性一样，从这样一个侧面，也可以看出桂林人“壮观”的一面。所以，原有的审美形态中的优美，并非一成不变的，他们这里的人，照样可以演绎出壮丽来。

而且总以为这是一支多么专业的队伍，最后才知道，他们竟是临近村庄的一些村民。这简直不可思议。这也令我想到人的可塑性，不要说，巩俐因了张艺谋可以一夜走红，就是这里的寻常百姓，也可以名扬中外。

2004年8月7日晚于杨朔富安大酒店

# 龙脊梯田

对于梯田，我并不陌生，在六七十年代，这是一个妇孺皆知的事物。但当时我只知道大寨田，而且似乎就是它的发明，就是它做得最好。今天到了这里，方知从元朝起，这里就有了梯田，而且延续至今，越办越好。

但要从最好的角度观看梯田，需要步行1个小时的时间。正值午后，太阳正热，上山流汗就成了必然之事。

这里的山已与桂林杨朔的山大不相同，它不是一个一个的小山独自而立，而是绵延着，虽无北方苍茫高耸的大脉，却也连绵不断。而绿色遍山遍野，一片又一片的梯田展现在你的眼前。山路窄窄，行人很多。中间还有一座座的木质结构的山民房屋，使山村有了不少的人气。

行至山顶之时，虽汗水已湿透了衣服，可能看到一大片一大片的梯田，上面生长着茂盛的水稻、地瓜等农家作物。

在这里，人们不只是为了欣赏纯自然的风光，更多的是人造的风景。这本是为了养家糊口之用的农家之事，现在却另有了欣赏与实用的价值。

其实，我对此并无太大的兴趣，因为这对我并不是什么新的事物，但这些天没有爬山，也没有流多少汗，我却真的有了兴趣，而且有了观景的兴致。

所以，现在人们对改造自然提出异议之时，也要知晓适当的改造还是非常必要的。它顺应了人类的要求，也顺应了自然生态的优化。不然，无物可得的人们，便会不顾一切地砍伐树木，这样的例子不胜枚举。而因了这改造，他们又有了旅游业，有了常胜不衰的经济来源。

2004年8月8日晚于龙胜各族自治县龙福山庄

## 瑶族风情表演

在瑶寨看表演，正如到了其他少数民族看他们的表演一样，多有大同小异之感。我想，这里也是如此一景而已。

的确，演出地点就在一个木制的二楼上。开演之后，十来个瑶族女人穿着她们的民族服装登场。她们没有壮族姑娘那样纤细秀气，但却显得健壮而纯朴。说其是女人，也是因为其中的未婚姑娘较少，倒是中年妇女占了相当的比例。

唱的瑶族歌曲一句也听不懂，好在女主持人随即翻译，才知道她们对我们的到来多多欢迎。舞蹈比较简单，但是真正的瑶族舞蹈。正像其他少数民族风情表演一样，最后，也是最为精彩的部分，就是娶新娘。这必然要一个小伙子充当新郎。昨天在杨朔已经有过一场，赵建春还因之被索要了几十元钱，所以，这个节目刚一开始，他就用小红帽半盖住脸，做睡觉状。任你千呼万唤，都头也不抬，话也不说。于是，蒋夫尔就成了最佳人选。

在掌声中，蒋夫尔走进瑶族女人之中，先是一阵子跳舞，但瑶族有瑶族的规则，在跳到兴头上时，突然两个女人将手伸向蒋夫尔的屁股。他猝不及防，跳了起来。待醒悟过来之时，已经开始进行第二个项目，那就是新郎被连推带拥地去装束一番。蒋就被叫到了里面一个小屋里。

不长时间，一个头戴瑶族头饰，胸佩红色飘带的瑶族新郎被推了出来。略带拘谨的蒋夫尔与一个新人走到了一起。先是跳舞，后是二人要对唱。因为瑶族小伙子要娶姑娘回家，唱歌是必过的一关。新娘先唱，新郎却一句也唱不出来，因为他真的不会唱，尴尬就出现了。

这时，原在“睡梦”之中的赵建春突然挺身而出，径直走到新娘面前，说可以代蒋而唱。赵建春在与新娘对唱两曲之后，令瑶族姑娘刮目相看，因为他唱得太好了。蒋夫尔只站在一旁，无事可做。这时，赵显坤又一个挺身而出，走到圈内，将蒋夫尔的所有新加的瑶族服装，一并加在了赵建春的头上与身上。蒋夫尔趁机溜之大吉，任赵建春再叫也不再回声。

赵建春深得瑶族姑娘的青睐，随后就是喝交杯酒，而且进行了两次，第二次两人相偎之近，已如真的新婚夫妇一样了。她们也为不求自来的一个意中之人而高兴，其后的同入洞房就顺理成章了，但曾经此事的赵建春却在洞房门前止步了，他做了一个逃兵，给瑶族姑甩下一个永远的遗憾。

但尽管如此，这一场还是非常精彩，是赵建春给这场原本一般性的表演点染了特异的亮色。

*2004年8月8日晚于龙胜各族自治县龙福山庄*

# 中间停车的尴尬

今天早饭后，车便从龙福山庄开出，到桂林时已经11时，下午12点半从桂林出发，预计下午5时多即可到达西宁，400多里的路程，如果再开得快一些，也许可以更早一些到达。

乘坐的汽车是一辆比较豪华的空调大巴，坐在上面非常舒服。但不料尚未出城，车胎便出气一只，只好停车换胎。好在用的时间不多，一会儿修好之后，便驶向开往西宁的高速公路。

两边是一眼望不到边的绿色，车内是凉凉的冷气，真是舒服极了。可是在离西宁160公里的时候，车上渐渐热了起来。原来是空调出现了问题，只好停车修理。车就停在炽热的阳光下，我们便走下车，到西边不远的地方在有些凉气的商店里休息等待。

本以为修上10多分钟即可好了，可是过了将近半个小时，尚未修好。同行的人有的开始烦躁起来。这当然是一种正常行为。而我，则并非如此，因为我的心里是宁静的，这并不是品德高尚，而是有了一定的修炼：就是在意料之外的情况发生时，可以保持一份安适与平静。因为司机和导游都不希望车子出现问题，特别是司机，满头是汗，两手是油，衣服已湿透了。他一滴水也没喝，紧张地修着。

终于修好，大家高兴地上了车，又有了清凉的空调之气，但行了几十公里，车内又渐渐地热了起来。只好在路上停车，我们又都下车，司机只好一人在太阳下又修车。

周围开始出现抱怨的声音，导游也没了原有的灿烂的笑容，司机头上的汗更多了。

大约停了20来分钟，车修好了，大家重又上车，但行不多久，车内又热了起来。有人热得有些支持不住，要求有空调的车来接，导游只好打电话。

是的，车内气温不断上升，在空调环境下住惯了的人们，确实难以支持下去。但这时候我的心里却异常的平静，而且也没有感到热得不可支持。这主要有两点原因，一是在四大火炉的济南过了21年，晚间睡觉，从来没有用过空调，甚至电扇都没有用过，所以，耐高温是我的优势。

二是心里的安然，我一点儿也不急躁，因为我非常理解此时此地司机与导游的心情，况且司机是在这一辆车上受累受热最多最大的一个人，还要忍受着我们的抱怨。我倒非常担心他心存愧意。其实，有点热是正常的，夏天不热对身体并不好，这点有人并不了解。再说，人还要有点同情心，度人心。这并不是说大家没有这份心境，而是大家平时缺少的是我的耐热锻炼与平静心态。

后来导游说来接我们的车就要到了，让正坐着的车停下来。我真的不愿意下来，看着司机那张无奈而又焦着的脸，我的心里就一阵不安。但众意难违，特别是导游的坚持。

车终于来了，我们上了新车，有了空调的凉气，导游的脸上顿现光彩，而且在一再道歉之后，讲起了笑话。离西宁还有32公里，不一会儿，就到了预定的吃饭的地方。饭是导游请的，说这是为了补偿与歉意。

其实，人还是要多一些宽容，多一些平静。前年从长沙到张家界的路上，也是车坏，停了1个多小时，记得当时大家也非常急躁，我则悠然地行至就近的村民之中，与其交流，心里并无急躁，而是为多知道了这些民风民俗而愉悦。

这也许与我近几年看了许多儒家、道家与佛家的经典著作有关，因为我从中吸取了一些精华，心中有了一点可以把持自己的精神，所以也就有了这种平静与适然。

2004年8月9日晚于南宁市南方大酒店

# 饭食突然变好后

在越南游览数日之后，今天重又回到中国南宁。晚餐就安排在一家很有特色的苗族餐馆里。

这是《中国教育报》广西记者站周站长为我们特设的宴席。不仅有了丰盛的荤菜，而且有了多种饮料与啤酒，就是吃饭的地方，也有了空调。

但在越南期间，菜是千篇一律的以素为主，有限的量，就是米饭也往往供不应求，就更不要说什么饮料与啤酒了，而且一般的酒店，也多是没有空调，吃饭之时，往往令我们大汗淋漓。在越南期间，大家一直对这种就餐的环境与条件表示了各种各样的不满。

今天突然大为改观，虽在意料之中，还是令大家高兴得不亦乐乎。笑声与说话声此起彼伏。直到酒足饭饱之后，饭桌上还是剩了不少精美的荤菜。

但我却有些“与众不同”，因为就是大家在越南纷纷诉说饭菜不佳之时，我却感到正合我的口味。因为我在家吃饭已经养成了这样一种习惯，就是以吃素为主。2001年采写青岛基础教育的时候，曾在济南部队青岛疗养院先后住过一个来月的时间，我就是每天只吃20元的饭菜，而且越吃越想吃，比山珍海味还要好上不知多少，所以，越南所吃，对于我来说，与大家的感觉恰恰相反。况且每天吃饭吃个干干净净，比剩下许多要节约得多，文明得多。相反，今天因为喝了不少的冰镇的酸奶和饮料，一贯对空调不感兴趣的我，因已早习惯没有空调的生活，所以，初吹空调，反而有些头痛与不适。在越南时，每天晚上，我就在赵显坤刚刚睡过之后，就又关上空调。

这就是我的习惯，虽然与众不同，但却自我守持。就是在其他地方，也还是如此。因为这成了我的生活习惯。

2004年8月13日晚于南宁市南方大酒店

# 四川

# 千年沉睡，一醒惊世
## ——三星堆感怀

三星堆因三座突兀在成都平原上的黄土堆而得名，它的发现纯属偶然。1929年春，当地农民燕道诚在宅旁挖水沟时，发现了一坑精美的玉器，由此拉开了三星堆文明的研究序幕。1986年，三星堆两个商代大型祭祀坑的发掘，使上千件稀世之宝赫然显世，轰动了世界，被誉为世界“第九大奇迹”。

以前读李白《蜀道难》：“蜀道之难，难于上青天。蚕丛及鱼凫，开国何茫然。”但对于其中的“蚕丛及鱼凫”，所知甚少。今天游览三星堆时，方对其有了一个相对形象的感知。

据导游讲，也许早在四五千年前，蚕丛与鱼凫已经创造了中国伟大的文明。

两展室里的出土文物不仅数量多，时代远，而且形态各异，非常精美。由此可见，古蜀国的文明早已存在。

巫术文化也许是中国最古老的文化，以前人们往往将其视作一种愚昧与迷信。其实，代表这一时代特征的巫术文化，有迄今人们并不了知的文明。而作为巫术文化化身的巫婆，在那个特殊时代，起到了巨大的作用。看看世界文明史，几乎都经历了这样一个时代，巫婆在其中几乎无一例外地扮演了文化的角色。而且，巫术与权力，有时是互为补充与相互作用的。

这一点，导游在讲的时候，只是提到巫术在那个时代的大体情形，而且将其作为一种愚昧对待，的确有点悲哀。其实，我们今天对远古了解得太少，更多的还停留在推断与假设的层面上。以前的神话，我们只是作为神话，其实，有的是虚构，而有的则有其生活的原型，只不过通过艺术创造再现出来罢了。

三星堆的出土，使四川文明向前推进了2000多年。这使我们想到，此后的四川之所以人杰地灵，绝非偶然。数千年的文明推演，给这里播撒了文化的种子。从苏东坡到郭沫若，从邓小平到今天的一些著名作家等，说不定都因了这片土地的灵光才有了特殊的色彩。

三星堆没有留给我们真正的文字，我们只能想象它昔日的辉煌。其实，全国这样的未被发现的远古文明绝非凤毛麟角，中国文明史的未解之处更多更神秘，而且对于三星堆的研究，迄今还没有一个被人们绝对认可的说法。

一是三星堆人来自何方？

这里出土的“三星堆人”高鼻深目、颧面突出、阔嘴大耳，耳朵上还有穿孔，不像中国人，倒像是“老外”。有的研究人员认为，三星堆人有可能来自其他大陆，三星堆文明可能是“杂交文明”。

二是古都何以消失？

有的研究者认为，古蜀国的繁荣持续了1500多年，然后又像它的出现一样突然地消失了，但由于当时没有任何文字记载，所以，中间已多了2000多年的神秘空白。关于它的灭亡，人们假想了种种原因：水患、战争、迁徙等，但都因证据不足始终停留在假设上。

三是三星堆远古时是不是世界朝圣的中心？

三星堆出土的大量青铜器中，绝大多数是祭祀用品，基本上没有生活用品，表明古蜀国的原始宗教体系已比较完整。这些祭祀用品，特别是青铜雕像、金杖等，与世界上著名的玛雅文化、古埃及文化非常接近。所以有研究者认为，大量带有不同地域特征的祭祀用品表明，三星堆曾是世界朝圣的中心。

四是海贝是“外汇”还是祭祀品？

出土的5000多枚海贝，经鉴定来自印度洋。有人说这些海贝用作交易，是四川最早的外汇，而有的人则说这是朝圣者带来的祭祀品。还有60多根象牙则引起了学者们“土著象牙”与“外来象牙”的争议。

五是图案是文字还是图画？

在祭祀坑中发现了一件价值连城的瑰宝——金杖，其上所刻的鱼、箭头等图案究竟是什么意思？它不是在殷墟发现的甲骨文，也不是象形文字。有人说，这是蜀人的“多斑彩文章”，但谁也没有拿出确凿的证据。

青铜器上没有留下一个文字，简直不可思议。

2006年7月4日晚于成都市瑞景商务酒店

（载于《当代散文11家》，华艺出版社，2006年12月第1版）

# 温泉洗浴与品茶听歌

将近中午的时候，我们一行来到稻城县香格里拉乡亚丁天使宾馆。

几天来，大家非常疲劳，特别是高原反应比较厉害，所以，下午决定放松一下。午饭之后，各自卧床休息，4时，从宾馆起身，到稻城赤土乡杜鹃谷温泉山庄洗澡。

近20年来，我只是淋浴而洗，没有洗过温泉。每人一个木盆，拧开水管，就有了天然而来的温泉水。洗了半个多小时，周身舒畅。然后淋浴头身。

之后到他们那里的茶馆，品红景天茶。这种茶不只可以解渴，据说还可以缓解高原反应。

小邱邀请藏族姑娘吹歌，说是刚才听其吹得特别动听。可是，不管他如何热情邀请，甚至她的同事推她，还是羞羞答答，推迟不吹。小邱只好先唱一歌，她才千呼万唤始出来，说吹口哨者是她的妹妹，她只好唱歌一曲。藏族姑娘天生的好嗓音，我们也不由得和着拍着。其后，又一摩挲族姑娘唱了一曲，也是特别动听。

品着红景茶，听着优美的歌声，真的是快乐无比。小邱甚至说，“这是神仙过的生活”。

2006年7月8日晚于四川省稻城县香格里拉乡亚丁天使宾馆

# 神秘而又神奇的神山

神山因其特殊的神秘、神奇吸引了国内外的游客。今天一大早就从亚丁天使宾馆出发，向神山驶去。可是，据导游讲，在这个雨季，一般看不到神山，多数是乘兴而来，败兴而归。特别是路上云雾缭绕，真的担心也如许多游客一样无功而返。令人感到高兴的是，一个半小时之后，到达神山脚下的笼笼坝时，阴云已经散去，太阳与白云在天空渲染出一片美丽。

一行15人，连同四川导游一起，雇了一头骆马，便向神山行进。

在海拔4000米之上，且要在马背上六七个小时，往返24公里，对于我们这些有高原反应的人来说，也许是一个挑战。

可是，一走进山里，便被那神奇的景色吸引住了：漫山遍野的冷杉木与其他草木一起异常葱茂地生长着，走的路旁，就是清澈见底的流水。由于车辆不能进入山中，只有一条不宽的小路，有的甚至是泥泞，所以，没有任何的环境污染。

刚走进山里，我们就看到了菩萨山，其上冰雪闪烁，与行走的云彩、蓝天一起构成一幅天然的图画。照相，惊叹。

行至中途，看到了金刚山，于是下马休息。金刚山如一个倒立的三角形，耸立在天际，而银白色的积雪，与蓝天白云一起，这令我想起了《金刚经》。

将至牛场时，文殊山便呈现在我们的眼前，它没有金刚山那样逸世独立，但却有着很宽阔的断面，积雪与白云蓝天一起。继续前行，到了牛场，便席地而坐。这时候才发现，菩萨山与金刚山触目可见，只是没有文殊山那样更显壮观而已。

就在那里吃饭，谈论，欣赏。

1时半许，我们返程。

金刚山，特别是一片草地，马、水，太美了。

到了笼笼坝，回首一看，菩萨山就在眼前，比去时看得还要清楚，没有阴云，特别美丽。

2006年7月9日晚于四川省稻城县稻城亚丁酒店

# 人的适应能力是很强的

今天早晨6时半，即从稻城亚丁酒店起身，开始返程。

今天要翻越六座4000米以上的高山，刚到四川时的闻高色变者经过几天的高原经历之后，已没了那时的恐惧，但是，还是有一定的思想准备的，因为至少要走12个小时以上的路程。

看看大家的脸色，一个个从容自然，甚至快到海拔4800米的山时，还是没有什么反应。甚至，还说："直接过去，不停了！"其实，绝大多数人已经没有了高原反应，只是个别还有一点反应而已，而且这种反应与初到此地时已有了本质的区别。

上午又过了三座海拔4000米以上的高山，与内地已没有本质的区别，而且开始来的时候有的人反应非常厉害，现在也已谈笑风生。因此，吃午饭的时候，一个个兴高采烈。

这使我想到：人的适应能力是很强的，之所以有时候这种能力显现不出来，是因为人本身心理上没有认可这种能力，或者在开始适应之时，有了一定的反应或困难，于是便退下阵来。其实，走向较大成功的人，都是先在心理上取胜，而后在行动上取胜。相反，有的人之所以没能成功，一是心理上自我战败了，而且往往知难而退而惧，特别是有的将近成功的时候，失去了前行的信心。于是，前功尽弃。真的如孔子所言："譬如为山，未成一篑，止，吾止也！譬如平地，虽覆一篑，进，吾往也。"想想自己在一生中所取得的点点成绩，都是在心理上有了必胜的信念之后，又持之以恒地坚持下去的。我对自己有一个清醒的认识，我没有比一般人高明或者聪明的地方，只是心理上的自我胜利，以及从容自然地追求目标且又虽败并不气馁的品质所致。

精神胜利法与道法自然是我现在的生存状态。这种状态使得生命质量比前些年有了很大的提升。尽管在这次旅行中我的年龄最大，但精神状态，以及对高原空气的适应之快，都是相当突出的，甚至从前天下午开始，我已经完全适应了这种气候与环境。

2006年7月10日晚于四川省康定县康定情歌大酒店

# 友好的藏民

在返程的路上，藏民的形象一直在我的眼前晃动，他们的友好与善良，在我的心里留下了深刻的印记。

大凡藏民居住的地方，在我们的车行驶在路上的时候，都可以在路边看到一些孩子，小至三四岁，大至10多岁，他们会很好奇而又友好地向我们招手，那眼光的天真与友好，是流于心中的一汪圣水，令你不由得顿感爱怜。尽管他们大多穿得衣衫不整，甚至有些破旧，可是那只是外在的形态，在其心里，却是那样的高雅。在一个黄花遍地、山峦与白云相接的地方，我们停车照相。当地的一些孩子也赶来看热闹。一个7岁的女孩，背着一个不足2岁的小孩，旁边还有两个相差只有最多两岁的孩子。7岁的女孩自然地负起了看管这三个孩子的责任。但她一点儿也没有负担，背上的孩子不哭不闹，旁边的孩子不声不响。城里一个小孩几个人看管的情景，与这里的景况相去何远！但谁能说这样的孩子长大成人之后没有好的品德，没有强的能力？

在从笼笼坝到牛场的路上，我们一行15人，每人都租骑了一匹马或骡子，为我们牵着的或男或女，或老或少，而他们一个共通的特点，就是友善而又坚韧。给我牵骡子的是一个57岁的男人。他一点儿也不张扬，小声地回答着我的问话。由于那里天气相对较冷，所以他上身穿了一件内衣、外套、一件毛衣和一件小薄袄，不过，都很破旧。这里天气瞬息万变，如果突降大雨，气温也会骤然而降。问及如果这种情况何以应付时，他很平静地对我说，“淋湿了回家换一件别的就行了”。可沿途需要几个小时，一般人会感冒的。而他还是平静地说："我们已经习惯了，再说，如果雨停了，几个小时就可以把里面的衣服暖干的。"中午饭是在牛场吃的，我们都带了食品。到了目的地，我才发现，他没有带一点吃的东西。问他午饭怎么吃。他说："一般是回家再吃。"可我说："那要到什么时候？"他说："一般4点左右。"他们一大早要在笼笼坝等游人的到来，再到下午4时吃饭，怎能忍受得了。不过，他慢慢地说："如果你们游人吃不了的东西，也不愿意再带回去，我们就吃一点儿剩的。"我二话没说，将带来的三包饼干给了他两包。他接过去，轻声地谢谢，就牵着骡子到一旁去休息。然后回头指指前面不远的地方说："就在前面等着你！"回去的时候，我真不忍心让他牵着骡子而我安然地坐在上面，再说，自己的体力也可以支撑。于是，决定步行下山，与他一道行走，一道攀谈。他也不说什么，就那么平静地与我几乎是并排而行，小声地与我谈着他们当地的民风民俗，以及他的家庭等。我突然感到，这是一颗还没有被污染的心灵，如这山里的葱绿的林木，在蓝天白云下自然地生长。对于久违了这种风光的城里人来说，真的是异常的可贵、可亲、可爱。

在路上，有一个叫八一的地方，正在开展一场民间的歌舞会。蓝天白云之下，群山环绕之中，空旷土地之上，男女老少围成一个圆圈，中间多是男女青年，他们高高的身材，天然般地翩翩起舞。没有城里舞厅中的狂躁，也没有正式舞场里音乐的高雅，可是，那是纯然属于他们的歌舞，天然去雕饰，是与蓝天白云、山林大地融为一体的天籁之舞与天籁之音。见我们这些汉族人走来，围观的人平静地看看我们，而舞场的人，还是那样优雅而又从容地跳着。这也许是我一生中见到的最为自然状态下的舞蹈，也许在我这个不懂舞蹈的人看来，也是最为天然的舞姿。

据同行者讲，他们在一天的晚上，还到了一家藏民家里喝酥油茶。他们全家人极其热情地招待，没要一分钱，是我们的同行者主动地给了他们一点钱。藏民告诉同行者，以后再来，可以住在他们家里，一天吃住20元就可以了。

其实，在路上关于藏民的故事还很多，这只不过是几个片段与一点思考而已。有一点是可以肯定的，我们都感到他们友善真诚，是可以与我们友好相处，甚至是可以交朋友的民族。

2006年7月11日晚于成都市瑞景商务酒店

# 带队的感受

今天中午12时，就要从成都机场乘坐飞机返回济南了，回想这次高原之行，可以总结的地方真的很多，而作为带队人，却有了如下的考虑。

这次川藏高原之行，对于我们来说，是一种全新的体验，也是一种特殊的考验，而作为带队者，我与王树勋自然也就有了更多的感受。

在遇到困难甚至是危险的时候，带队者必须有一种决断能力，不然，就会使本来富有意义的旅行，变成一场败兴而归的不愉快之行。

7月5日从成都起身，前往日隆的路上，由于高原反应，中午的时候便有人担心起来，所以，另改路线，甚至是中道返回就成了一些人的主张。这个时候，我确实也有些担心，一旦出现问题，我必须承担责任，更为重要的是，将一生对不起有问题者。不过，我非常冷静，因为我的心里也同时思考另一个问题，修正路线，四川的导游与司机会不会使我们少看景点，大家乘兴而来，会不会因为路线的修正而感到索然无味。如果因为一两个不能前行而将其留下，他们对这次的旅游将会留下一生的不愉快，而我也会一直放心不下，愧疚不止，但这种事不能草率行事，于是，问了以前曾经去过西藏的人，他们说反应是正常的，而且分析一下畏惧者，大多在心理层面。但还是要让大家共同商量一下，在商量的时候，自己有一个主导意见。于是，最后决定按既定路线而行。虽然路上都有或重或轻的反应，但自第四天始，却是越来越好。即使开始主张中途而退的人，也从容地笑起来。今天在想，一个带队者，如果面对突然而至的问题，手忙脚乱或者没有主见的话，这场旅游的价值就会大打折扣，失去其应有的意义。

在入住香格里拉酒店的时候，还不到中午12点，整个下午导游没有安排一点儿活动，原因是大家太过疲劳，应该休息一下。可是，如果半天躺在一个小小的旅店里，大家是会不舒服的。听导游说有一个温泉，于是决定下午休息到4时的时候，去温泉洗浴。结果，4点的时候，大家已经睡好，到了温泉之后，大家尽情地洗浴，洗去的是一身的疲劳，带来的是周身的轻松。加之又有红景天茶水、少数民族姑娘的歌声，晚饭之前，成了一个快乐的王国。大家玩得非常尽兴，填补了旅游的空白。

如果说在八一看了天然的舞蹈的话，真正的表演还没有看过。在返回稻城的时候，晚上可以休息，但藏族歌舞表演就在我们入住的宾馆里。如果不看，大家感到在这个地方，是一个缺憾。于是，晚上安排大家看舞蹈。虽然这场舞蹈没有想象的那么精彩，可是，这次川藏之行，毕竟有了一场体验与感受。

带队者既是这个队伍中的一员，又是行走的灵魂性人物。他既要有自己的思想与灵魂，也要一直在这个队伍之中，两者缺一不可。不管是洗浴，还是晚上的舞蹈，我对此并不感兴趣，特别是舞蹈，在济南的时候，有时他们会送来票价很贵的舞蹈类的演出，我一次也没有参加过，因为我是一个舞盲。对于洗浴也一点儿不感兴趣，在我的人生履历上，没有去过一次温泉，没有到过一家洗浴中去洗浴过，但这个时候不行，你必须去，因为你代表的已经不是你一个人，而是一个团队，团队需要一种团队精神，特别是带队人员。在济南机场时，我就犯了一个错误，凭着自己的白金卡，到了贵宾厅，而其他人员，却因为没有白金卡被拒之门外。到了贵宾厅之后，小姐送上免费的点心，端上清新的茶水，坐在高贵的沙发之上，看着高档的电视，本来是可以享受一下了。可是，这个时候，我突然感到有一种空寞的感觉，一种与队伍失去联系的恐慌感。当时极其后悔这种行为，但没有及时纠正。这也许是此行的最大败笔，所以，今天再到成都机场，不管要等多长时间，不管所等的地方何等不佳，我也不会再到贵宾厅里，因为那种形式上的舒服，远没赶上内在的痛苦。

因为一路高原，大家几乎没有喝酒，昨天晚上大家开怀畅饮。尽管我不会喝酒，可是，看着他们那么快乐的样子，我的心里真的特别的畅快。是的，独乐乐，不如与众同乐乐。孟子之言，不只是对君主而言的，作为带队人，也应当如此。

2006年7月12日上午于成都市瑞景商务酒店

# 山　西

# 是应该做起一些文化事业了

18年前，曾与李振村同来太原，太原给我留下的印象之坏，是始料不及的。数次问路均是指向相反的方向，而振村洗澡，手表放在抽屉之中，又被负责看管澡堂的人员窃去。追问再三，保安人员却不管不问。一气之下，义愤填膺地要投诸报社，他们才迫不得已而过问。最终是手表失而复得。但留给我们心里的创伤，却再也没有抹去。由此对太原人也有了另样的看法。

这次太原之行，虽然与记者站的高耀彬打过电话，而且得到了热情的回应。可孔子有言："始吾于人也，听其言而信其行；今吾于人也，听其言而观其行。"还是要看看高耀彬能否言行一致。

事实是最好的答案，高耀彬之热忱，令我感叹。他驾驶着自己的汽车，从早到晚跟着我们忙。上午去了学英语报社，下午去了语文报社，晚上又请教育厅马厅长陪我们吃饭，并且请其妻子前来作陪。他用行动书写了太原人的真诚与热情。

上午与学英语报社社长的长时间交流，令我感叹再三。他事业的发展之大，是我绝没有想到的。其中有几点十分可贵。一是瞄准市场，坚持做下去；二是机制之活；三是他管理上的无为而治。其中给我启示最大的是，我自己也要做点事情。因为，他编辑发行等方面的思考，我了如指掌；而他所做的事情，如果让我做，也可以做好。但他有了雄厚的资金，有了一批发行队伍。这需要很长时间才能达到，但是，我想，不干，永远在零上停止不前，只有前进，才能真正地发展。

现在我是社里的总编，我不会干任何有损于社里形象的事情。因为这是我的为人原则，但心理准备要有。因为两年来所做的辞职报告，不单单是为自己愿意读书写作而为，还有想干点事情。想来由于自己近来的一再努力，厅里也许可以答应我的辞职请求。诚如是，我将从一个一般职工，甚至是内退干部的身份，自由地干点自己愿意干的事情。

文化产业是我之所长，这并不是任何人可以干的。因为我对此有一定的研究，而且有一定的文化资本，并不是说有多少资金，而是在山东省乃至更大的范围内有了一定信任指数，在一定的人群中有了一定的威望。

我知道这里面还会有各种各样的困难，但我能够克服；我知道万事开头难，但不开头永远不会成功。

有一种时不我待的感觉，文化事业，而且是自己所追求的文化事业，由自己亲自干起来的文化事业，一定是一道绚丽的风景。

2005年3月18日晚于太原市滨河饭店

# 王家大院

王家大院之大出乎我的意料，其五代发迹史，通过两万多平方米的建筑彰显出来。他们的发迹史都有一个规律，即艰苦创业—经商—

从政。经商有了钱，为做官奠定了基础，做官又为经商做支撑。另外，就是创业者，都是在品德、行为等方面的不错者，而且对子女都有一定的严格要求。有的还有一定的文字要求。而且有的子女确实按上辈要求努力，并取得了成就。这便是其成功的最主要的原因，但是，现实却没有按其原有的思考而永远地存在下去。想到任何强盛只是当时而已，正如任何时代都不可能永远存在下去一样。盛极而衰，天之道也。这是谁也更改不了的自然法则。

我在想一个问题，现在人们多在为钱、为官而拼命，也为子孙而努力，甚至想着让子孙永远如期盼的那样“幸福”地生存下去，但因其教育方式的不同，而子女如自己者却并不多见。思考深刻如鲁迅者，也不能幸免。

另一方面，为自己子女不懈努力者，希望永远好下去者，却都没有认真地想着自然是如何安排的。

但作为我们自身，却有一点是肯定的，那就是在自己力所能及的情况下，一定要尽力，而又不使自己过于困难。未必能管好几代人，但是自己的下一代却是要使之好的。

这与自然法则不同，这即是事在人为，成事在天也。

2005年3月19日晚于太原市滨河饭店

# 平遥古城

游览平遥，是我久有的心愿。今天如愿，高兴之至。

平遥之大、之古，始料不及。一条明清街，一座坚固完好的城墙，一条东西贯通的大街，如同进入到一个古代的街市之中。

它没有周庄的小桥流水，但它比周庄大气。而且更为重要的是，这里是中国第一个银行的诞生地。这里因其商业兴盛而有名，也因其商业留下了这片古色古香的建筑，但这正如王家大院一样，盛极而衰。当日令上海、北京难以望其项背的商业大家，现在却再没了重振雄风的可能。而当日并不起眼的上海等地，现在已经成为人们瞩目的所在。

但同时，也让我思考，它毕竟留下了中国历史上的一个纪念，而且是一个了不起的纪念。人之为人，还是要干点事情的。这正如我在第一天来到这里的思考一样。我想，自己是有能力可以干一番事业的。之所以没有干，一是没有提供一方地方，二是自己没有去想，缺少的是胆量与思想。

这次之行，不知怎的，总在思考这样一个问题。也许，山西之行会成为我的一个发展契机。

2005年3月19日晚于太原市滨河饭店

# 云冈石窟

云冈石窟之所以成为世界三大石窟之一，我想一是由于它的时代久远，是北魏时代的作品；二是因为它规模之大；三是它的建成速度之快；四是它的艺术价值之高。

石窟北倚山势而建，南俯大同市。一律石雕而成，气势恢宏，成为佳品。

但是，这里面也有令我遗憾感叹之处，那就是中国人的保护意识之淡漠。

这种北魏之作，在清代却以泥外糊，也许认为可以起到保护作用，也许为了更加美观，但是，它的文物价值也就随之而小，而且改变了它的形貌。

如果说清代不知道保护文物的话，后来的人总应该知道了吧。可是，阎锡山将其作为厨房，可以看出中国武夫对这一文物的一无所知。

可是，新中国成立后如何了呢？

直到1974年，法国人来到此处，拍摄成作品，发表在外国报刊上，才引起了我们的重视。据导游讲，周总理当时拨款100万元，进行了重修。自然，修后有了很大的改观，但改观之后，又是没有保护，甚至是文物被盗。

现在人们知道了它的价值，甚至也有了不少的收入。可是，它的风化还在继续，它的破坏也在继续。国家是不是还要拨款，收入可否作为保护的资金，这恐怕又是一个未解的问题了。

2005年3月20日晚山西省大同宾馆

# 悬空寺

悬空寺名副其实，从外表看，它悬于西山壁上，很有特色。其实，只有走进之后，才知道它的绝大部分都在山体之中。它给人一种错觉，由此也给人一种诱惑，就是身在其上，也会在一俯下望时不寒而栗，因为下面就是万丈深渊。

但它又是美的，它之精巧，在于它以形体之小，容纳了太多的文化含量。其中有佛像，也有孔子像，还有老子像，甚至还有大雄宝殿。它昭示出一种儒释道三家共存的文化，这是中国文化的一种特质。它不像外国那样互不相容，而是同中有异，异中有同，从而构成了独特的中国传统文化。

它不像云冈石窟一样受到了较大的破坏或自然的风化，保存得相当完美。虽然非常小，但小得让你惊奇。况且这又是北魏的作品，在那个时候，人们对三种文化的理解与包容，都是了不起的。

2005年3月20日晚山西省大同宾馆

# 雁门关

上午10时许，我们到了前往雁门关的高速路口，后入一般公路。但路上已不太好走，主要是昨晚这里下了雪，而由公路再往雁门关的路上，地上已有厚厚的一层雪，而且下坡相当陡。

高耀彬表弟一人将车慢慢地向下行驶，而高耀彬则比较担心，在其表弟认定下，才小心翼翼地往下而行，而我们则走下车。再往东行，路上还是滑，有的时候车子甚至打滑，我们只好全部走下车来，但走到雁门关前的小村庄时，由于地上铺的是石板，又有了冻，车一直打滑。看着车子在不宽的路面上危险地缓行，真有些后悔此次的冒险，但没有后退之路，因为即使此时想着退回原路，也没了转变的可能。前面还有了一大堆石头砖块堆积，我们只好一一地将这些东西移开。雪与石头并在，冰冷冰冷的。一会儿，出现了可以开车的路。最后再也走不动了，但已经可以转变了，只好停止前行，由一个当地妇女看车。

踏着白白的雪，向雁门关行进。雁门关是古代兵家必争之地，扒开积雪，地上战车行驶的车辙还可以看到。当年汉军等就驻扎在这里，当时的营房已不复存在，但地基还可以看出来。碑上的字已多难以辨清，昭示出年代的久远与战争的远逝。

下来时，我们少了些警惕，高耀彬的表弟先是仰天而倒，而且划破了手，两位女士有了危险感。于是，英雄救美的宋洪昌欲扶崔琳而行，尚未扶好，崔琳便已倒下，笑个不止，一时站立不起来，而高耀彬搀起了胡海英，一不小心，胡海英即将倒下时，高耀彬迅速地将其挽走。于是，激起一片笑声。

我们不敢再上车，两个司机一点一点地开着走，走出村庄时，我们才上了车。到了高坡时，我们全部下车，高耀彬加大马力，向上冲出，我们都悬着一颗心。车没有中止，走到了公路上，我们才松了一口气。于是，一场惊心动魄之游就在重新上车之后结束了。

这种冒险只能这一次，尽管有惊无险，但因为险情几次出现，还是非常可怕的。以后类似此情出现，一定不可冒此之险。

2005年3月21日晚于太原市滨河饭店

## 大寨之行

大寨在现代中国人的心里，是一个特殊的现象，它是那个时代的产物。当时它在我的心里是一个崇高的代表。因为全国都在学大寨，而且是毛主席号召的。于是，陈永贵、郭凤莲等，就成了人们心中的一方圣者，但毛主席去世，邓小平走上历史舞台，这块计划经济时具代表意义的地方也失去了它昔日的光辉。

现在这块地方到底如何？这里人们的思想与行为方式将是如何？这就成了我们几人此行的共同探索目标。于是，今天我们一行五人便驱车赶到大寨。

先到虎头山上一走，北边是山，西边也是山，山上有不大的树林，有序地长着，原有的庄稼没有了。它比其他的山要绿得多，空气格外清新，心情也好了起来。后来又看了展览馆，感到现在的大寨有了很大的变化。特别是郭凤莲，当日的铁娘子军，现在已经是山西省妇联副主任、昔阳县县委副书记、大寨党支部书记。她秉承了陈永贵的可贵之处，又有了面向市场经济的眼光。这个曾经与陈永贵一起战斗过的接班人和战友，不但领悟改革开放的前景，而且很快走向今天的市场经济。

原先曾以造田毁山、苦战不已而闻名，但现在却是退田归林；过去是一切以集体农业为主，现在却有了大寨衬衫厂、水泥厂等现代企业。大寨，就是在陈永贵的接班人那里，也发生了关键性的变化。如果说这是一种感觉的话，我们在原党支部副书记宋立英处的交流，则更加得到了确认。

老太太已经76岁，可是头脑清晰、思维活跃，就连说话，也铿锵有力。特别是在谈到现在的大寨时，她说现在的大寨人观念变了，思想在转变，市场经济在这里已经行走起来。她谈到郭凤莲时，带着敬意与佩服，说她从1992年回到村里之后，有了根本性的变化，办起了企业，人们的生活发生了翻天覆地的变化。她还列举了一个数字，以前每人收入只有200元，现在是4000多元，翻了20番，而且当时人们的劳动强度非常大，而现在人们工作强度小得太多了，并且她在家里办起了一个小卖铺，儿媳就在那里笑嘻嘻地向游客出售着各种产品。就连宋立英，也在为儿媳卖出的书签名。门外还有宋立英签名售书的显赫的广告牌。

她家的南面，就是陈永贵的故居，他的儿媳坐在坑上，见我们进来，立即向我们说《陈永贵》一书很好，而且是陈永贵儿子签名，并且还有原版的电子版。我们买了《陈永贵》，就在付钱的时候，陈永贵的儿子到了，略微有点胖，微微地笑着。他俩还向我们推荐了用午饭的地方。

就在他们两家的旁边，有不少的饭店与商店。尽管从音乐中传出来的都是那个时代的歌曲，但这只是一种品牌，或者是一种吸引旅客的载体。人们的骨子里，却是从容地走进了市场经济之中，而且在感受着给自己带来的幸福。

无疑，大寨人在变，这变不但表现在显性层面上，更呈示在心理思想层面。人们从思想上对陈永贵怀有感情，但在行动上不再跟其行走，思想不再与之合拍。于是，就有了一个新的大寨，而且这大寨也有了一个品牌，有了经济效益。这恐怕是陈永贵，以及毛主席怎么也想不到的。

2005年3月22日晚于太原市滨河饭店

# 常家庄园

常家庄园是山西省最大最早的私人家园。常家因茶叶而走向全国，以至走向俄罗斯以及欧洲，这是一种特殊的现象。

究其发家史，一个核心理念却是非常重要的——“学而优则贾”。

它从孔子高足子夏的“学而优则仕”转化而来，又注入了打着“常氏”特色的思想。但它的发家人却是一个长工，给地主放羊者，到第八九代才发迹。

之所以如此，与整个山西的商业形势不无关系，因为有乔家、王家等遍及全国的商号。另外，他有思想，而且有儒家思想作支撑，所以，是大的儒商。在其静园中，一进门就有杏林，取孔子教学杏坛之意，而且再后面，就是孔子像，且有关于子贡的一段话。看来，他是对孔子高足子贡进行了研究。我常将子贡称作中国第一个有成就的儒商，而且在许多地方讲学时谈到这样一个问题。对于常家推崇子贡，我与之有共同的看法。如果不是对儒家文化进行过深入的研究，是不可能对子贡的儒商行为进行研究的。

所以，他不是一般化的商人，而是一个有着儒家思想的商人。就是在其他地方，也有不少这方面的东西。如“思才邪”与“学而思”匾，就是取自《论语》中的“《诗》三百，一言以蔽之，曰：思无邪。”“学而不思则罔，思而不学则殆”，所以他的成功在于研究商道时，也研究了儒家文化。这就是他的商业成功延续150多年之久的本质所在。

其实，现在的真正成功者，也多是儒商。如张瑞敏，就是一个对儒家文化甚至道家、佛家文化颇有研究的大企业家。看来，儒家文化从古到今，不仅仅是对人的人格成长起作用，而且也对人的经商起到作用，而且是非常大的作用。

2005年3月22日晚于太原市滨河饭店

# 陕西

# 五千年古柏

黄帝是中国的开山鼻祖，这是任何人都不会怀疑的。但黄帝陵并非一个。前不久在河南新郑看过黄帝陵；今天在陕西黄陵县，再一次参观了黄帝陵。前者壮观雄伟，有恢宏之势；后者掩映于古柏之中，有悠远之感。而今天所看的，还有轩辕庙，它并不十分宏伟，但是，我感叹于其间的古柏历史之久远。特别是“黄帝手植柏”，已有五千年历史，是我迄今为止见过的最为古老的柏树。曾在曲阜教学数年，感叹于三千年松柏的犹然存在；今天再见五千年古柏，更是感慨万千。

相传黄帝时代，有人已经开始毁坏植被，当时因洪水暴发，植被保存完好的村庄安然无恙，而受到严重破坏的地方，却被洪水冲走。因此黄帝亲手种植了这株柏树，且由此引领了相当一些人植树造林，才有了今天的参天古树。

我不知道这种传说有多大的真实性，可是，有一点是肯定的，在桥山之上有数百株数千年的古柏，足见远古时代，人们已经关注种植树木了。

此行令我最为震撼的，还是这株五千年古柏。当然，它已经显得十分苍老，它的树皮非但毫不鲜亮，甚至特别粗糙。有的树枝也没有生机与翠绿，尽管有的枝叶依然顽强地生长着，但是，它也许真的就是黄帝亲手所栽。这位中国开山鼻祖已经仙逝五千年，它却在目睹了几十个朝代的兴衰之后，依然屹立着。它一点儿也不张扬，甚至有点儿默默无闻。可是，当人类一次又一次地改变自己的命运之后，英雄也好，将相也罢，还有一人存在否？而这株古柏还在。当时喧嚣一时的英豪今何在？这株古柏还在。

其实，争斗几时了？明月依然在；逞胜能几时？古柏犹然在。在这株古柏面前，每一个生命个体，都显得特别地渺小。你只是它生命的几十分之一，甚至是百分之一，你也许比它英名一时，可是，在它的面前，只是昙花一现而已。人类无法让自己的生命如这株古树一样悠长，可是，人类却完全可以有能力如它一样，于无声处见顽强。

这株五千年古柏记录的还不只是黄帝那个时代，也记录了中国整个五千年的历史。在这个意义上说，它的伟大绝非人类可比。以后它的生命究竟还能延续多久，这是我等无法了知的。它的玄妙，则更是我们无法预知的，所以人类应当好好地想一下自己的未来。

2006年11月12日晚于延安市亚圣大酒店

## 壮哉，壶口瀑布

柯受良飞跃黄河的时候，就是从壶口瀑布一跃而过的。那天我的大女儿作为《齐鲁晚报》的记者，曾亲临现场，作了即时的报道。也许有这样的一个情结，我对壶口瀑布一直有一种特殊的兴趣。

今天终于有机会一睹它的风采了。

下午5时前，即已逼近壶口瀑布了。黄河水就在我们行车的右边，几乎是波澜不惊地、缓缓地流淌着。当时心里一下子凉了半截，难道在这种水流之中，就有惊天动地的瀑布吗?

但是，真的到了壶口瀑布的近前，方才知晓，那绝对是极其值得一看的世界奇观!

壶口瀑布的北边，是400米宽的黄河河床，浑浊的黄水翻滚而来，而到了壶口处，突然间变成只有40米宽的狭窄之地，而且突然下垂40多米。咆哮着的黄水几乎是怒发冲冠，将所有力量集中起来，倾其全力，猛然而下。曾想象李白的诗“黄河之水天上来，奔流到海不复回”是何等的壮观，可是，它还是不能形容壶口瀑布此时的雄壮之气。它是暴怒的，强悍的，所向披靡，一往无前，压倒所有对它赞赏与反对者。急流而下的黄水或悬空腾飞，或直抵水底而又掀起一片水沫，形成与黄水绝然不同的白色，且一跃而起，翻起五六十米的雨丝，撒落在瀑布两岸，无情地溅飞在惊奇观看的游人身上。

它的声音远没有黄果树瀑布那样轰然而响，可是，由于它的黄色与白色形成两种不同的奇观，也就有了黄果树瀑布没有的壮丽。

这个时候并非雨季的特殊期，但也不是少雨期。追溯到前面，黄河水从这里还来不及一泻而下的时候，便从两边分流而行，虽然不及壶口急流的雄壮，可是，也别有情趣。它从一翼，走至壶口前方，斜下进入共同的水流之中。

离开瀑布之后，坐在车上，还是心潮澎湃，思考这一天下奇观何以如此壮美。它与上午所看五千年古柏有着共同的地方，那就是不管人世间如何的天翻地覆，如何的喧嚣与争斗，它一如既往地咆哮如雷，一样的席卷而下。不同的是，古柏以沉静彰显壮美，壶口瀑布则以仰天长啸而呈示其特有的壮观。

其实，世上未解之谜太多太多，对于五千年古柏与壶口瀑布，我们所了解的也许就是一个表层，谁能知道它们是不是也在悲怆地述说着历史，努力地塑造着自己的人生？

2006年11月12日于延安市亚圣大酒店

## 陕北民歌的魅力

在广播电视上听过不少陕北民歌，但那毕竟是未见真人。两天的陕北之行，使我不仅看到了真人，还深刻地感受到了它的魅力。

昨天在壶口瀑布游览的时候，就有几个包着白毛巾、穿着白色坎肩的陕北汉子，与身着红色小袄的红脸女子，在黄水滔滔的黄河岸边，邀请来自全国各地的游客一起照相。尽管我是一个乐盲，但却感觉到他们的演唱颇有水平，且有“道法自然”的从容。

今天在延安，更是感受到了陕北民歌的魅力。不但在游客云集的地方有专门演唱民歌者，就是我们上了汽车，方欲行车前，也不时地会有一两个身着陕北服装的男女走上车来。其中，就有一对男女，他俩笑得特别自然，有着陕北民歌的纯正味道，令我们不由得一次又一次地为其鼓掌。他们没有太多的计较，随便给上几元钱就知足而去。走的时候，我们也是以掌声相送。这是一种文化，文化应当受到尊重，也应当体现它的价值。

据导游讲，还有一对夫妇，女儿考上了北京政法大学，孩子的所有费用都是他俩用陕北民歌挣来的。这令我肃然起敬，但是我们没能见到他们，这成为此行的一个遗憾。因为我已经做好准备，为他们进行一些力所能及的资助。

不过，也有令我们不愉快的时候。有的演唱者，上到车上，强行而唱，唱得不好，可是，钱是断不可少的。特别有一老者，连膝盖上都加上了快板。他一点儿也不笑，见人就唱，唱后就要钱。我们同行的一位朋友为之照相，他便伸手要钱。不给，即尾随不放，使我们的这位朋友十分尴尬。

艺术，特别是具有地方特色的艺术，有着长久的魅力，而且也应当产生一定的经济价值。可是，如果完全与钱联系在一起，特别是由此引起人们的不快，它的本意就自然失去了。艺术可以欣赏，欣赏者心甘情愿地花点钱，这在情理之中。可是，如果不是情愿，而且非常不快，这便没有本真意义了。

2006年11月13日晚于西安钟鼓楼大酒店

# 由第一个发现兵马俑的农民想到的……

来西安不看兵马俑，绝对是一大遗憾。

看兵马俑，我感觉首先是一种震撼。在那么大的地方，有那么多的陶俑，又制作得那么精美。这是人类历史上一大奇迹，所以法国总统希拉克称其为世界上第八大奇迹。

它的发现是一个偶然。1974年，为了抗旱，一个村庄打水井的时候，一个目不识丁且又饱经风霜的姓杨的村民发现了一个兵马俑的头颅。他报告了当时的文物馆，且得到了30元的奖励。不过，他没有将这些钱据为己有，而是送给了他所在的生产队。于是，这一亘古发现，才有了今天的奇观。就是在现在的兵马俑馆里，这个已经年届八旬的老人，还在为购书的游人签字。因为随着兵马俑声誉日隆，他也成了世界名人，所以有人教他识字，他学会了签字，特别是自己的名字。据说，其他一些简单的字也会写了。就在第一个博物馆里，他安然地坐在那里，等着为来自世界各地的游人签字。尽管签字的人并不多，可是，他还是为此感到特别的自豪。

据导游讲，因为兵马俑的发现，原有的村落已经一天天地富裕起来。每逢春节家家写春联的时候，横幅都要写上“不忘杨”。

我们经常说事物有必然规律，其实，有很多事情是在偶然中形成的，一些人的出名也与偶然有着很多联系。这似乎不合乎历史辩证唯物主义，可是，实践是检验真理的唯一标准，所以就有了今天常说的一句话，不要丧失机遇。是的，有的时候机遇只有一次，失之交臂，有可能一生也不再来。其实，对于我们来说，有的时候有很多机会，但往往考虑过多，致使机遇擦肩而过，乃至永不再来。

这使我想到自己，有什么机遇？有没有错过机遇？以后如何把握机遇？我感到，自己有走向成功的素质，也有机会，但我的顾虑太多。因此，以后机遇来临时，不再犹豫，让成功随机遇降临。

机遇有的时候就在面前，可是，有的时候会因为许多割舍不下的东西，让其无情地流失。学会舍弃，也就等于学会了得到。有得就有失，有失就有得。一个不会放弃的人，永远不可能抵达更高的境界。

2006年11月14日晚于西安钟鼓楼大酒店

## 老孙家牛羊肉泡馍

大凡看过《西安事变》者，都记得其中有这样一个细节，蒋介石问杨虎成西安有什么好吃的，杨虎成说："老孙家泡馍。"大凡到过西安的游人，都会去这个特色小吃一饱口福。今天晚上，陕西教育报刊社常委副社长孟学军，《教师报》主编邵晓东，以及司机一起到老孙家牛羊肉店。

这里的馍，并不是我们家乡的馒头，而是圆圆厚厚的饼子，而且并不柔软，甚至有点硬。把它放在一个大大的碗里，要一点一点地将其掰碎。开始，我看着它，掰得既慢又大。孟社长说，太大了，那样的话，厨师会知道你是外行而在放肉的时候少放，做得也会不好。于是，我就极力将其掰碎。看着他们三个人轻松自如地掰着，特别是司机掰得又碎又快，才知道这也是一种功夫。而且他一边掰着，一边悠闲地谈着话，根本不用眼看它一下。其实，他们在做这项工作的时候，也如在茶社里一边品茶、一边闲聊一样。我也学着他们，不去看饼子，可是，有时低头看看自己所掰的，却是大小不均，但是，什么都是学来的。我还是与他们一边愉快地谈话，一边做着这件在我看来神圣的事情。结果，过了将近半个小时的时间，我也可以悠闲自得起来。自然，比起他们来，还相差很远，但毕竟已经不是一种负担，而是一种谈话的载体了。

据他们讲，农村的老人，往往在刚刚吃过饭后，就围拢在一起，一人在膝盖上放一个碗，一点点地掰，掰得既细又匀又小。这样，谈话才有情调，才有依托。一两个饼子，大约都要两三个小时，甚至直到吃午饭的时候才能完工。

我们掰完之后，一个小伙子将盛着馒头的碗取走，加上号码，就等师傅做好后吃了。我的是5号，大约过了七八分钟的时候，便有了热气腾腾的一碗泡馍端了上来。那味道的确很美，我便狼吞虎咽地吃起来。其实，我觉得应当慢慢地吃，如品茶一样。可是，已经饥肠辘辘，顾不得这么多了，偌大的一碗，让我吃得饱饱的。

其实，在任何地方旅游，都不只是观看风景，还有特色小吃。这里也是如此，我便在这里吃了。

2006年11月15日晚于西安市锦苑双龙大饭店

# 吉 林

# 伪皇宫游后的沉重思考

我在伪皇宫里徘徊了好长时间，心里总有一种说不出的酸痛。溥仪屈辱与悲戚的一生，到底给我们什么样的启示？我们最应当反思的是什么？

溥仪是中国的末代皇帝，而且经历了一段普通公民的生活。我感到，他一直在挣扎着，前期一直幻想着重温皇帝之梦，后期则着力于一个普通人的存在，但在这两个方面，他的理想与现实之间总是存在差距。他的理想是灰色的、无力的。

他不可能重振康乾雄威，但他却幻想着维系皇家之业，为了自己的“皇帝”尊严，他将人格与国格一同丢掉了。在日本侵华之时，他认为寻找到了武力复辟的支撑，有了东山再起的希望。也许他没有更多地思考日本只是将其视作一个傀儡，但他完全知道日本进入中国的目的绝对不是为了中国人民的幸福。他为了自己，为了他的皇室，出卖了自己，出卖了国家。他与日本虽然并未同怀一个目的，但却有了这种特殊的结合。就是在结合中，他一步一步地了解到了日本的真正企图，但却在“无可奈何花落去”之时，还是保持着一个所谓的皇帝的架子。

在这方面，他肯定是异常痛苦的，但他不是为百姓痛苦，而是为自己的皇帝梦难以实现而痛苦。设若再有哪一个国家侵入中国让他做个真正的皇帝，他休说割让一个东北三省，就是再割让一个南方三省也在所不惜。

在这一方面，他是当时所有汉奸的典型代表。只不过他还有皇帝之位、皇帝之名而已。据说中国是世界上出汉奸的国家之一，东北尤甚。中国历史上出过许多民族英雄，成了中国永远的骄傲；但中国出如此之多的汉奸，却很少有人为此羞耻过。这些人也试图改变自己的命运，可是，由于失去了灵魂，改变后的“光彩”背后，都有精神之死的悲哀。这与溥仪好像不在一个层面上，其实大同而小异。这成为中国的一个最大的屈辱。想想现在，有的人为了升官发财，不惜出卖良心，出卖朋友，与溥仪、与汉奸，实质上并没有什么区别。这种人我见得太多了，我想读者见得也太多了，但如果不想想中国在近代为什么落伍，为什么受人欺凌，不从根上寻找原因，是永远解决不了问题的。

我们一直在进行着思想教育，但效果何如呢？这点人人皆知，只是有的人不说而已。这个民族到底怎么了？这一点人人皆知。想起这些来，真的是毛骨悚然，不寒而栗。

也许有人说，溥仪不是后来改造好了吗？不是成了一个中国公民了吗？还受到了国家领导人的接见了吗？但是，我总感到除了政治的原因，溥仪是在做另一种挣扎，是在想着从囚犯向一个普通人挣扎。他在狱中度过了整整10年，写了不少揭发日本军国主义的材料，也写了不少悔过书。其实，他心里的痛只有他自己最为清楚。不过，我们也可以窥其一斑，他的“真诚悔过”中，更多的是一种假象。改造有了成绩，统战有了对象，世界有了一个偌大中国改造的末代皇帝的成功之例，但是，他又是一个出卖自己、出卖灵魂的人，他为了能够像一个普通人一样地生活，什么都可以不要，正像当时为了复辟帝位可能出卖一切一样。这又是他的另一个悲哀，一个中国人的另一个生动的写照。

不是吗？为了苟延残喘，可以写假材料，可以做假证明，可以出卖朋友，甚至可以出卖父母。发展到极致的文化大革命，有多少人不认了父母，有多少人出卖了恩师，有多少人干起伤天害理的事一点儿也不脸红！就是当时的中国国家主席刘少奇，也在“证据确凿”的材料面前成了“叛徒、内奸、工贼”！而且调查人员还不是一般的小人物，定罪者也不是一般的小人物！当时人们的良心何在？公理何在？法律何在？但这笔账人们虽然记忆犹新，却不愿意追根溯源，不愿意伤了我们国人的心灵神经，但是，这是永远让人忘不了的。这与汉奸有何差异？

我想，出一个“从末代皇帝到普通公民”的溥仪并不稀奇，稀奇是我们没有从更深一层去思考这样一个问题，是一个汉奸似的人物并没有根绝的问题。

因此，让更多的人看一看伪皇宫，更多地思考溥仪的心理世界，思考自己的灵魂是不是已经出现问题，才是最大的问题。

2004年7月14日晚于长春至延吉的火车上

# 旺季旅游的尴尬

昨天在长春游览时，就在考虑何以在有效的时间里，让此行更有意义与效率。尽管吉林教育报社的朋友早有安排，我还是对其安排做了一个否定。他们想着昨天晚上由刘副总编陪我们一同坐火车到达安图，一早就开始一天紧张的长白山之游，然后坐夜车返回长春，再坐汽车到达沈阳。也就是说，要在车上两个晚上，一个白天则是紧张的山上之游。他们联系好了旅行社，刘副总编又从外地专程赶来。他们认为这是最为合适、最为有效的旅游。

但我们否定了它，因为我们一直认为，外出旅游，不能太过劳累，太过疲乏，所以我们想着直达延吉，当天上山，夜宿延吉，明天再游市容，晚上坐飞机前去沈阳。这样一是不会太累，二是有了两天的旅游，三是路上节约了时间。

本来，我们是应在安图下车的，可是我们却路过安图而没下。当时正值早晨，虽已早醒，但由于我们分在两个车厢，都坐过了站。其实，我们心中都有一个共同的愿望，只是没有说透而已，就是先到延吉，住下之后即刻上山。

但我们所想的第一步就出现了问题。怎么也没有想到，住宿竟成了问题。幸亏昨天记下了安图下车要联系的旅行社于静的电话，经她努力，再与她的魏经理联系，才算住上了延吉邮电宾馆。由于旅游旺季，每个房间240元。住下之后，吃过早饭，已到8时。此时已没了前去长白山的旅游团队，只有明天再去。多少有了一点教训的我们，想着必须先订上飞机票与明天上山的票才行。

据魏经理讲，明天四五点出发，也得晚上七八点才能回来，但前往沈阳的飞机只有晚7点20分、晚8点、晚22点。当然，只有订为22点了。

不能虚度一天啊！听说延吉城外有个朝鲜族民俗村，不妨前去一游。打出租只消15元钱，就到了延吉西南方向的民俗村。进村之后，两旁树木葱茂，空气清新。走了一段时间，见有一个个的悬挂树上的吊坐，我们悠闲地坐在上面，享受一下闲适之时的幽静。

因民俗的诱惑，又继续前行。见有茅舍座座，乐声缭绕，于是就寻声而去，想必那是民俗表演吧。因有年轻的徐军相随，让其与一位年轻的朝鲜族姑娘演绎一段临时性的爱情故事，也不失为此行的一段佳趣。声音渐近，茅舍渐近，但那不是什么表演，而是一个饭店，不是有姑娘婉转而唱，那是录音机里放的歌声。

大失所望的我们，只好再往前行，见有席铺在地，于是躺在其上，聊天自慰吧，但为时不久，一个小青年就不紧不慢地走来说，这可是收费的啊。问多少钱，他说10元。没有讲价，付之而已。既已花钱，就多躺一会儿。

正想进入梦乡，突然徐军接到电话，说是晚上10点的机票没有。于是席地而躺的我们一下子不约而同地坐了起来。联系魏经理，让其想点办法，系唯一之法就是我们三个单独租车一辆，买晚7点20的机票。可到长白山的出租车费多达1200元，说是正是旅游旺季，只能如此，这我们又没有选择。匆匆而回，匆匆办理小车手续，匆匆买下机票，已是中午时分。

定好明天4时起身，一个导游女孩吕岩随行。

下午，就只有在宾馆睡大觉。

好在我带了手提电脑，又有文章可写，还要到网吧看看邮件，尚无太多枯燥，可崔广利与徐军真的要消磨时光了。

这是一个教训，不能想当然，而要充分想到会出现的问题。中国人说，吃一堑，长一智。我们就算长一智吧。这也许不是自欺欺人，也许是一种阿Q精神吧。

2004年7月15日晚于吉林省延吉邮电宾馆

## 天池的诱惑

在游长白山前，天池难见而又最可观的话语已经听了许多，但渴望见到天池的心情，天尚未明之时就已经愈演愈烈了。早晨3时多，就已匆匆起床，洗漱完毕，离约定4时起身的时间还有20来分钟，便拉开窗帘，看天空是否晴朗。不是阴天，但却没有看到明丽的天空。其实，这个时候的天气好坏，与到天池之后的天气并无多少内在联系，但还是盼着此时晴空万里。

4时略多，便乘坐上了包租的三菱轿车。司机是一个朝鲜族的小伙子，言语不多，但却显得稳重。此时天气晴朗，导游小吕直说天好。但我的心中仍然不甚踏实，因为鬼知道到天池时天气会是什么样子，而且路上几次天气晴转多云。就这样，一直在不敢多言与多种期盼中，走了4个多小时。

长白山一片翠绿，空气清新得让你周身都感到舒服。为了急于前去观看到天池，便花了400元钱租了一辆越野车。

虽然不是晴空万里，可也没有乌黑的云朵，几片浮云，都在天边不急不慌地散步。开车的是一个满脸严肃的小伙子，开得非常快，尽管非常危险，我还是希望他再快些，因为生怕停上一会儿就来一片云彩，下上一阵雨，或者来一阵水雾，让你无功而返。据说不少大人物曾来数次还不得见一次天池的真面目。

走了一半路时，天还是如先前那样好，我心里的希望越来越大。渐渐接近天池了，天还是那样好。到了天池近前，还是一如先前。连导游小吕都高兴得不亦乐乎，更何况我们呢！

车停在一片较为平坦的地方，我们就急不可耐地往天池上爬，一口气爬了上去。展现在我们眼前的是一片平静得如一个娴雅淑女似的天池水面。这个平均深度204米的神奇之池，没有了人们常说的变幻莫测，一直是静静地躺在那里，一直平淡得如老子般玄妙。从不同的角度看，有不同的色彩；从不同的角度看，有不同的形态。据说这里曾有水怪出没，就在最深的373米的深水处，所以人们对它又多了几分敬畏与恐惧。可我只是在欣赏它，欣赏它的从容，它的大气，它的深奥，它的平易。我与崔广利、徐军在许多地方照了相，以作纪念。我们几乎是一边欣赏，一边在庆幸自己此行的幸福。

这时候尽管已经来了不少人，但绝没有达到摩肩接踵的地步，所以不管从什么角度照相，不管如何去欣赏它，都可以随自己的心愿。就这样，规定的1个小时如瞬间即逝一样过去了。我们回首再望时，天池还是如刚来时那样平静，平静得让你感到它的伟大，它的恢宏。

返回的路上，我们还是一个劲地在庆幸此行之美。回到停车的地方，人开始多了起来。不知道此时的天池是什么样的天气，但我们已经有了享受它的机遇，已经有了不虚此行的幸福。

2004年7月16日晚于沈阳市辽宁工会大厦

（载于《当代散文11家》，华艺出版社，2006年12月第1版）

# 长白山上第一漂拾趣

上午从长春起程至长白山的路上，导游说下午要在“长白山上第一漂”漂流，旋即，大家兴奋起来。我亦如是。因为2003年的9月7日第一次在被称之为“百里画廊”的茅岩河上漂流时，就演绎了一段激动人心的故事，我还写了《茅岩河漂流》的游记文章发表在《济南时报》上。自那以后，如果有谁再说起漂流，我就有了一定的话语权。这次漂流虽没了第一次的激动与神秘，可在“长白山第一漂”漂流，当是另有一番情趣。

下午接近3点的时候，我们乘车到达“长白山上第一漂”的始点。换上皮衣，便与《中国教育报》海南记者站的刘健同坐一个皮筏子上。我们是最后一个于水上起程的，原因是皮筏子搁置在了一块暗礁上。几经努力，方才脱离礁石，但由于我们两人用力不一，难以形成合力，皮筏子常常在水上打转，被同行者落在了后面。不过，不长时间，便寻出了规律，即绕道礁石而行，借着水势，稍作方向上的调整即可。规律寻得，心中有数，躲开露出水面与隐于水中的礁石，适时地调整前行的方向，用力虽小，前进的速度却越来越快。不多久，便越过几个原在前方的划筏者。

正在得意忘形之时，不经意间撞上水流湍急处的一个大的暗礁，这一次不是筏子打几个圈子的问题，而是逆流而返，无法遏止，一直倒退了几十米。结果，刚刚被我们超过的几个划皮筏子的同行，笑着从我们一旁驶过，又将我们抛在了后面。我们两个费了很大劲儿，方才调好方位，再次去追赶我们的同伴。这次失利，使我在此后的行程中更加提高了对激流中大的暗礁的防备注意力，虽有小的失利，再没有大的回头之行。

从从容容地超过了一个又一个同行者，大约行了四五公里的时候，已经赶上同划一筏子的赵建春与谭南周了。正待从其一侧超越而行，不料他们两个突然一起用船桨向我们用力地泼水而来。我们立即回击，由于忙于应付，他们还是发出了胜利的笑声。

我与刘健达成协议，一有机会，即予回击。由于我们划筏子的水平提高，往往在他们防备不及的时候，猛然用船桨向他们泼水。他们也是一有可乘之机，便立即袭来。如是几次交锋，胜负不分。后来，刘健说不要与之再战，便顺流而下，按已有的划船经验，很快将赵建春与谭南周甩在了后面。

将近到达终点的时候，《中国教育报》的储召生与夏越正在向我们招呼。夏越甜甜地笑着说："这里有许多许多的鱼，你们赶快来看吧！"正欲调转筏子的方向，向他们停下的水边驶去。不料，储召生端起满满的一马勺水，向我们泼来。由于距离太远，水只在我们两个筏子中间的水上形成一片雨状的水珠，便立刻融入河流之中。而储召生由于用力过猛，马勺子被他撕作两半，他的手指也被划破，流出了鲜血。我们不能再予还击，忙问伤得如何，然后才继续向前划去。

到达终点时，刘健一边登岸，一边念念地要报赵建春的偷袭之"仇"。我说，我们可以坐镇以待，伺机而行。

过了一会儿，看到赵建春与谭南周划的筏子即将靠岸，我便走到水边，准备拿起水桨，以圆刘健"报仇"的梦想。正巧上海记者站的纪琳手持一个塑料马勺，正气愤地说着要找赵建春"报仇"。据她说，也是在她毫无准备的时候被其偷袭。我感到小女子身无缚鸡之力，何以报仇？我说，我可以为她和刘健给其有力地一击。不过，塑料马勺必须由我掌控。她欣然应允，于是，我舀了满满一马勺水，不动声色地站在岸边的人群中间。当赵建春以一个胜利者的姿态得意洋洋地靠近岸边的时候，我以迅雷不及掩耳之势，将满满一勺子水倒在了他的身上。旋即，岸上一片欢呼，纪琳和刘健更是狂欢起来。赵建春已无还手之力，不仅整个上身湿透，水还顺着他的裤子直流下去。他无奈地苦笑着："裤子全湿了！"然后，便缓缓地向岸上走来。不料纪琳余恨未消，不知何时又已舀满一马勺子河水，从后边向赵建春身上泼去。赵建春纵然有天大的本事，有极强的战斗力，由于离河已远，手中空空，也已是"无可奈何花落去"了。

其实，赵建春与谭南周一路行来，偷袭的并非我们两个皮筏子上的人。好斗的他与喜欢热闹的谭南周的结合，注定是要与同行者数场战斗的。正因如此，还击者也就形成了一个团队。所以，非但赵建春，就是谭南周，也是全身湿透，落汤鸡一般。

在漂流过程中，还有不少的插曲——天津记者站的张宝敏在急流之中，筏上有水，往外泼水，不料连同眼镜也流于水中而浑然不知。上岸之后，看着夏越，竟然不知眼镜在何处。可怜高度近视的张宝敏，不知再从何处买上眼镜！甘肃记者站的牛喜林也是在急流之中将眼镜掉入水中者，好在经过半个多小时的寻寻觅觅，才使眼镜“完璧归赵”。

其实，漂流就要打水仗，不打不足以激起情趣；漂流就有失误者，不然，就由于太过完美而缺失遗憾之中的审美快感。这次漂流，水仗打得虽少，可由于出现了一系列的趣闻趣事，依然给大家留下了美好的回忆。

2006年8月20日晚于吉林省抚松县松江河镇天成大酒店

（载于《当代散文11家》，华艺出版社，2006年12月第1版）

# 长白山大峡谷感怀

2004年7月16日曾从长白山北山而上，一览天池的胜景；今天又从西山抵达天池，希望看到它的另一种美丽。不过，这次虽未下雨，却远没有上一次的晴朗，所见所感，自然也就逊色不少。好在从天池下来之后，我们又到长白山大峡谷一游，感触良多，也就有了不虚此行的感受。

长白山大峡谷位于白山市抚松县境内，是近几年刚发现的自然奇观，堪与美国大峡谷相媲美。它长约70多公里，最宽的地方有300多米，而最窄处只有几米，垂直深度约有150米左右。两岸怪石林立，奇景叠生。如此鬼斧神工，非人力可为也，乃火山爆发后熔岩石表面的火山灰和泥土被江水及雨水冲刷所致。

大峡谷两岸的植被极好，特别是高大挺拔的松树，与峡谷中嶙峋的怪石共同构成崇高与壮丽。据导游讲，1987年7月，长白山遭受了一次大风的袭击。三天三夜的狂风，在雷电的伴随下，掀翻房屋，折断树木，所以大多数的树木躺在地上，树身多已腐烂，用脚随意一踏，即有腐木顿时散落，这些树木大多是被当时的狂风连根拔起的，小的树木有的还斜躺在其他树上，但是它们的命运总有共同之处，那就是都没能与其同时代的树木一起郁郁葱葱地生长。观之而生感慨：这就是大自然，它有一定的道行规律，同时，又有在人们看来是一种偶然的东西在起作用。它们死于风手的原因，自然与风太大有关；但是，我认为更为重要的原因则是：尽管它们与其他树木一起生长，甚至看起来比其他树木还要茁壮茂盛，可是，由于急于超越同生同长者，而没有将根牢牢地扎于土地的深处，狂风一来，便被不太费劲地连根拔起。其实，人亦如此。有的看似飞快的发展，其实并无真正的思想文化底蕴。正如孔子所言："吾见其居于位也，见其与先生并行也，非求益者也，欲速成者也。"速成则违背生命成长规律，违道而行则中老子之言："不道早已。"所以即使一时得逞，终将有倒下的一天。好多人，为名为利为官而不惜快速生长，可是，却不知道其间有一个人人见不到的道在运行。其实，顺道者生，逆道者死，概莫能外。

而与这些树林相媲美的是大峡谷中直立的石块，那是一群特殊的生命体，犹如一片片海上的船帆，扬波于深深的峡谷之中。据说这是火山爆发留下的奇迹，可是谁又能真正说明白其中的奥妙呢？为什么现在尚有水的流淌？为什么峡谷横躺在这片深山之中？我甚至在想，这些状如船帆的相对薄薄的石块，从我们的视角上看，它一点儿没有行动，可是却又是未必不动的。这正如我们感觉天天身处其上的地球一样，我们并没有感觉到它的快速运行。况且，谁真的知道与之同时遭遇火山爆发的其他之物何去何从了呢？为什么只有这些石块巍然屹立？我想，这正与和它们比邻已经倒下死去的大树形成对照。一是急于求成，一是坚如磐石；前者偶遇风波便顷刻毙命，后者遭遇特别灾害而秋毫无损。

现实中的人，特别是速成的成功者与真正的成功者，最终都要形成这两种形态，所以就有了中国的一句俗话："笑到最后才是真正的笑。"我想，做人需要良好的品质，也需要将根深深地扎在生命的沃土之中。不然，一时的得逞，往往换来的是终生的遗憾，甚至是生命的终结。

2006年8月21日晚于吉林省集安市国贸酒店

# 鸭绿江之游的反思

1996年4月29日至5月8日，我随中国青少年工作者代表团出访朝鲜，当时负责文字记录，3万多字的文章，成为朝鲜之行的一个永远的文化记载。今天要与《中国教育报》的记者们一同游鸭绿江，自然有着不同于他人的感情与感想在。

鸭绿江一江之水，将中朝两国分开。当年志愿军“雄赳赳，气昂昂，跨过鸭绿江”的豪迈之气，似乎还在江面上回响；而10年前与中国青少年工作者代表团的朋友们乘坐火车，也曾为经过这一中国几乎人人皆知的江河举首而观。今天，这条江依然流淌，只是特别平静，犹如拭去了历史的硝烟，温和地叙说着中朝之间源远流长的友谊。鸭绿江，对于同行者来说，自然有着特殊的新奇；而对于我来说，更多的是怀旧与回想。我虽然也与同行者一样，站在朝着朝鲜的一方观看着异国之人的行动，甚至草木庄稼的生长状态。但是，10年前的朝鲜之行，却一幕又一幕地展现在我的眼前。

当时我作为文字记录者，如实地记下朝鲜之行的所见所感，但有些思考并没有完全写在其间，存于脑中未予记录，直到现在还记忆犹新。那就是中国改革开放所带来的巨大变化，与朝鲜人民依然在温饱线上行走形成了一个鲜明的比照。它如刀刻一样，在我们的心里深深地镌刻了一道伤痛的烙印。

一晃10年，宛若近前。中国又有了很大的发展，而朝鲜现在究竟如何，不能不引起我这个曾在这片土地上生活了近10天的中国人的思考。我们现在船行所处的位置，距离对岸朝鲜只有百余米宽，窄的地方甚至几十米。对岸人们的活动，大都能够看个清楚。

引起我的视线与关注的是几处的打鱼者。小的时候，我也曾在河里不止一次地用网打鱼。那个时候，不是因为打鱼好玩，而是为了能够吃上这种难得的佳肴。有的时候天气非常寒冷，还要在水里拉网或撒网打鱼。那种滋味并不好受，只有偶尔捉到鱼的时候，特别是捉到大鱼或者很多条鱼的时候，才会高兴起来。有的时候很不理想，整整半天甚至一天，收获甚微，败兴而归时，不知如何向翘首以待的父母交代。不知道对面朝鲜用网打鱼的人能不能打到大的鱼或更多的鱼，但有一点我想是与我当时共通的，那就是他们绝对不是为了猎奇与消遣，而是为了那不可多得的美味。想想自己的一些朋友与熟人，在空闲之时，开着车，拿着钓鱼竿，到一个风清气爽之地，悠然地钓鱼，即使钓不着鱼，养鱼场的老板也会为其捉上几条。其实，这些养鱼场大多专门为这些消遣的钓鱼者而设，他们即使一点儿不会钓鱼，也会满载而归。

看着朝鲜那些打鱼的人，总感到那是重演自己小时候的故事。设若中国现在仍然没有改革开放，我想，现在的我以及我的孩子也会为了几条小鱼而在水中奔忙呢。

对面山上的树木并不多，有土的地方，大多种上了玉米等庄稼。据导游讲，那里原本也是树木成荫之处，但对于以食为天的朝鲜人来说，种植庄稼收获粮食是第一位的。在我们归田还林的时候，他们却一如故我地做着砍林为田的事情。想起昨天在长白山时，谁不对漫山遍野的树木惊叹不已呢！问一下当地的百姓，他们的护林意识非常强，甚至对于死去的树木，倘若砍伐，也要申请得到批准方才付诸实施。其实，中国五六十年代何尝不是如此，一个连温饱问题还没有解决的人群，还有什么比收获粮食更为重要的呢？

可是，看看朝鲜的庄稼，与我们国家河边的庄稼，差别是多么的大啊！同样的土地，朝鲜的收成只不过是我们的几分之一而已。何以没有这样好的收成？想想自己在农村种地的时候，一个生产队150多口人，一年只能收获四五千斤小麦；可改革开放归田于民之后，四口之家即可收到五六千斤小麦。原来天壤之别在于改革开放与否，在于人之为人有没有内在的积极性。看着十几个人在一个地里干活的朝鲜农民，心里总有一种难以言说的悲哀。

追求自由是人的共同理想，所以就有了这样的诗句："生命诚可贵，爱情价更高；若为自由故，二者皆可抛。"中国人的成功，从更深层次来说，是还自由于追求自由的人。自由不是自由化，它是人的心灵的自由游弋。看看今天农村老家的农民，尽管他们也有牢骚，甚至还会骂娘，可是，他们的自由度高了，他们可以随着自己的意愿，去追求可以追求到的美好的东西。这，也许是中朝两国之间最大的差别吧。

2006年8月22日晚于长春市国际大厦酒店

# 吉林夜景

采访完吉林第一实验学校的张曼凌老师，已是20时40分了，随后与其先生及《现代校长》主编范书君，便信步到松花江畔一游。

这里的夜景很美。沿着松花江的北岸西行，有凉风习习吹来，南岸虽只几座高楼，可是由于水边有专门的灯光，映照在河水里，特别有味道。宽宽的路面上，一尘不染，路边则是多年的垂柳。据张曼凌讲，如果是冬天，雪挂树上，形成雪松，更是美不胜收。

江边的景色诱人，可以照相的地方也是不少，于是，张曼凌便与我、其先生及范书君一同照相。

与张曼凌第一次认识，与其先生更是今天晚上方才见面，可是，却感到他们都是那么真诚而随和。其实，与范书君也是在长春开会时才第一次见面的。可是，就在这几天之中，我们几个都“道法自然”地形成一种默契。这是一种巧合。记得8月6日在飞机场送朱永新教授的时候，他建议我写一写新教育实验的人物，并说可以出一本集子。当时便说到张曼凌，而我正好又要在吉林省开《中国教育报》记者站会。长春离吉林市只有1个多小时的路程，采写张曼凌就有了特别的便利。我在想，如果不是朱老师的建议，如果不到吉林开会，恐怕最近能不能采访张曼凌还是一个未知，所以看似在这里散步，其实，这里面有太多的巧合，这巧合又有了太多的生动。于是，在宇宙之间，就有了这种松花江畔的四人夜间之行。

这是这次吉林晚间之行最为美丽的地方，小城不大，可是，由于有了松花江，则给这座小城增添了生趣。也正是有了这水，我们才有在这江边悠然而行的美丽。

水是有灵动之气的。一个城市，如果有一条河流贯穿其中，就会别有生趣。

2006年8月23日晚于吉林省吉林市东城宾馆

# 浙　江

# 西湖岸边怀故友

今日再游西湖，真的是别有一番滋味在心头。尽管移步换形都有美景相伴，清风相随，却依然有一个已逝的形象在眼前徘徊不去，令我感到美景不再，清风不爽。

七年前的春天，我也曾漫步西湖，但那时陪我同游的是《当代小学生》美编肖思杰老师，而今他却早已离开了人间。

当时，肖思杰老师随我前去采访浙江安吉乡下的一位小学生，山路虽然曲折，但触目可见的草木格外丰茂，清新的空气扑面而来，加之我的采访特别顺利，肖老师的拍摄非常成功，心中便多了几多愉悦与快感。尽管夕阳西下，我们还是被盛情的乡下人留了下来。

与热情的乡下人共进晚餐是一件快乐的事情，因为从他们那里可以更多地了解当地的风土人情，感受其直率、坦诚的别样情怀。

晚餐多是具有当地特色的风味小吃，喝的也是纯正的绍兴老酒。我喝过山东的即墨老酒，那是一种度数很低的黄酒，看来绍兴老酒与之当在伯仲之间。尽管午餐已有数杯绍兴老酒下肚，晚餐多进几杯当也无妨。

一个个高脚玻璃杯摆上了酒桌，服务员便将温热的绍兴老酒一一斟满。主人一饮而尽，我也一饮而尽；主人连干三杯，我也连干三杯。但主人是一个轮番与我对饮的群体，没用多长时间，二三十杯绍兴老酒便已灌入腹中。突然感到天旋地转，头重脚轻，趁尚未醉倒之际，毅然挂起了免战牌。加之滴酒未沾的肖老师清醒如初，早已一连地叫停，方才结束了晚餐。

夜幕早已降临，连绵的山脉已经融入夜色之中。踉踉跄跄地走着与他们告别，然后一头钻进小车里。

小车沿着崎岖的山道向杭州市里飞驰。

我的胃里开始翻卷腾跃，呕吐势在必行了，但呕吐来势太过迅猛，未及对司机叫停，就已涌上喉间。飞快地打开车门，呕吐之物便如瀑布般飞泻而出，然后忽地关上车门。

小车左转右转地奔驰着，设若一时抓不紧车门，被甩出车外，头击山石，毙命他乡便在顷刻之间。

天太晚了，司机归家心切，又与我素昧平生，所以依然左拐右拐地飞驰着。

我的头开始隐隐作痛，并有一种天旋地转的感觉。但呕吐来势越来越猛，速开车门呕吐的频率不断上升。曾有几次，真的差一点儿被甩下车去，生出一身冷汗，望一望黝黑的山林，便赶快闭上眼睛，等待着又一轮呕吐的开始。

终于到了杭州市里，终于到了宾馆门前。

走出车门，恍若来到济南一家酒店门外，我的第一个感觉就是赶快回家。于是急忙对肖老师说："快快叫出租车，马上回家！"

"你看看到了哪里了？"肖老师提醒我，"这里是杭州，不是济南。"

迷迷糊糊地走进宾馆，一头扎在床上，便一动也动不得了。迷迷糊糊地听到有人打来电话，迷迷糊糊地听着肖老师的回答。

第二天日上三竿，方才醒来。头还是晕，还是疼。然而这时已经知道了东南西北，而且对昨晚之行有了时隐时现的印象。

早餐再也吃不下任何东西。首要的是尽快解决头疼头晕的问题。于是我提议，到西湖岸边走一走。肖老师是一个非常随和的人，他很少考虑自己的意愿，便一口答应下来。

于是，与肖老师漫步西湖岸边。

太阳暖暖的，湖水微波荡漾，垂柳随风摇摆，好一个明媚的西湖景色！

头脑开始清醒，头疼开始减轻。

我们沿着湖边，边走边谈。肖老师问我，知道不知道昨天所喝绍兴老酒有46度？

我顿感惊讶。

误将绍兴老酒当作即墨老酒的我，喝的竟然是46度的酒，而且一次喝了三四斤！

其实，细心的肖老师在酒席之间就已了解清楚了绍兴老酒的度数，并多次提醒我少喝为宜。可进入“状态”的我，早已得意忘形，不能自控，以喝为快、为乐。

悔之晚矣。

但与肖老师的西湖之游，因有了美景与惬意的交谈，头疼头晕也渐而消失。

所以，自此之后，不消说游览西湖，就是有人一提起西湖，我便会想起酒醉浙江乡下之事，想起与我同行的肖思杰老师。

今日重游西湖，美景依旧在，斯人早已去。

为纪念我的好友、同事肖思杰老师，今日的笔下，没有了美景的描绘，没有了快乐的心情，有的只是对故友的怀念。

2004年4月16日晚于杭州凤起宾馆

# 柯岩风景区的乌篷船

柯岩风景区静静地坐落在绿山环抱之中，用清水、绿树、草坪与乌篷船等共同构筑了一道诱人的风景线。

车辆被阻隔在这片世外桃源之外，宾馆于此亦无安身之所，就连餐馆和小卖铺也不得挤进这片属于自然风光独领风骚的地方。

这令我想起了许多旅游胜地，在人流如织之时，商机也随之而至。发展经济是当代人们最为时髦的话题，为了发展经济而破坏自然生态也便寻到了最好的借口。就连闻名中外的周庄，所谓的“小桥，流水，人家”，也在商家叫卖声与游人拥挤中失去了固有的适然与恬淡。所以，在这片几乎纯属自然状态的环境里悠然而行，就有了一种特殊愉悦的心境。

开始我们一直沐浴在俯拾即是的绿色中。踏着石块或是木板的路面，两旁尽是软软的草坪与葱郁的树木。不远的四周，并不巍峨的山上也是绿树成荫，青草遍地。呼吸着新鲜的空气，心灵也便自然而然地放飞在满目的绿色中。

继续西行，眼前便展现出一片辽阔的水域。

一些乌篷船正载着游人在水上缓缓地行驶。小型的乌篷船更具情调，三五游人坐在上面，或悠闲轻松地说着话，或怡然自得地观览着美景。船工尽管并不知道美学中的对称与和谐，但却凭着几十年的划船经验，将这一特定场景中的和谐之美演绎得淋漓尽致。双桨荡起，船便滑行在平静的水面之上，但他们并非仅是以手摇桨，而是双手握持一只船桨，双脚踩住另一只船桨。手脚并用，灵活自如而又相得益彰。于是，乐在其中的游人，便在绿水、行船之上，有了物我两忘的审美快感。

当我的同游者问及船工行船何以具有如此的绝技时，我不由得想起了庄子关于“恢恢乎其于游刃必有余地”的庖丁解牛的描写。真的是“无他”，几十年水上之行的经验使他们进入到了庖丁解牛式的自由王国。他们都是上了年纪的男人，戴着小毡帽，日出而作，日落而息，一生都从事着这种近似原始操作式的工作。也许我们在城市里待得太久的缘故，厌倦了钢铁水泥式的建筑与喧嚣纷扰式的繁华，对这种世外桃源式的生活方式反而多了许多向往。

船工队伍的老化，会不会出现后继乏人的现象？十几年后这里会不会有现代汽艇飞驰？而就在忧思之间，南方水中突然出现了一艘飞驶而行的小小舰艇，年轻的驾驶员志得意满的神情虽然从我的视野里一掠而过，但投入心里的阴影却久久地徘徊不去。

小舰艇刚刚驶过，我身边的一个年老船工便不由得发出一声叹息。

与之交谈中，他非常感触地说，这些年轻人喜欢的是洋玩意儿，没有人再学我们这一行了。再过几年，最多十几年，这种游船恐怕就不会再有了。

不知道有关部门注意到这一问题没有，如果真的如这位年老船工所预言的那样，十几年后这里失去的将不仅仅是诱人的自然风景，还有与自然生态和谐为一的人文景观。

不宽的水中之路是由石板铺成的，踏在上面，与踩在水泥地上并不是一个感觉。因为它取之于自然，又造化于自然。

天上白云悠悠，四周青山吐绿，乌篷船还滑行在清水之上，草坪绿树仍散发着清新的空气。

愿这一天然园区，永远保持着它的天然之美。

2004年4月17日晚于宁波市金龙饭店

（载于《现代教育导报》，2004年6月24日，第4版）

# 三味书屋的另一味

绍兴对我的诱惑由来已久。因为从小就学鲁迅先生的《从百草园到三味书屋》《社戏》《故乡》等课文，不但深深地喜欢上了这些作品，而且开始将鲁迅先生当作自己的偶像来崇拜。刚工作不久又用了一个月的工资买了一套《鲁迅全集》，且比较认真地读了一遍。此后又与董操、蔡世连共同编著了《鲁迅论儿童教育》，所以对鲁迅先生及他的作品，就有了一个不解的缘。这次绍兴之行，便可以看到书中描写的百草园、三味书屋、咸亨酒店等，心中的喜悦之情可想而知。

现在的百草园虽然原貌发生了很大的变化，但依然是一个令人们特别是孩子们神往的地方。园子不大，可是花木相映，生趣盎然。孩子们喜欢这个地方，是天性使然，所以有人称这里是孩子放飞心灵的地方，而三味书屋则是窒息孩子天性之地。

目前在这个认识层面上的还是大有人在，以前我也如是说。可是细细想来，这又有点太过武断。在三味书屋，我们亲睹了鲁迅小时候就读过的书桌，破破的，坐落于书屋的东北角。本来鲁迅的座位并不在这个方位，因为同伴们经常在寿镜吾老先生不在的时候去后面的园子里玩耍，出出进进影响鲁迅的学习，他才主动要求挪至这个孩子们并不愿坐的座位上，而且因为一次迟到受到批评后，在桌上自刻了一个“早”字，以此自责、自励，提醒自己早早到校，此后他就再也没有迟到过。今天，当年鲁迅刻过的那个“早”字依然赫然在桌。我想，这个“早”字不单单刻在了桌子上，更刻在了他的心里。可以说，没有三味书屋，就没有作为文学家的鲁迅；没有寿镜吾老先生的严厉，就没有鲁迅辉煌的成就。所以，对于孩子，放飞心灵固然重要，而在其学习的最佳时段让其学有所得则更不能忽视。

这令我想到现在的教育，人们多是关注孩子的天性，在“让其自由发展”这一现代教育理念影响下，忽略了对孩子高层次的文化培养。我看过鲁迅小时候读的一些书目，多是《四书》《五经》等这些高层次的古代经典。我们现在的不少大学生，乃至于研究生，对此还漠然无知，却异想天开地做着文学家的梦，这怎能不是一个心存的幻想！所以，在让孩子挥洒天性之时，切勿错过了培养其成才的最佳时段，切勿忘了让其吸取高层次的文化精神营养。

有人也许会说，鲁迅是一个天才，一般的孩子学习古代经典恐怕是力不从心。其实，我们的教育者多是低估了学生的阅读水平，诸如古今中外名著、反映当代思想文化水平的美文佳作，学生完全可以在教师的指导下，以至于自主自觉地去阅读，并在潜移默化中，拓宽知识视野，陶冶思想情感，增强审美情趣，提升文化品位。古人云："取法乎上，得乎其中；取法乎中，得乎其下。"对于学生阅读，此经典之言仍颇具意义。让学生读一些超越语文课本水平的高层次的书，其文化素养的提高则远远超越读那些平泛之作的速度。

2004年4月17日晚于宁波市金龙饭店

（载于《中国教育报》，2005年1月20日，第7版）

# 普陀山悟佛

去年开始对《心经》《金刚经》等佛教经典进行研读并获益良多之时，游览中国四大佛教胜地的愿望也便与日俱增。今日的普陀山之游，无疑是初偿夙愿的一次愉快之旅。

普陀山的香火之旺早有耳闻，今日目睹更感盛况非凡。来自全国各地甚至是世界各地的游人，在意欲一睹普陀山的美丽景色与佛教建筑之时，不少人还有一个要向佛说的心愿。于是，虔诚之心的表达方式，便自然地外化为烧香拜佛这一古已有之的行为。所到寺院，特别是普陀山的代表寺院普济寺，更是游人如织，香火不断。就连以前绝少烧香拜佛的一些青年人，也异常虔诚地在观世音菩萨等佛像前烧香叩头。因为这里形成了一种拜佛的氛围，令你不由得进入到了一个如来佛所言的“庄严”之地。况且据说在这里祈求平安、幸福、升迁、发财者，多是有求必应。对于“人往高处走”的众人来说，谁不希望佛给自己带来福音呢？

但人们往往忽略了一个非常重要的问题，那就是拜佛求福的关键在于心诚，而心诚则需心善。佛舍弃的是自己一生的荣华富贵，为的是普渡众生。他不喜欢祈福于己而于人无益的人。人们在为自己祈福之时，关键是要像佛那样造福于人，并力争走进一个无我相、无人相、无众生相、无寿者相的佛的境界。佛家不同于儒家先师孔老夫子，知其不可以为而为之，也不主张齐家、治国、平天下，即使是修身，也与儒家并不等量齐观。佛家要“善男子、善女人”，抛却所有的私欲杂念，不要追逐于仕途与名利，心存一个适然超脱的情怀。它不似儒家那样乐天知命，更不是“乐以忘忧，不知老之将至云尔”，而是甘受其苦，只有圆寂方能升入西天极乐世界。

有人将此视作一种消极的人生观，其实，事情并非如此简单。佛学是一种高层次的哲学，不是一个“消极”与“积极”能说得清楚的。佛学博大精深，哲思飞采，许多优秀的思想早已定格在世人的心里。伟大的文学家苏东坡在最艰难的时候，除了道家的思想对其产生影响外，佛家思想对其苦中求乐无疑起到了巨大的心理支撑作用，这些又都与儒家的“穷则独善其身”一起使其在不可思议的心理重压下，始终保持了一个超然尘上而又积极生活的健康心态。

我辈不能与苏氏相提并论，但却可以从儒释道三家中汲取所需。我有一种“乐以忘忧”的学习精神，又具一种淡泊仕途的超然之心，还有一种“上善若水”的趋下心理。有一定的追求而又不随波逐流，安于宁静而又日有所获，一心向善而又力图干好工作。这些，都与佛教的影响息息相关。

在拜佛之时，我没有祈求升迁与发财，只是心存感激，感谢佛给我以智慧，给我以美德，给我以幸福。同时，有时还要在一片茂密的树木下静坐片刻，思考李叔同为什么突然遁入空门？儒释道三家何以能够兼收并蓄？然后，就在清风拂面与香火缭绕中，观云卷云舒，望海水奔流。

虽然，我没有请香与烧香，但是，我却感到，佛在我心中。

2004年4月18日晚于舟山市普陀区中信普陀大酒店

（载于《中国教育报》，2007年1月1日，第8版）

# 溪口之行思至亲

小时候学习政治与历史，刻在脑子里一个非常深刻的印记就是：蒋介石是一个十恶不赦的“独夫民贼”。既然是坏到这个份上，就必然是无处不坏，令人深恶痛绝。今日溪口蒋氏故里一游，方知蒋介石并非一无是处。他的事亲至孝，甚至常人难以为也。他为母亲所写的祭文，更是情真意切，感人至深。

这对我的触动很大。

孔子教育他的弟子要“入则孝，出则悌”。自称是对孔子之说学有所得的我，却没有达到蒋介石的境界，实在是惭愧之至。

我的母亲早已过世，老父虽在，然而身体却是一天不如一天，住在城里又不习惯，只是有了重病之时方才来济医治，住上一月两月而已。现在住在乡下二弟之处，全靠他与弟媳照顾。尽管每年寄回或送回数千元钱，可这并代替不了我对他的孝心和他对儿子的思念。

这次溪口之行给我最大的触动就是，不单单是要让老人“衣食足”，更为重要的是要多给其送去感情的“食粮”。

其实，我的故乡在给我留下美好回忆之时，也留下了很多伤痛。我此生最大的苦难就来自于我的老家，甚至起源于我的父亲。那是常人难以想象的悲苦之旅，但不知为什么，故乡还是让我留恋，父亲依然让我思念，而且随着岁月的流逝，这留恋与思念也与日俱增。

溪口之行，更增加了这种留恋与思念。

白天奔波，现已到了晚上10点多钟，但我还是夜不能寐，规划着何日回归故里，想象着何时见到父亲，就在那个鸡鸣犬吠之声可闻的土屋里，一起与父亲、弟弟吃饭，一起与小时的好友交谈。如果是月明星稀之夜，还可以将小桌板凳挪至院中，泡几壶热茶，听着蛐儿的欢唱，望着无涯的天际，回忆似水的年华，咀嚼悲怆的艰辛，以至“不知东方之既白”。

想象在脑子里游动，字也在电脑上流动。

但愿睡个好觉，但愿梦游故里，梦见父亲。

2004年4月19日晚于宁波市金龙饭店

# 夜游宁波

宁波是具有7000多年文明史的“河姆渡文化”的发祥地，又是一个具有恢宏气势的现代化城市。

这次浙江之行，尽管在宁波住了两个晚上，旅行社却没有安排任何项目的旅游。首次来甬，不知何时方能成行。

于是，夜间自游就成了我感受宁波的唯一途径了。

16日晚写完《西湖岸边怀故友》之后，已是10点20分，但还是走出酒店大门，就近游历了月湖公园。

公园中间有一片不小的湖水，因了无风，水波不兴，寂然无声。四周的路虽然曲折，高低不一，可是有草坪与石径为伴，绿树与湖水相映，走起来还是别有一番诗意。尽管宁波的夜生活非常好，可这里还是人少得出奇。悠然地绕湖一遭，只见了五六对情侣相偎相依在一起，享受着幽雅相会的甜蜜。

我喜欢幽静，月湖公园夜游就让我充分享受了幽静，所以漫步一个多小时后，方才依依不舍地离去。

今晚再住宁波。由于一天奔波，已有些疲倦，明早又要乘车返济，设若再不一睹宁波的风采，不知多少年后才能故地重游。于是，饭后便与毕唐书、侯光泰走出酒店，向北步行而去天一阁。

天一阁博物馆是以藏书文化为特色，融社会历史、艺术于一体的综合性博物馆，是我国现存历史最久的私家藏书楼，也是世界上现存最早的三个私家藏书楼之一。作为我们这些多少有点文化的人来说，来到宁波不看天一阁，实在是一个最大的讽刺。但旅行社不知是没有文化，还是另有考虑，就是让你失之交臂，让你空存遗憾。没有办法，只好观其外景了。当然，此时的天一阁早已大门紧闭，没能让我们看到其中的一卷书。然而就是看看它的外形，也是一种文化之旅。古色古香，气势非凡，让人不由得想起它那厚重的文化积淀。不过，以后还是要再到天一阁的。那时将不再是夜间，而是白天；更不是绕墙一周而走之，而是深入其间细观之。

宁波人的友善热情给我留下了非常深刻的印象。步行去天一阁的路上，自言自语地说着天一阁究竟在于何处时，一个骑车而过的青年似乎感受到了我们的疑虑，于是驳头而回，热情地问我们欲去何处，然后非常认真地说明了去天一阁的具体路径。接近天一阁的后门时，再问一个老者正门的方位时，他非常友善认真地告诉我们如何走，令我们感到非常可信之时，又感到异常的可亲。就是坐到出租车上，让其带着我们到比较好的地方转一圈时，原以为他会对我们这三个外来的人大“宰”一把，不料，他不但没有拉着我们乱跑一通，反而建议我们到天一广场一游，说那是一个非常值得一看的地方。毕唐书先生说是太累，我们只好返回。即使如此，这位司机也是走了一条最近的路，只花了11元钱便将我们送到了所住酒店的门口。

不知是经济发达后人们的思想进步了，还是这里本就民风淳朴，宁波人给我留下的印象是非常美好的。常听人讲走进市场经济之中的南方人只认钱不认人等，身至此处方知那是一个虚妄的传说。

回到宾馆，写完游记，已到9点多钟，但突然想起出租司机所说的天一广场，觉得还是应当再去一趟。于是，邀上侯光泰，打上出租车，直奔天一广场。

天一广场是目前国内最大的“一站式”购物休闲中心，其中不仅有亚洲之最的第一喷泉和超大水幕电影，而且还有22座具有欧陆风情的建筑围绕。内层多经营娱乐餐饮项目，外层则经营服装礼品等商品。广场上人很多，不像月湖公园那样幽静，多了几分热闹与繁华。一条人造河蜿蜒广场之中，在浓浓的商业氛围中，又多了一份江南水乡的韵味。

显然，天一广场与月湖公园、天一阁有着不同的审美特征，而也就是在这不同中，我们却看到了它“横看成岭侧成峰”的美丽。

据当地人讲，这里还有许多值得一观的地方，但夜已深了，只好返回宾馆，让再游宁波的诱惑驻留心间吧！

2004年4月19日晚于宁波市金龙饭店

## 千岛湖之游三趣

千岛湖的水之浩渺与岛之众多是世之罕见的。景区总面积982平方千米，其中湖区面积573平方千米，是杭州西湖的108倍。库容量达178亿立方米，是西湖的3000余倍。湖区拥有姿态各异的大小岛屿1078座，故名千岛湖。尽管坐着小小的汽艇在水上急驶，到岛上走马观花似的观游，一个下午也只是在中心湖区游了五个小岛。对于星罗棋布的岛屿而言，真的只是窥豹一斑。

但即使如此，其中的意趣也无时不在。

坐在汽艇之上，穿行于小岛与小岛之间，总有一种特殊的快感。清清的水既在汽艇之下之左之右随船荡漾，也在目之所及的视野之间平和地舒展。春风因了水的参与，变得柔和而清爽。远近不同小岛之上的绿色，与湖之清冽交相争辉。特别是春雨之后的林木花草，将其最为本色之美昭示出来，时时给你一种赏心悦目的诱惑。突然有一种幻觉似的想法，这些给我以美感之物，与高级动物之人，是否也有一种心灵的契合？它们会不会也因为如我一般的人的欣赏而愉快鼓舞起来？想至此处，便会心一笑，在自以为了其真义之后，让审美愉悦在心中欢快地流淌。此之谓千岛湖之游趣意之一也。

游千岛湖，梅峰观岛是必去的一个景点。坐上索道，在距离铺满绿色之岛10多米的上空缓缓而行。这时，小雨柔软地打在脸上，令我不由得想起“天街小雨润如酥”的诗句来，但“如酥”的感觉只是持续了短短的两三分钟，其后小雨变成了中雨，并渐渐地打湿了我们的衣服。可索道达到终点时，雨也由大变小，好像这雨就为我们洒落似的。尽管一个个变成了“落汤鸡”，可我们并没有任何的抱怨。因为经由春雨的洗礼，岛上的花木变得更加郁郁葱葱，空气也变得更加清新清丽。南行不远达至观景台时，小小的雨点已逐渐隐去。往南极目俯瞰，顿感豁然开朗而又惊讶不已，大大小小的岛屿，自然而然地镶嵌在明镜似的千岛湖的怀抱里。加之“西边日落东边雨”（注：由“东边日出西边雨”化来）的特殊景观相映衬，将群岛装点得分外妖娆。不长时间，阴云由浓变淡，后来只是薄薄的一层，轻描淡写地在天空游戏。这时的岛屿，或在淡淡的雾气与柔和的夕照中自我陶醉，或在清水缭绕与游人赞叹中欣慰不已。古人所言“不上梅峰观群岛，不识千岛真面目”的诗句，至此方感确非太多的夸张。于是将自己的形象与美景融为一体，让相机留下这瞬间的永恒。此之趣意二也。

晚饭是由随行的浙江教育报刊社陈钱江的朋友安排的，餐厅倚湖而建，下有清水游鱼，南有辽阔水域，故名品湖阁。木制地板，木制房顶，除去四角的木柱之外，四面没有任何墙壁。品清茶，临微风，观湖景，谈趣事。取鱼于湖中，烹调于既前，鲜美之味飘逸，觥筹交错之声相闻。不知夕阳之西下，夜幕之弥漫，唯觉飘飘而欲仙，超然于世外。此之趣意三也。

就住于阳光大酒店之后，游趣依然缭绕于脑际之中。不记之便辜负了彼景彼情，非为文则阻遏不住久长的激动。于是，《千湖岛之游三趣》沛然而出，虽难称美文，但因其系自然的流泻，故珍之如千湖岛之绿色之清水也。

2004年4月29日晚于浙江省淳安县千岛湖阳光大酒店

## 千岛湖之游三奇

千岛湖不仅是著名的游览胜地，而且还有不少令你拍案称奇之处。

今天上午游览千岛湖东南湖区坐的依然是小汽艇，不同的是驾驶员是一位姓徐的女性。她比昨天男性的年轻驾驶员多了几许从容与微笑，兼且有过数年导游的经历，不经意间谈起千岛湖的美景，总能自然地点出景点的不同妙趣来，使得此游多了一些意外的收获。于是同行的王树勋便恰到好处地给予称许，在换来她的满意的笑容之时，男女和谐之笑也就在湖面上自然而然地荡漾回旋。驾飞艇于阔远浩渺的湖面之上而游刃有余，谈千岛湖之景于须臾之间，与游客和谐交流而又不失却女性的优雅，非这位姓徐的驾驶员而又谁何？这当是此游奇之一也。

游览胜景必请导游，请导游必须交费，这是旅游的惯例，但千岛湖东南湖区之游却打破了这一惯例。从羡山，到天池岛、蜜山岛、桂花岛，弃艇登陆，行不几步，即可看到笑脸相迎的导游。她们都是生于斯长于斯的年轻女性，不会客气，亦无造作，甚至没有口若悬河、舌若利刃的导说水平，但她们自然得如岛上绿树红花、湖中清澈之水，带你穿行于草丛乱石之间，在你闻草木之芳香、吸清新之空气之时，徐徐感知无处不在的景色之美。这种天然得有点原生态的导游，已经与这里的山水草木融为一体。老子说："人法地，地法天，天法道，道法自然。"自然是最高层次之美，特别是我们这些在喧嚣的城市住得有些厌倦的人们，在这种人与自然和谐为一的环境里，有一种"复归于婴孩"的归属感。这当是此游奇之二也。

乘坐出租按表计价，几乎是全国通用之法。只要坐上，则有一个起始价，一般至少六七元钱。曾游历过全国数十个城市的我们，对此深信不疑且有丰富的经验。当我们在淳安县城乘坐出租交费的时候，听到的是一声令你难以置信的回答："每人1元钱。"开始怀疑司机的失误，在确信是我们犯了经验主义的错误之后，又惊讶于收费如此之低。尽管如此，出租车司机的服务却属上乘水平，只要有人站在路旁等车，虽未招手，司机也会自然地停下；即使车上有人，只要尚有空位，也可让你进车就座。据淳安县千岛湖风景区旅游管理局关玉文先生讲，这种"微型公交车"让更多的游人以及市民以车代步，坐少虚席的结果是使低收费积少成多，出租车司机的收入反而比诸标定起始价的时候有增无减。这当是此游奇之三也。

有奇就有疑，有疑就想问。有幸见到千岛湖旅游管理局副局长何亦星先生，他的回答令我疑窦顿开。他说："千岛湖是首批国家级风景名胜区，也是首批国家AAAA级旅游区和目前国内最大的国家文明森林公园，所以我们既要打名胜的品牌，也要打文明的品牌。你所说的'三奇'，就是我们的文明品牌。这是一种潜在的旅游资源。以后，我们不但要继续开发千岛湖旅游的显资源，还要继续开发这种带有人文色彩的潜资源。"

2004年4月30日晚于济南家中

# 刘基的悲剧

现代人谈起刘基，大多有了不少神秘色彩。诸如上知五百年、下知五百年、知天知地知人等等。的确，他有着经天纬地之才，没有他，朱元璋就不可能有开国之举。在特别关键的时候，他助了朱元璋一臂之力。

但是，这位政治家、文学家和军事家，却怎么也没有想到，在有盖世之功之后，却没有得到朱元璋的信任，特别是没有想到，受到了朱元璋的特殊打击。

本来，按功行赏，他当头功。可是，在第一次行赏的名单之中，竟然没有刘基，只是在其死后才有了文成公之封。就在他最应当享受功成名就之快乐的时候，却被朱元璋免去了所有的俸禄，而且让他到京反省。后来，返回故里，一月之后，即抑郁而死。

按正常来说，刘基是特别清醒的人，他两次辞去相位，而且明白功成身退的道理，并真的努力去做，但为什么还是没有逃过这一劫呢？

我想，这其中有两个主要原因。

一是奸相的嫉妒。胡惟庸认为比他品格和能力大的刘基是他的一个潜在的对手。于是，想方设法对他进行构陷。这是人最为卑劣的性格。中国历史上多少有识之士，就毁在了这些人的手里，甚至搞得家破人亡。我虽然并不是特别重要的人物，可是，在这几十年之中，也是屡遭诬陷，甚至几乎走向绝路。幸亏大多从“山重水复疑无路”中，出人意外地有了“柳暗花明又一村”的转机。我在山东教育社任领导期间，之所以一而再、再而三地辞职，这恐怕也是一个原因吧。

二是出在朱元璋身上，这也是主要的原因。刘基功高盖主，朱元璋大业已定，从骨子里认为应该是兔死狗烹的时候了。因为，对他已经形成威胁。从表面上看，是奸相构陷，其实，正中朱元璋的下怀。也许有人说，诸葛亮了不起，在刘备临死时还有白帝城的托孤遗言，似乎对诸葛亮深信不疑了。其实，那是一个局势未定的年代，而且刘备也说出了让他取而代之的话语。当然，明眼人一看就明白，这是违心之言，但是，这却让诸葛亮到死为刘备尽心，以至有了“鞠躬尽瘁，死而后已”之说。可是，如果刘备也有朱元璋的一天，他也有可能撕去慈善的面孔，将诸葛亮置于死地。

这就是中国古代的政治，险恶、可怕，但是，中国的知识分子，特别是那些有特殊才能的人，大多还是对为官趋之若鹜，也就大多落了一个非常可悲的下场。

刘基的悲剧命运，从一开始就已注定。他不能后知五百年，甚至几十年都不知道，不然，他是不会死心塌地地帮助朱元璋的。在这一点上，他就不如范蠡，那才是政治上的高手。刘基有似于闻仲，说到底，还是一个官欲未尽的问题。

这些年来，我已经明白了这些道理，所以在这次来嘉兴、平阳、沟头和文成讲课之前的本月3月12日一天之内，张兴民副厅长关于我退休与我谈话，在社内开了欢送会，且坚持不让社领导设宴欢送。13日乘坐飞机来到浙江，非但没有半点儿失落感反而一身轻松，很多年没有这么轻松了。山东教育社培养了我，但是，其间的辛酸苦辣，只有我才真正知道。离开它，再开辟一片纯然属于自己的天地，就会有另外一道风景，有另外一种心境。

2008年3月17日晚于浙江省文成县阳光假日大酒店

# 上海

# 夜游外滩

夜游外滩，已非一次，今天再到上海，还是挡不住诱惑，饭后虽已8时30多分，还是步行而去。

到上海旅游，外滩是必看的一个景点，甚至有人说，它是上海的一个象征，一个美轮美奂的风景。来自世界各地的游人，一方面观览胜景，一方面留影以作纪念。

外滩又名中山东一路，全长约1.5公里。东临黄浦江，西面为哥特式、罗马式、巴洛克式、中西合壁式等52幢风格各异的大楼，被称为"万国建筑博览群"。沧海桑田，几经变迁，这些建筑依然古色古香，壮丽非凡。在这壮丽中，既令人回忆起许多过去的屈辱，也令人想象它是最早与西方接轨的地方，令你想起当时的十里洋场，想起外敌的入侵，想起它昔日的辉煌与残酷。

外滩东临黄浦江，江水几乎是悄无声息地流淌着，一条条货轮鱼贯进出，昭示着上海港的繁华与繁忙。旅游船以其奇特形体，加之灯火通明，吸引着远近不同的旅客。

浦东华灯齐放，特别是霓虹灯闪烁，一座座高楼矗立，个性突显，显得格外美丽。高耸的东方明珠以其468米的绝对高度成为亚洲第二、世界第四的高塔，与隔江的外滩万国建筑博览群交相辉映，展现了国际大都市的特有壮观。东方明珠塔十一个大小不一、错落有致的球体晶莹夺目，从天空串联到地下，描绘出一幅如梦画卷。东方明珠塔凭借其穿梭于三根直径9米的擎天立柱之中的高速电梯，以及悬空于立柱之间的世界首部360度全透明三轨观光电梯，已经成为上海市的标志性建筑，让来往的游客充分领略现代技术带来的无限风光。

壮丽而又深含历史的内涵，就是这个外滩之美之奇处。

2004年5月23日晚于上海市丽都宾馆

# 江　苏

# 中山公园：心灵因绿色而放飞

今天游览中山公园，已是第三次。正如西方哲人所言："每一天升起的太阳都是全新的。"比起以前，这一次游览自是另有一番风味。

近一个多月来，社内工作极度繁忙，令我常生心力交瘁的感觉。有时便不由得遐想，学一学"归去来兮"的陶渊明，体味"悠然见南山"的轻灵飘逸，该是何等的幸福。今日虽未辞官归田，但在满目绿色的公园里，将工作之事全然抛至九霄云外，让心灵放飞在自然美景的游赏中，还真的有了一种"宠辱皆忘"的释然与轻松。虽然在家每天也是早起上山锻炼，也会目遇山色、口吸清风，但总是难有一种超然的情怀。因为还要匆匆下山，匆匆吃饭，匆匆上班，工作的压力并没有在行走山林之时有太多的释放。今日则不同，《中国教育报》副总编李功毅先生、记者部主任安俊芷女士，和我们华东片的十几位记者，全都在笑谈之中一览怡人的春色，全然是一种安适悠闲的心态。

游览中山公园，游人大多将视角投向中山陵，因为人们对中山先生有一种特殊的敬仰。以前来时，每次都在孙中山先生的墓前默默地站上几分钟，并自然而然地生发出一种高山仰止的感受。对于绿色，几乎没有看上几眼。但这一次却不然，我将关注点放在了绿色上，企望这些无处不在的绿色给我久已疲惫的心灵点燃起绿色的希望。这种期盼在我未进公园时便已悄然升起。当车子开到城墙脚下时，我便为那一片又一片的绿色吸引住了。数年不见，山下没有树木被伐，没见新的别墅拔地而起；不仅草木更见繁茂，鲜花也有了"她在丛中笑"的绚丽。不像前些年的济南，一年不见，就有山树被砍，楼群矗立；就是一些山路，也给你堵得“此路不通”。南京人的环保意识，令我这个济南人顿生敬意。

中山公园里的绿色不是“小家碧玉”，而是“大家闺秀”：远近高低，都有看不尽的绿色，简直是一片绿色的海洋，而雪白雪白的樱花，就在大片大片的树林之中，摇曳出一种洁白无瑕的清丽；含苞初放的花儿，悄悄地藏在嫩绿的草丛之中，无声地散发出缕缕清香。就在这种绿色环境之中，方有了无处不在的清新空气，方有了心畅意舒、心旷神怡的感受。据江苏记者站赵建春先生讲，有人曾对这里的空气进行过正式估价，说它一年就值4个亿。这绝非妄言。人常说健康无价，成千上万的游人每天从空气中所获得的健康收益，绝对是一个难以估价的天文数字；数百万南京人因为这空气而形成的健康升值，更是价值连城。而这种优质的自然环境，加上孙中山先生虽死犹在的思想，不仅吸引了天下众多游客，还令不少投资者欣然而往。

当我们乘坐的汽车刚要离开中山公园时，我便迅速地将车窗打开——让我与这美丽的绿色依依惜别，让清新的空气再给我送来一些心灵的绿色。再次回首那远近都是的绿色，不由得生发出不虚此行的感叹：我已从赵建春所言的“4亿元”中分得一杯羹，健康就在这种悠然而游中增值。

2003年3月29日晚于江苏教育大厦

# 瘦西湖：一位含蓄隽永的“窈窕淑女”

从小就诵读“烟花三月下扬州”的诗句，所以对扬州之美早已心向往之，而瘦西湖则是扬州三月最美的去处，上午我们游览的主体目标自然也就定格在了这一景点上。

我到过西湖、东湖、太湖、昆明湖、大明湖，小小的船儿行在宽阔的湖面上，真的成了“一叶扁舟”。但瘦西湖与众不同，它实在太“瘦”了，“瘦”得如一渠小河，最窄处只有数米之宽。它的水并无“鱼翔浅底”的清澈，甚至有点浑；但这浑却又呈示出一种自然形态，在两岸杨柳依依之下，反而有了一点温情的诗意。加之偶有小花绽放，青草吐露着天然的绿色，令你感到它竟“瘦”得恰如其分，宛如一位亭亭玉立的“窈窕淑女”，未做任何妆扮，就已光彩照人，令天下游客“为之竟折腰”。这位“淑女”还有一种诗意的含蓄美，一方面，她以绿茵花木和亭榭楼阁作为一种背景，在相得益彰中不事张扬地低吟浅唱；另一方面，她不是将自己的秀色一览无余地展示给游人，而是让你在感到美景已到尽头时，突然峰回路转，又一番美丽意外地展现出来。而更令她感到自豪的是，中国历史上李白、白居易、刘禹锡、杜牧、欧阳修、苏东坡、王渔洋、蒲松龄、孔尚任、吴敬梓、郁达夫、朱自清等文化名人都曾对她情有独钟，以至为她留下了千古绝唱的诗句，使她的美丽含蓄之中又蕴藉了更为丰厚的文化内涵。

在第一个峰回路转处，我们进入到一个幽静的庭院。它不是一般游人随意游览的地方，但我们的导游是一位扬州大学旅游系的副教授，他知道何处有景中之景，何处可以在轻松的游玩中再多一些诗意与幽雅，且与院中主人相识已久，所以我们才得以走进院中一览胜景。院内有古色古香的房舍，房中有抚琴而坐的女子。素手轻启，古筝便传出轻婉的乐声，于是，绕梁三周、余音徐歇的美感就自然而然地回旋在我们每一个人的心里。窗外有水有树有花，晚间还有皓月清风，真的是一个神仙的居处。小姐刚刚弹完，便起身离座，请我们也一展身手。只可惜我们无才无艺，身手欲展而不能。我们随行的一位先生却突发奇语："让我试试！"大步流星地走到古筝之前，不慌不忙地坐下，粗粗的大手往古筝上一按，顿时发出"呕哑嘲哳"难为听的声音，但他哈哈地笑着："给我照上一张相！"这时，大家才顿开茅塞，原来是"醉翁之意不在酒"，在乎留此一照也。他这一照不要紧，几位同行的女性，也就有了抚琴而照的欲望。女士毕竟与男士不同，虽未有雅音妙声弹出，但姿势与神态，还真有与古筝小姐的相似之处。直乐得这位先生大叫："我的专利尚未申请注册，知识产权就被你们分割了！"于是，大家的笑声便在"梁"上回旋起来。

后来，我们上了小船，那又是另一种感受。悠然地行在波澜不惊的湖面上，静观两岸美景，心中顿生一种愉悦的美感。春色被演绎得如诗如画，心灵已陶醉得有些"得意忘形"。厦门记者站谭南周先生本就是一位怜香惜玉的诗人，见相依而行的舟上佳丽浅笑，便情不自禁地招手而喊。有的还真的回一个媚眼，令谭先生笑得荡气回肠、眉飞色舞。但有的却故作不知，将靓丽的身子一转，给你一个"王顾左右而言他"状。谭先生并无嗔怪之意，一边天然地笑着，一边又将目标定位在迎面将至的舟上佳丽身上。有人对谭先生的此举小有嘲讽，他便非常自然地笑笑："爱美之心，人皆有之。我是形露于外，你们是内蕴于心。"于是，又是一场响彻云霄的笑声。

瘦西湖面积不大，但因其景美人美，所以大家总是流连忘返。直到近11时，我们才依依不舍地走出了这一美丽的景区。

2003年3月30日于苏州市乐香饭店

（载于《济南时报》，2003年10月9日，第42版）

# 苏州园林：对和谐对称的审美追求

人说苏州园林小巧玲珑，恰似苏州的女人，但今日游过几个园林之后，方知此说不可一概而信。

拙政园占地78亩，是苏州最大的一个古典园林。它与北京颐和园、承德避暑山庄、苏州留园，并称"中国四大名园"。园中树木花草的栽种，假山池水的设置，都可以从对称与和谐之美处找到根据。有人说其有匠心独运之妙，绝对不是一种夸张。正如孔子所言，"过犹不及"，拙政园太过讲究相近景点的对称和谐，给游人留下的行走空间与想象余地不足。有人称其"疏密相间"，实在是令人难以苟同，我总感到它密有余而疏不足。我们同行的十几人在游览中都有一个共通的感受，那就是压抑。究其原因，也许是园主人试图学习陶渊明辞官归田后的超然情怀与悠然心境，但因其不如陶氏般真正地回归自然，而是怀着一种郁郁不得志的无奈情怀，去营造一个假设的自然。园主人的这种压抑心情，也就不自觉地折射在了园林的设计营造之中，形成一种特殊的美学范式。非但没了自然的情调，反倒与自然构成一种背离。尽管导游先生说得天花乱坠，我们还是没有一种惬意疏朗的心境。

留园真的是小巧玲珑，只有30多亩的面积。但它在有限的空间里，巧设景观，并留下适当的空间。它不太着眼于相近景点的对称，而是关注整体构造的和谐。全园以建筑来划分空间，分为中、东、西、北四个景区。每个景区各有特点：中部以山水见长，池水清幽，峰峦起伏，古木参天；东部以建筑为主，重檐叠楼与秀石奇峰相映成趣；西部以假山取胜，“奇形怪状谁能识”的太湖石，令你生起无限的遐想；北部是乡村田园风光，有一种逼似自然的秀丽。无怪乎清代国学大师俞樾在《留园记》中写道：“泉石之胜，华木之美，亭榭之幽深，诚足为吴中名园之冠。”如果用“疏密相间”来形容留园的话，那还真的是名副其实，所以我们每个人的心里也因园林小巧与舒展的内在和谐而明丽起来。

虎丘是苏州最早的一座风景名胜园林，在春秋时期就已成为吴中胜地。它与拙政园、留园的规模差别很大，风格也是迥然不同。它的面积多达232.3亩，山高34.3米，山景与山景之间有大片大片的树林与草地，呈现北方园林大气磅礴之势。山景也多奇崛与突兀，特别是千人石景点，平坦如砥的大片石盘由北向南铺展开来，中间两大块岩石凸起，四壁宛如刀削一般。相传吴王阖闾葬后，其子夫差担心工匠泄露机密，杀工匠千人。后来人们悼念死者而称之为“千人石”。更令人感到神奇的是虎丘剑池。据史志记载，吴王阖闾墓就在剑池之下，其间“铜郭三重，水银为池，扁诸、鱼肠剑三千殉焉”。这一千古之谜，颇有一种悲怆的况味。虎丘塔也有一种悲壮美。塔身向东北方向微微倾斜，外墙也已斑驳陆离。它的默然独立，好像向游客无声诉说着千年的悲伤。我独自绕塔一周，突然想到，如果此塔此时突然倒下，我岂不成了塔下之鬼？于是我在想，虎丘哪还有南方园林的一点儿小巧与温柔？

人言苏杭多美人，吴王喜细腰；但现代生活令美女腰粗，美人“几希矣”。说苏州园林都是小巧玲珑，有虎丘在，岂不谬哉？

2003年3月31日于苏州乐乡酒店

（载于《中国教育报》，2005年2月21日，第8版）

# 周庄：寻觅“小桥，流水，人家”的本色状态

周庄因沈逸飞的一张描绘双桥的油画而享誉海内外，天下游客也纷纷慕名而来，但是沈逸飞笔下的双桥已是“今非昔比”，原本宁静古朴的周庄，现在也是人满为患、商机四起。今日我们9时多赶到周庄时，双

桥与沈厅所在的一条街上，摩肩接踵的游人早已捷足先登，路边商店的主人也已笑脸相迎。就是想在双桥留此一照，也需伺机而行，匆匆而摄。这个“东方威尼斯”小城，真还有了西方威尼斯的“热闹”。我们这些城里人对于这种喧嚣的“繁华”总有一种天然的排斥，愿与“小桥，流水，人家”悠闲地心灵对话，但导游要让看的正是人多的去处，张厅要看，沈厅更要看，里面人头攒动，导游的讲解声此起彼伏。路边商店里的商品琳琅满目，店主人更是热情周到，于是向游客叫卖东西的声音也是不绝于耳。本想寻一个心灵歇息的地方，反而在你原本浮躁的心底，又增添了不少的纷扰。不过据导游讲，若在傍晚或早晨店门未开之时，这座古城依然保留着先前的宁静。因为从上海和苏州而来的游客，多是朝发夕归，上午9时前后来到，下午4时左右返回。我们也是自苏州而来的一部分，身在“热闹”之中也就自然而然了。

但是，我还是试图寻觅那份宁静，那份天然。午餐之前有半个多小时的自由活动时间，我便独自从富安桥向西走去。这里也有一条小河，两岸虽无张厅、沈厅似的深宅大院，但却不乏古色古香的住家房舍。路南虽也有一些商店，但由于正值午餐时间，这里又非旅游重点，游人显得格外稀少；客主人没有任何的叫卖声，只做“太公钓鱼，愿者上钩”状释然而坐。小河北面的房舍临水而建，房中的人如果从临河而开的门中走出，一步就到了河边。有的妇女们就在河水与房根之间的方寸之地，用盆子舀水洗菜洗衣；而后拿到家里，用自来水一冲，就完成了洗菜洗衣的全部工序。就在一些房根的下面，一两只小船静静地躺在静静的水上，与南岸轻摆着春意绿色的杨柳形成一种静动相间的审美客体。对于我来说，这些都是观之不尽的风景，都有平烫心灵的审美价值，但你不能存任何的功利思想，你不能似匆匆过客一样浮躁，你需慢慢地走，慢慢地看，慢慢地品味，才能将“流水”与“人家”在你的心里构造成一种悠静闲逸的审美意象。

游览周庄，特别是感受它的宁静美，最好的时间还是皓月当空的夜晚。匆匆而来的大批游人匆匆而去，“小桥，流水，人家”回归到它的本色状态之中。邀三两知己，撑一叶扁舟，随意地行在小河之上，海阔天空地谈论人间世事，款款如水般叙说知音友情。这时候，桨声会有节奏地给你以轻声的回应，两街古老的房屋也在月光如水下悄悄地忆起古老的往事。彼时彼地的游人，便会不由自主地走进物我两忘的境界，走进“不知东方之既白”的时空里。这只是想象，因为这次是集体行动，夜间又无皓月在空，所以享受这种美感体验，只好另寻时日了。

2003年4月1日于苏州乐乡酒店

（载于《当代散文11家》，华艺出版社，2006年12月第1版）

# 湖　南

# “地下魔宫”黄龙洞

黄龙洞是我有生以来看到过的最大的溶洞，气势恢宏，大奇大异，壮美非凡，是一个名副其实的“地下魔宫”。石笋、石柱、石帘、石琴、石幔、石鞭、石花、石钟、石乳等俯拾即是，美不胜收。大自然的鬼斧神工，在这里得到了最完美、最彻底的体现。人间任何伟大的艺术家光临此地，大概都会情不自禁地俯首称臣。

这里的“艺术品”都是自然天成，各具其妙而又无一雷同。而造就这些“艺术品”的时间之久，多是以万年计。可谓精雕细刻，恒心永在。所以，在观赏这些珍奇异品之时，总会不由自主地感叹天地之永恒、人世之短暂，自然之伟大、人类之渺小。一个人的生命，在大自然这位“艺术大师”面前，如彗星一闪，转瞬即逝。试想，我们的艺术家倾其一生进行艺术创作，也只是几十年的时间，以及有限的作品；而大自然却以不竭的生命来创作，将作品的数量推向无限，将作品的质量推向极致。我们的艺术家不管如何地师法自然，也仍留有雕琢的痕迹；但大自然却是真正地“清水出芙蓉，天然去雕饰”。我们的艺术家制作任何艺术品都会有停歇与中止之时，而大自然却将无限的时间握在手中，把它的一件件“艺术品”永远地雕刻下去，追索它那永不满足的完美。

我还感到大自然的深不可测，甚至有一种恐怖的感觉。没到过黄龙洞的人是无法想象它的神奇的：洞分四层，垂直高度约有160米，长度达13公里，最大的厅堂竟有12000平方米，可容万人。其间景象万千，各有其妙。加之阴河幽深，瀑布倒悬，路途七转八折，石笋高低、大小、形态各异，令你感到大自然有更多的未知与玄妙。后来我因贪看一点风景，与团队失去了联系，独在洞中寻径而行，许久不见一个人的踪影。见奇象之瑰丽，更觉幽洞之可怖。此时突然萌发了一个怪诞的想法：设若大自然不经意间给我开一个小小的玩笑，将洞门暂闭，我便会与我的同行者永远地隔离，时间一久，兴许还会变作一尊化石，成为后人的一种难解之谜。于是又发浩叹：人在大自然面前，真是渺小得如沧海之一粟。激怒大自然，它只需一抬手，一投足，就可以令你顷刻间“灰飞烟灭”。

终于摸至洞口，但见阳光灿烂，绿色漫山遍野，游人嬉闹浅唱，好一个“人间天上”的景象。可是回首洞里，犹有毛骨悚然的感觉。这可怖与壮丽，这奇妙绝伦与不可思议，将长久地在我的心里回旋。

2002年9月4日夜于张家界武陵源亘立国际大酒店

（载于《济南时报》，2003年5月8日，第42版）

## “天然博物馆”黄石寨

自从国家森林公园张家界1993年2月28日获得国家遗产证书，武陵源秀美的风光便堂而皇之地走进了联合国。这个亿万年来“养在深闺人未识”的睡美人，从此便开始接纳来自世界各地的旅游爱好者。而当地民谣曰：“不登黄石寨，枉到张家界。”可见，黄石寨在这一国家森林公园中又有着一枝独秀的美丽。

黄石寨景区以浩瀚的林海和奇特的群峰夺人心魄。繁茂的丛林起伏跌宕，鲜嫩的绿色生机盎然。“97.7%的森林覆盖率”这一抽象的概括，只有深入景区才能扑展起形象的翅膀。呼吸着“天然氧吧”无偿提供的清新空气，感到“宠辱皆忘”，神清气爽。我感受过泰山的壮美，它以浑然一体昭示着崇高；我品味过桂林的秀丽，它以水的清秀映衬出山峰的妖娆。黄石寨之美又是另一种风味：触目可及的奇峰怪石，“威猛中带一点妖媚，浑朴中带一点狂狷”，大气而不失其雍容，神奇而不失其自然，博大深远而又不失其紧凑。

导游讲起这里各具特色的奇妙山峰，总是赋予其奇特的想象，为它们起些与之相像的名字，甚至还附缀一个美丽的传说。这并非张家界这一个旅游景点的“专利”，到其他地方旅游，也有相同的行为。为自然景观创造一点“人文”的味道，可以令游客循其思路去做合乎情理的想象。但是，这种单一的线性思维，又往往阻隔游人多元的遐想，多义的诠释就在导游的笑说中“九九归一”。我想，这也许是中国人的一种思维惯性使然。设若让人们海阔天空地去想象，可能有更美丽的意象。再说，以自然景观取胜是这里的一个突出特色，天籁自然是其美丽之根本，就让它保留一点本色，不是更加显示它的野性与纯情吗？而为了给这原始生态的山林增点色彩，于是便有了人造的六奇阁等“人文景观”。“登斯楼也”，远可眺群峰，近可观游人，不可谓不“美”。但我总感到它和这一“大自然的迷宫”构成了一种自然的悖论，不协调中失去不少固有的美质。那里可以是一片凸凹不平的原始山石，无楼阁之造势，有纯天然之秀丽。因为“天然博物馆”里容不下现代人造的“文物”。

好在目前黄石寨人造的环境尚不太多，莽莽苍苍的森林和林立的山峰依然当仁不让地主宰着这一方神奇的圣土，一如故我地挥洒着原始的野性，但愿不再有以所谓的“人文”惊扰自然的酣梦的行为，让它本色永存，绿色长泻。

2002年9月5日于张家界武陵源亘立国际大酒店

（载于《中国教育报》，2003年2月18日，第5版）

## 天下第一桥遐想

天下第一桥是张家界的一大奇观，但因了人修的石栏杆与平直的桥面，踏在上面，并没有感受到险峻的威迫。不过，从侧面较远处一看，但见一块巨大的天然石板，连接在两座垂直高达300多米的巨大山峰之间，给人以横空出世的悲壮感，方知其名不虚传。

从天下第一桥继续前行，绕个圆形的不长的路，即可返归原地。我们刚绕多半的圈，便为对面不远处林立的山峰吸引住了。那简直是一种罕有的壮美与崇高。中间是万丈深渊，虽数里之遥，却无人能够攀援。老子所言“谷神不死，是谓玄牝”的深意，到了此处方悟其要义。几万年，甚至几亿年来，深谷无语，山峰则一直“壮怀激烈”地矗立着，看惯了秋月春风，会晤了飞禽走兽，迎来并送走了四方游客。默默无言，岿然不动，“无论魏晋”，也不知有中华人民共和国。但它经历的朝代，却是前无古人，后无来者。作为真实历史的见证者，它一直三缄其口。谁能撬开它的嘴巴，让它叙说一部最久远的历史？

这些山峰的未解之谜太多太多，休说一般游客不能踏进它的腹地，就是考古学家也鲜有问津。那里除了一般的植物与动物外，是否还有人类未知的神秘？我想应该有的，众多的山峰收留了它们，它们与人类进行着永远分离的独居。我只能进行不着边际的胡思乱想，但正是这种怪异的想象，令我对它更加敬畏，感到它更加神秘莫测，并进而产生一种诱惑。无怪乎一些探险家们冒着生命危险而走向原始的山林，因为那诱惑超过了生命的价值。

为默默无语的山峰，为山峰上那些未解之谜，我们“冠者五六人”不由得齐声高喊，余音在山间回荡，经久不去。刘媛女士甚至情不自禁地唱了起来，音韵清丽，轻轻地传到对面的山峰处，为它们送去人类的一种美丽。而郭巨超先生则不由得“手之舞之，足之蹈之”，跳起了新疆维吾尔族舞蹈，引得大家笑声一片，惊起群鸟一片慌乱。由于舞蹈的速度加快，郭先生的太阳帽突然脱离头部，悠然飞起，飘然而下，如一只飞鸟，向山涧深处飞去，一直飞到青树绿草之间，与我们作了一个无声的诀别。我想，如果真的有一些未知动物见此奇物，或许如临大敌，或许如迎贵宾，对这一“天外来客”表示一种特殊的兴趣。遐想毕竟是遐想，但我们郭先生的太阳帽却是真的没有了。不过，为山林留一点纪念，则成了郭先生此行的一件趣事，也为我们留下了一个议论的话题。

返回天下第一桥，只见熙熙攘攘的游人正忙着照相，不少人满足于“到此一游”的留影纪念，却将审美的体验抛之九霄云外。他们看似得到了“永恒”的照片，实则失去了本真的价值。我因为有了独特的感悟，也就拥有了不虚此行的美的享受。

2002年9月6日夜于张家界天门山大酒店

（载于《济南时报》，2002年12月18日，第7版）

# 土家姑娘“哭嫁”

哭嫁，是土家姑娘出嫁的必行之事，是土家婚嫁的一个亮点。有的姑娘出嫁前两个月便开始哭了，短的也要哭上十天半个月。哭嫁，不仅是一种离别感情的倾诉，同时也是一种聪明才智的显露。对一个姑娘来说，会不会哭嫁，哭的水平高下，对她的身价、名声都会产生影响。所以，湘西之行，一个重要的人文“景点”，就是土家姑娘的哭嫁。但真的赶上哪家姑娘出嫁，并不是一次旅游可以如愿的。今天下午秀华山馆的参观，便有一项“哭嫁”的内容。虽非真的有个姑娘婚嫁，只是表演而已，但也可以从中却领略到哭嫁的真义。

导游小姐将我们引进一间“闺房”，早有一土家姑娘羞涩地坐在绣床之上。导游说，她是主哭，还有陪哭相伴。于是，她便毛遂自荐，当了陪哭，但导游有言在先，希望大家不要在她们哭的时候说笑，不然会影响哭的效果。然后，两个姑娘便并肩坐在床上，以红布掩面，凄凄切切地哭了起来。这哭声不但有悲哀之情，还有似一首婉凄的歌曲。侧耳细听，原来是在对她们父母哭的：“我的疼儿的爹哩，／我的疼儿的娘呵！／今天的日子嘛，／要分开来要分离，／叫儿若样想得开？／叫儿若样舍得离？／我牙龄没定根，／怎样离双亲？／我头发没长长，怎能离爹娘？”哭罢爹娘，又哭哥嫂，哭姐妹等。主哭流出了泪，陪哭也是越哭越凄楚。我和安俊芷女士也不由得潸然泪下。

可是，有的人认为这不过是一种有趣的表演，便旁无他顾地说话，甚至有人恶作剧地讲了几句笑话。这一悲伤的氛围里因为有了这种不谐和音，效果也就打了不少的折扣。“哭嫁”刚一结束，两位姑娘露出两张沾满泪痕的脸。主哭和导游并没有因之而抱怨说笑的游客，但她们低低地诉说了另一团游客前来听哭嫁的情景——

前几天，台湾十几位老人来到秀华山馆，在听两位姑娘“哭嫁”时，静无一声，全部哭了起来。主哭与导游在这种悲哀的氛围里，恍若真的出嫁了，就要与自己的亲人离别了，直哭得昏天昏地，连红布都湿透了。她们说，游客为她们创设了一种独特的情境，给了她们一种特殊的尊重。她俩也进入到了这一情境中，同时也给了游客们一种尊重，一种真的哭嫁。我们有的游客的笑声破坏了应有的氛围，也没有给她们应有的尊重，结果也得到了同样的回报。我想，这不仅是一种人生态度，更是一种品质与修养的外化。

2002年9月6日夜于张家界天门山大酒店

# 茅岩河漂流

上午去人称“百里画廊”的茅岩河漂流。第一次漂流，浑然不知行中还有水战，所以任凭小贩们“水瓢”“水枪”地叫卖着，我都充耳不闻，不予理睬。可是刚一踏上橡皮舟，便遭到了临船的突袭，一大瓢水不偏不倚地泼在了我的身上。尚未“出征”，已成“落汤鸡”。幸好一叶扁舟驶来，专卖水瓢，2元而已。毫不犹豫地取钱买瓢。一瓢在手，既可有战即应，也可主动出击。

舟行不足两分钟，激烈的水战便打响了。这种水仗不是打击“敌人”，而是内部厮杀。我们团的六只小舟，几十个团友，顷刻间“反目成仇”。没有预先的“战书”，一律是突袭式的。每一个人都用手中的武器——水枪或水瓢，将水洒向对方。这种战争是非严肃型的，大家都喊着，笑着，全力地“打击”着对方。不长时间，因一方难敌对手，便落荒而逃。虽有“穷寇勿追”之古训，有的还是尾随而去，泼水不止，令逃者真的是“抱头鼠窜”，连叫“求饶”。正当得胜者自鸣得意之时，却忘了“螳螂捕蝉，黄雀在后”的警示，不料从斜刺里冲出一只小舟，水势凶猛，宛如天降狂雨。仓促应战，终因难以抵拒对手而败逃。

我们舟上因女性较多，战斗力稍弱，好在我居舟首，其力尚可，且多以己智战人勇，所以还是胜多败少。我不在离对方较远时出击，因为那样既少“杀伤力”，又消耗自己的体力；而多是在逼近对方之时，用满瓢满瓢的水连续猛击对方战将的脸部。真的是不战则已，一战就使对手受到重创。加之“打得赢就打，打不赢就走”的战略战术的熟练运用，所以也常创造“以弱胜强”的战绩，令对手不敢小觑。不过，有时也会遭到两面夹击，在左右应付之时，女将便受到大水围泼，惨不忍睹。于是，让船公急调舟头，快速退出战场。这时，刚才还合力攻击我们的两个船队顿时“化友为敌”，一场鏖战打响了。我们便乐得前仰后合，作壁上观、品头论足。两只船队真是棋逢对手，将遇良才，一时间打得难分难解。但时间一久，终有一方不敌对手、败阵而逃。这时我们已是养精蓄锐，出其不意地杀了回来。此所谓“强弩之末，势不能穿鲁缟者也”，怎抵得我们这帮猛男强女，只消几个回合，他们便举手“投降”，仓皇逃跑。有人说我们不是“仁义之师”，可每一队都会因自己的不仁义之为的取胜而欢呼。在这里，没有了斯文，没有了拘谨，一个个全变成了天真的顽童，尽情地挥洒着青春的活力。那平素少有的放肆的笑声，不停地在空中跳跃着，一直奔向两岸的青山之间。

后来，我们的小舟行在了前面，其他船只的同团人员因靠岸休息而落在了后面。我们如独行侠般在茅岩河里向前行驶。尽管有时也遇激流险滩，遭瀑布冷水之冲洗，享受其惊险的强烈刺激，但没了刚才争斗的欢闹，虽有青山作伴，清水为友，还是有一种不甘寂寞好斗情结在涌动。此时，不知何方船队就在前方，于是决计赶上前去与之拼杀一番。我们在与陌生的船队战斗之时，还是真正的仁义之师，没有突袭，而是先下战书，应战方可与之交手，免战则友好地笑笑，显示出一种儒者的风范。但终有争胜好斗者，大声应战，于是水战顿起狼烟。我们毕竟是水仗高手，不消几个回合，他们便高悬免战牌。我们一路唱着凯歌，一路笑着向前驶去。

李白有诗曰："人生得意须尽欢，莫使金樽空对月。"茅岩河漂流，乃人生一大乐事，它可以使你忘却烦恼，尽情地狂欢，还可以使你忘却年岁已长而返老还童。漂流，真可谓此行的得意之作。

2002年9月7日夜于吉首市边城宾馆

（载于《济南时报》，2002年12月25日，第34版）

# 我和"翠翠"走凤凰

以前读沈从文的《边城》等小说，总被湘西这片纯情的地方所吸引。特别是他笔下的"翠翠"等一些女性形象，贫穷却不失其秀丽，善良中透出缕缕柔情。甚至他所写的外出卖身者，也是善良与纯朴共在，令读者不由得为之唱一曲优雅的怜歌。所以这次凤凰之行，不只是想去参观沈从文的故居与墓地，更多地是想再看一看这里的民风是否一如先前淳厚，是否在一些女性的身上还留有一些“翠翠”的影子。

下了火车，迎接我们的是湘西旅行社的小麻：一个又瘦又矮的小姑娘。我无法将她与秀美的“翠翠”相提并论，但她的言谈举止，却又不得不让我想起“翠翠”。她没有一般导游小姐的从容，更不会荤素皆有的调侃。她甚至是腼腆的，不但声音小小的，正眼看一看游客都有一种羞涩的红晕爬上脸庞。从吉首前去凤凰一路的解说，也是弥撒着一股湘西的“土味”。可是我们无一不喜欢她，她没有“游客是上帝”的豪言壮语，但只要我们提出要求，哪怕不尽合理，她也是会心地笑笑，一个劲地点头称是。我们一行六人，买东西，游景点，全是随心所欲。她好像就是我们的一个颇听使唤的“丫环”，低眉顺眼地尾随在我们后面。从凤凰返回吉首前，同行的三位女士在购物一条街上总是拉不动腿，她一点儿也不急躁，细心地帮助她们在物品前又挑又拣。终于上了汽车，辽宁的小沈却突然惊呼道：“我买的壁画丢到商店里了！”话音未落，小麻早已跳下车去，奔向购物的商店，犹如一条轻捷的游鱼，顿时消失在人海中。不长时间，她跑步赶来，轻轻地将画交到小沈的手上，就一声不吭地坐在了自己的座位上。

问及小麻凤凰的女性是否还是一如先前那样贤淑与朴实，她笑笑说，“你一看就知道了”。在路上我们要买几斤猕猴桃，见几个中年妇女设摊而坐。我们下了车，走到摊前，“您可以先尝尝再买”，她们笑着说。一尝，还真的很甜，于是人人买了一大包。不仅成色非常好，秤也十分够数。小麻说得好，你不必担心她们会骗你，因为她们压根儿就不知道怎样骗人。我想，沈从文笔下的女性就是这么真诚与善良。即使见过世面的导游，也一如小麻般低眉顺眼，小声地说着话，不急不躁地讲解着。

从沱河下了船上岸，有一群小女孩赶上来要卖给我们几只手编的蝴蝶时，也没有像一些大城市里的小痞子那样纠缠不休。她们只是小声地重复着相同的一句话："买一只蝴蝶送给沈从文爷爷吧。"我把她们的蝴蝶全都买了下来，她们高兴得像一群小兔子似地飞跑而去。后来听当地的导游说，她们都是当地的小学生，快要开学了，她们自编些东西，卖点钱，为的是交学费。听罢此话，我更觉得她们可爱，甚至连那些蝴蝶也都成了纯清的生命体。七八十年过去了，沈从文笔下女性的美质并没有因时间的流淌而失去。我把从孩子们那里买来的蝴蝶放在了沈从文先生的墓碑上，如果他老人家地下有知，也会和我一样感到欣慰的。

回到家里，再翻开沈从文的小说《边城》，再读翠翠的故事，觉得那么亲切，恍如眼前。小麻耶？卖蝴蝶的女孩耶？……

2002年9月9日于泉城济南

（载于《中国教育报》，2003年10月14日，第7版）

# 福　建

# 武夷九曲俏排工

领略武夷山的秀美风光，没有比坐上竹排，在九曲溪水上而行更具情趣的了。适值小雨淅淅沥沥地下着，往日的暑气已经消退，我与《中国教育报》山东记者站的宋全政，《中国教育报》杜玉林、于艳清、左庆润，福建记者站的沈国才六个人，同坐一个竹排，从九曲顺流而下。清冽的九曲溪水就在脚下悄悄地流淌，两岸的青山绿树在我们的视野里缓缓地后移。

正当我们怡然忘情地触摸这自然生态的风光时，排工轻点竹篙，诵诗一首："武夷山上有仙灵，山下寒流曲曲清。欲识个中奇绝处，棹歌闲听三两声。"这是宋朝大儒朱熹《九曲棹歌》的总领诗篇。因了此情此景此人的诵吟，却又有了一种特殊的意境。他是一见即熟、不请自讲的一个编外导游，诵诗是一个美丽的开场白，其下便有了即景赋诗、率性抒意的从容。这个年近四十的排工，对武夷山的人文环境与自然风光了若指掌，他的讲说似探囊取物般从口中流泻而出，与收入视野的生态美景形成一种内在的和谐。加之幽默机智，将不失品位的荤素调料穿插在通俗生动的表述中，常令我们笑得前仰后合，把小小竹排颠得摇摆不定，但他却一点儿也不笑，我们笑声一停，他的另一个笑话又已脱口而出，使我们近乎放肆的笑声在山谷间一次又一次地回旋。他的诙谐有趣几乎是无处不在的，一个坐有五女一男的竹排从我们身旁驶过时，他将竹篙一点，慢声言道："可怜一只羔羊误入众虎之口了！"他见我们尚未反应过来，便恍若漫不经心地点破机关："女人是老虎。"顿时，我们个个笑得几乎跳入水里。

我听过不少专职导游的解说，给我的印象多如学生背书似的，没有形成自己的语系，更没有形成自己的解说风格；也有个别导游讲得有些“妙趣”，但那又多是带点儿“色”味的低级调料，是与人文和自然景观风马牛不相及的文化垃圾。这个排工尽管不是专职导游，却有超越一般导游的所在。他不仅谈朱熹与丽娘动人的传说故事，也讲紫阳书院和《四书集注》，甚至还谈儒释道三家何以能够兼济。行至三曲，他在叙说上天玉女和人间大王恋爱悲剧的时候，又情不自禁地背诵起朱熹的诗作：“二曲亭亭玉女峰，插花临水为谁容？道人不作阳台梦，兴入前山翠几重。”这令我们在观赏山水之时，感受到了一种浓浓的人文氛围，悄悄地融入自然与人文相通的境界里。

所以竹排愈是临近终点，我们就愈是有一种与排工相见恨晚的感受，惜别之情已经悄悄地笼罩在我们每一个人的心头。这时左庆润先生突发奇想地说：“我们可否与排工晚间小聚一次，再次聆听他那精妙之语。”这简直是说到了我们的心坎上，我们几乎是异口同声地表示了赞同。排工为我们突如其来的邀请所感动，加之在途中已经有了情感的交流，我们又都是文化人，他略作思考，便满口应承，直乐得我们拍手叫好。于是当场敲定：夜宵安排在9时许，地点由排工选定。

夜宵的餐馆处在一个僻静的村落里，由木板与竹子结构而成，窗外泥土的芬香不时地飘来，令我们有一种步入世外桃源的感觉。这时候我们才问起他的名字，方知他叫寿青山。他坐在主宾的位置上，没有了竹排上的从容与幽默，甚至有点儿受宠若惊。我们很希望他能再现白天的风采，但他始终腼腆地微笑，拘谨地谈话。离开了九曲溪水和小小竹排，他便失却了灵性与生气。他是属于武夷山水的，那里是生他、养他、育他和成就他的地方。他说自己从来没有到过北京，没有见过泰山，没有去过孔圣人的故乡曲阜，心向往之但终难成行。当我们真诚地邀请他方便的时候携夫人与孩子到北京和山东一游时，他激动得泪水都快要流出来了。我想，他的这个夙愿很难实现，这方水土离不开他，他因了每日能给四方游客撑排解说而愉悦。他曾在竹排上为中央领导、海外知名人士谈古论今话武夷，更为千千万万不知名姓的一般游客放肆地调侃，他将生命与激情挥洒在这九曲溪水上，为各方游客了解武夷倾尽所能。所以，尽管我们没能再度领略他那水上幽默机智的风采，却从另一个侧面看到了他的质朴与善良。

已是午夜时分，明日他还有非常重要的任务，我们只好与他道别。我们送给他名片，他给我们留下了地址电话。回去的路上，我们每一个人都有了一个共同的愿望，那就是在适当的时候，同游武夷山，再坐寿青山的小小竹排，再笑听他那水上的精彩讲说。

2001年8月26日晚于武夷山青竹山庄

（载于《中国教育报》，2001年10月9日，第8版）

# 御茶园茶艺表演观感

一说晚饭后去御茶园品茶并观看茶艺表演，大家顿生兴趣。因为御茶园是当年朝廷派场官负责管理、监制贡茶的地方，况且武夷山的乌龙茶享誉海内外，在细品其清香之时，又可以将茶艺表演作为一种审美进行客体观照，定有妙不可言之处。

御茶园里的茶几茶座都由古色古香的古木制成，茶壶茶杯全是暗红色的紫砂器具。茶艺小姐身着红色旗袍，满面含笑轻移碎步而至。以前观看过多次茶艺表演，程序大同小异，今日亦无特殊之处。但茶艺小姐温和的态度与悦耳的解说，翟波等人的习演过程，倒移闻香杯于鼻前细品香味的种种形态，却另有一番情调。

引起大家最大兴趣的是茶禅表演，也是今晚活动的一个亮点。三个女子入场打坐，便旋即进入超然尘上的情态。中间女子的双手或合或放，有似进入“安静而止息杂虑”的禅定状态。在电视电影上见过一些高僧名尼的扮演者，全没有眼前这个“活菩萨”静坐敛心、专注一境、观照明净的超俗情状。分坐两边的两个女孩，手持念珠，似念念有词，也呈示出一种遁入佛门的超然情怀。全场没有了喧哗声，有的暗自惊讶，有的呈现一种肃穆的神态。不过我非常清楚，这是一种精彩的表演，但绝非真的茶禅。因为茶文化作为介乎物质与精神之间的中介文化，与禅和谐为一，就有了另一种特殊的意蕴。喝茶实际上是一种高品位的文化活动，真正地拥有一种清静寂定的心境，就步入到一种生活禅的境界里。只要我们在日常生活中保持一个明净清澈的心境，不为外界的琐事所困扰，不为心中的烦恼妄念所迷惑，始终保持一颗平和无争的心境。在这种心理状态下去喝茶，就得其茶禅的要义了，所以在得意时喝茶，可以抚平已有的傲气，渐生朴实平淡的谦恭；失意的时候喝茶，可以转迷沌为清醒，化自卑为自信，过滤掉无数烦恼。人称“亚茶”的卢仝曾写过一首品茶的《玉川茶歌》，诗中有这么几句：“一碗喉吻润，两碗破孤闷。三碗搜枯肠，唯有文字五千卷。四碗发轻汗，平生不平事，尽向毛孔散。五碗肌骨清，六碗通仙灵。七碗吃不得也，唯觉两腋习习清风生。”每吃一碗，便进入一个境界，尤其是吃到七碗之时，已是令人遐想万千。“吃不得”是一种夸张，与“唯觉两腋习习生清风”相映照，飘飘欲仙，两袖挥动于清风之间，彻彻底底地进入到了一种空灵神妙的境界了。所以说，茶文化源远流长、博大精深，作为茶禅，绝非如此故作进入禅的境界的表演，而是内在自然的超然尘上的禅定状态。

但这次表演毕竟向人们展示了茶禅的一种外在形态，使大家对它发生兴趣，去关心它，研究它，并在这个过程中将自己的人生境界升华到一个新的境界。想至此，便有了不虚此行的感觉了。

2001年8月27日晚于武夷山青竹山庄

# 山　东

# 仙阁文化

我很小便对漂洋过海的八仙有着一种崇拜与向往，认为蓬莱阁上永远飘逸着八仙不散的仙魂。后来又在课本上学了《海市蜃楼》，便在自己的脑海里又给仙阁披上了一层更加神秘的外衣。十多年前，当我第一次得知要去蓬莱的消息时，竟激动得几夜难以好好入眠，幻想到了蓬莱一睹海上奇观，寻觅仙人的踪迹，但在蓬莱两天时间的寻寻觅觅，想象还是被现实击得粉碎，只好带着失望与遗憾，与蓬莱作了一个不太愉快的握别。

今天重游此地，再也没了那次的激动与天真，只想实实在在地去感受蓬莱仙阁的文化价值。

蓬莱阁不大，但因了八仙的传说，给游客增添了驰骋想象的空间。仙阁上有八仙醉酒的塑像，从惟妙惟肖的各种神态中，折射出八仙侠胆义长的刚烈，蕴含人民向善去恶的人文精神与理想色彩。而作为东海龙王的敖广，因了八仙的强劲攻势，以及妈祖的控制，便令人感到他的可恨、可怜与可悲。海上的渔民，对翻江作浪的龙王，失去了信任耐心，开始追崇妈祖的救人于水火的崇高。濒临大海的蓬莱阁上，龙王殿逐渐烟火稀少，受人冷落。这种文化现象来源于神话传说，但因独特的环境，根植在了当地人民的心里。

仙阁之巅还有一个苏公祠，在八仙竞秀的蓬莱，似乎失去了应有的光彩。苏东坡在此地做官仅仅几天，就做了有口皆碑的两件好事，迄今为当地百姓津津乐道。祠里的碑文遒劲有力，那是苏东坡对吴道子画作进行评价的一篇美文，显示了他的审美情调与旷世奇才。可惜这一景观没有得到充分的开掘。导游小姐只是轻描淡写地讲上几句，便不以为然地走向了另一个被她视作最好景观的“闭风门”。这种本末倒置的误导，不仅使游人迷失了文化方向，也没有将蓬莱阁更加流光溢彩的文化内涵展示出来。老子等道家文化在这里得到了重视，甚至可以与青岛崂山相提并论，但是，绝没有形成曲阜儒家文化的巍巍大观。道家文化是中国传统文化的一块瑰宝，如果将其深厚的文化内涵灌注其间，而不是泛泛而谈的小故事的浅层次述说，会更加富有价值。

在古色古香的瓦房旁，在绿树修竹下小憩，从精神上去感受仙阁真实的文化积淀，便可以从虚无的缥缈中抽象出许多深邃的文化内涵。于是便有了不虚此行的充实，有了思绪飘扬的文化想象。

1999年7月3日夜于蓬莱

（载于《当代散文11家》，华艺出版社，2006年12月第1版）

# 舍近求远

晚8时到达五莲时，我的朋友早已等得急不可耐，他对我的姗姗来迟惊诧莫名。我说其实很正常，我是先乘火车到日照，又坐汽车到五莲的。朋友闻言更惊得张大了嘴，问我何以舍近求远。坐从济南直达五莲的汽车，还用不到5个小时呢！

我的舍近求远是明知故为，济南至日照的605次普快列车，正常运行时间是8个小时，又赶上晚点，在火车上整整9个小时。这段时间对独自出差的人来说或许是一种煎熬，但对我，却是一种特有的享受，除中间草草吃了一碗方便面外，我几乎都是入乎其内地拜读余秋雨先生的《霜冷长河》。

余秋雨的《人生苦旅》《山居笔记》等散文早已读过，为他深厚的文化底蕴而折服。《霜冷长河》也早已摆在我的案头，只是因为近期有几本书稿要出版，忙得不可开交，总是没能抽出时间去翻动它。今日火车上的时间，正好了却这个夙愿，所以火车晚点时，我的对坐急得怨言不断，我却乐在书中，欣慰非常。

前一段时间在报纸上读到一些批评《霜冷长河》的文章，总感到难以理解。他的散文中所特有的哲理性的语言，新颖独特的见解，显见理论厚度的思辨色彩，常令我佩服不已，所以总感到批评文章的作者要么尚未窥到余先生大作的深层底蕴，要么不知天高地厚，以无知言大智。今日细读《霜冷长河》，感到比起《文化苦旅》，其思辨性与理论厚度确有略逊一筹之处；不过其间的一些篇章依然才情横溢，哲思闪辉，但是余先生的新作如果精品越来越少的话，也是非常可怕的。至于人们对“代后记”——《秋千架》的批评，有的确实言之成理；但从另一个角度思考问题，也许可以理解。50多岁的文化大师，拥有一位既富文化品位、又小鸟依人般年轻美丽的妻子，心里的疼爱怜惜总难压抑。他也是一个人，也有七情六欲，所以在字里行间流露出对娇妻的欣 赏与赞美，人们不必多去指责，而应当给予一些宽容与理解。当然，如果这篇“代后记”写得再含蓄一些，在叙事之中多一些理性的思索，那将是锦上添花了。正是因为对于余先生的新作的阅读与思考，才使我的长时间车旅之行充满了情趣，并涌动起一股充实感与欣慰感。

火车很破，走得也慢，更没有空调，但旅客一个个将窗子打开，田野的风便从窗口强劲地吹来。整个车厢都弥洒着庄稼的清新与野花的芬香，在这种环境里读书，真是妙不可言，原野之美，文化味道之浓，构合成一种难觅的佳景。

这种舍近求远的美，只有身在其中、心入其内的人才能感受到。对于在空调办公室与喧嚣的城市中生活腻烦了的人们，何不来一次舍近求远，何不来一次感受读书与思索之乐的旅行呢！

1999年8月18日夜于五莲

# 玉米情结

一上火车便读书，一读书便割舍不下，我已经形成了这种习惯。时近中午，火车已驰过了兖州，方才想到要吃午饭了。

而放下书的那一刻，便下意识地将视线转向窗外，田野的景色不由得令我惊喜万分！千里沃野，遍是绿色，尤其是一大片一大片的玉米，在炽热日光的蒸腾下，依旧挺拔超然，生机无限。那叶子绿得发光，一个个玉米棒槌倔强地挺立着，即便玉米顶穗，也昭示着生命的绿色。玉米地向远方延伸着，与绿色的村落相衔接，简直是一望无涯的绿色海洋，在展示着它那不竭的生命原色。

这绿色，这玉米，令我怦然心动，思绪万千。

二十多年前，我还是一个初为农民的青年，正是这满目的绿色，与我结下了难解的情结。那时我家有一片不大的自留地，每年收完小麦，便播种上玉米。我特别喜欢玉米，看到它便有一种无名的激动。我想使自己的玉米大获丰收，我想用更多的时间与之交融。我步行到县城买来种玉米的书，笨拙地施肥、播种、移苗、蹲苗、锄草等。当时一些憨厚的农民，见我看着书本侍弄庄稼，一时传为笑谈，有的还专门来看这一罕有的风景。他们习惯了既有的种植方式，认为从城里初归村里的一介书生，在演绎着一幕可笑的闹剧。可渐渐地，这种惊诧与取笑便消融在时间的推移中，因为我所种植的玉米叶绿、个矮、干粗、棒大，一派丰收在望的景象，令一辈子与土地打交道的老农们惊奇不已。然后，他们便带着纯厚的笑容，来向我取经探宝。于是，我便有了滔滔不绝的讲解，便有了初获小胜的喜悦。另一方面，我与玉米的感情日笃，一天见不到它，便感到空寞不已。

有时天刚蒙蒙亮，我便悄悄来到自留地里，去欣赏那原始的绿色，那经由自己的努力而奋然向上的生命。露珠还静静地躺在一片片鲜活的玉米叶上，闪着珍珠般的亮光。看着看着，我便愉快地笑了，像一个纯真的孩子，做着痴情的梦。风清月白之夜，我也鬼使神差地走到玉米地里，凝视月光下那黝黑的玉米，谛听啾啾的虫鸣。有时则屏住呼吸，侧耳细听，似乎听到了玉米生长的声响，那是一种只可意会不可言传的妙境。所以，我总认为玉米是诗，是希望，是美。

一晃二十多年过去了，自留地也成了历史，并且渐渐为我所忘，自己再没有去认认真真地看一眼那诗意的绿色了。现在这铺展无边的绿色生命再次跳跃在我的眼前，不禁又激起了我对它的深情。尽管当初与之挥手告别时别情依依，但还总感到与之告别是在走向人生的另一个希望，去追寻另一种绿色。这么多年来，再没有去种植玉米，但却用笔去播种另一种绿色，所以也有了月白风清之夜的凝神观照，有了喜获丰收的审美愉悦。

窗外，依然是望不到尽头的绿色；而心里，却也有生机无限的绿色在铺展……

1999年8月18日夜于五莲

# 呼唤善良

火车过了费县不久，猛然间来了个急刹车，于是，车桌上的茶水便刹那间倾泻而出，旅客也不由得来了个惯性倾斜。惊叹唏嘘之后，各窗口便探出一个个人头，急着寻找这一突发事件的目标。一小会儿，人头便转向了6号车厢的轨道边，因为那里下去了几个乘警。

“怎么了？”不少人在问。

“可能轧死人了！”一个旅客面带笑容、十分轻松地回答着。

我忙问本车厢的列车员，她笑笑，快声快语地说：“许是轧死了，活该！”

我急忙往出事的地点走去，而每一节车厢的旅客，都做着类似的推理，每一个窗口，都人头攒动，而为数不少的人，又都带着寻奇好胜、幸灾乐祸的神态。

我的心里好一阵酸痛与颤栗。

走到出事地点，忐忑不安地问了一下刚从轨道边上来的乘警。他笑笑：“路面出了点问题，很快就可以开车了。”

我如释重负地离开了。

很多旅客见我从出事的方向穿车厢而来，便探问到底是不是轧死了人。我赶快告诉他们实情，结果另一种奇观出现了，好多人万分遗憾地说道：“没劲，怎么没轧死人呢！”

我真的困惑了：是这些旅客神经有问题，还是我自己的脑子出了差错？刚才看《霜冷长河》中的《街市》一文时，还为余秋雨先生的宏论感叹。他写的是一个真实的故事，在闹市街上，两个十分体面的女人，公然剥去一个也很体面的女人的衣服，使其在光天化日之下受辱。那种目不忍睹的场面，竟有几百名观众袖手旁观。两个不会武功、没带凶器的女性，就这样完成了侮辱另一女性人格的“壮举”。这是多大的悲哀，我们的国民到底怎么了？设若我坐的火车真的轧死了人，血肉模糊，亲属痛哭，车上的看客又作何情状？我们在提高国民素质方面采取了一系列的措施，也在媒体上叫喊了许多年，但为什么现实这么令人堪忧？别的且不说，同情心该有吧，善良要讲吧，更遑论高层面的精神境界了。我扫视一下车厢里的旅客，一个个都不像凶神恶煞的坏人，倒显得纯厚可掬，但为什么一遇到别人出事便将人类固有的善良本性丢失了呢？写这篇文章的时候，我已坐在夜深人静的宾馆里，但车上旅客那幸灾乐祸的神态还不时在我眼前晃动，令我的心里像压了块石头般沉重。思想教育从何处入手，从什么时候开始，这确实不是一个太小的问题。作为家庭，应当首先负起这个重任。家长先不要给孩子讲大道理，更不要讲坏道理，而先在教育孩子善良方面下番功夫。人类没有了这起码的品格，以后的教育都将难以奏效，甚至入了幼儿园、学校，还要对学生进行这方面的教育。有人说，中国人喜欢窝里斗，热衷于内耗。我想如果人本善良的话，恐怕将是另一种形态。

中国人素以善良纯厚著称，但愿这种先民的美德，在今天仍然延续发展。

1999年8月18日夜于五莲

# 漫议嫉妒

昨日劳顿，夜间晚睡，今晨醒来，已是6时1刻了。而昨天伴了我一路的《霜冷长河》，正静静地躺在我的床头，顺便一翻，竟是《关于嫉妒》。今日想来，有关嫉妒的话题可写的东西实在太多太多。余先生是文化名人，中年得志而出名，令一些人妒火中烧，千奇百怪的谣言、各种各样的人身攻击，都无遮无拦地向他飞来。他感受到了这种嫉妒的力量，也给了嫉妒者更多的宽容，更多的理解。

一些著名学者受到嫉妒也许情在理中，因为他们实在太优秀了。而现实中，如我等芸芸众生，也难逃嫉妒者的利矢。多少年来，我只是因为稍稍努力了点，只是取得了一点点成绩，便屡屡受到诋毁与非议。起初惊诧与气愤，不解与困惑，自己与其无冤无仇，始终以宽厚待人，这种人何以穷追不舍，非置我于死地不可？后来渐渐平静了心态，一如故我地努力，一以贯之地不予理睬，任凭风浪起，稳坐钓鱼台。结果，一次又一次的谣言在一阵阵喧嚣之后，便渐渐地销声匿迹了。不仅没有将我置于死地，却给了我更大的自信，更宽厚的胸襟。有时细想一下，我感到嫉妒者也着实可怜，自己不如人，却要以不努力而超越别人，结果是每况愈下，有了更多的悲哀，更多的不平衡，无路可走，无计可施，只好施展嫉妒的“才能”，给我放几只冷箭，制造一些麻烦，然后方心气渐消，露出笑容。我呢，不仅没有“以其人之道，还治其人之身”，反而仇将恩报，给以真诚的帮助。我非常希望他们努力学习，提高自己的思想文化修养，取得较好的成绩，哪怕我多受几次攻击都可以。

也许我们这块国土有着大片滋生嫉妒的土壤，旧的嫉妒者醒悟后已经罢兵或隐匿，新的嫉妒者又以另一种形态出现了，没了先前的肆无忌惮，没了先前的手法愚拙，而是隐而不露，露而不拙，不是在向你挑战，而是在消磨你的锐气。抑或造谣生事，拨弄是非，挑动他人再次对我攻击。我开始不知，知而生气，气而细思，思而顿悟，悟而心静。今日读了余先生的《关于嫉妒》，想想以前自己所受的嫉妒，更感神定气清，乐在其间。不过，我还是很可怜这种人，他们太不懂得完善自身了。他们应该珍惜自己的生命，将有限的时间用在一些有益的事情上。近年我个人所读之书与所写之文，自感都升华到了另一个层面。心里平静祥和，思想豁达坦荡，都比先前大有进步。这真令我欣慰与自豪。

无法将嫉妒之根斩除，非不愿为也，实不能也。而修炼自身，提高自己的文化素养，对我们文化人来说，的确是一种行之有效的方法。理明心清，超然尘上，嫉妒之人，岂奈我何！

1999年8月19日晨于五莲

# 九仙藏秀

我已是第三次来到五莲，朋友约我去游九仙山。以前曾闻五莲山的山色之美，对九仙山却是闻所未闻。朋友狡黠地一笑：“你不是一直推崇苏东坡吗？他可盛赞过九仙山啊——‘奇秀不减雁荡’‘九仙今已压京东’。”朋友一吟东坡居士的妙句，我立刻来了游兴。

九仙山坐落在五莲县城东南10余公里处，峰回路转，方才渐入佳境。漫山的草木，或急或缓的流水，婉转悦耳的鸟鸣，使静寂的山林显示出一种超然之美，而号称齐鲁第一大峡谷的自然原色，则成了九仙山至奇至美的自然景观。

峡谷随山势而无声地在深山里延伸，前不见游人，后不见来者。两边是青青的山石与绿色的草木，中间是或宽或窄、或急或缓的水流。路呢，都是因了山水的冲洗而自然造成的大小各异、尖秃不同的石头。寻不到游人踩踏的余迹，全是自然的形态。而水，则清清凉凉，低声地唱着，不歇地流着，有一种空灵的诗意美。顺流而行，直至黑龙潭，四周悬崖峭壁，潭水深不可测，原本优雅恬美的流水，一旦泻入潭中，便打几个旋，消失得无影无踪。传说这里是凶恶的黑龙潜身作祟之处，看那神秘的幽幽深水，不禁生出许多令人心惊肉跳的悬想。短时的俯瞰之后，便折身而返，再去触摸那优雅的山水之秀。

九仙山的秀丽美色，不仅引来了苏轼的称颂，还弥漫着无数动人的传说，降服黑龙，则是九仙山传说中的最有趣的故事。相传黑白二龙争斗而白龙败走，黑龙则在此山害及百姓，后被路过此地的八仙降服，山神又在八仙走后为民尽力，于是当地人便将他们共称九仙，此山也改为九仙山，来表示对九仙的敬意。有人为九仙造福于民的精神所感动，便于近两年在这里建起了九仙观。正堂屋里是九位神灵栩栩如生的雕塑，东厢房则是他个人的字画，所以走到九仙观，总弥散着一种文化氛围，并自然地生出对九仙神灵的恭敬与遐思。

从九仙观东行，另一诱人的景观则是孙膑书屋。据说，马陵大捷之后，齐威王要对功高盖世的孙膑封官加爵，但这位跛脚儒将却决意激流勇退，归隐山林，而且几经周折才选中了此处，与弟子们讲演兵法，撰写《孙膑兵法》。光耀千古的《孙膑兵法》，则诞生在这片茂林深山之中。我很佩服孙膑的高尚人格与独特的眼力，在成就了千古大业之后辞离仕途，将俗不可耐与官欲旺盛的士大夫逼仄得无地自容。而大气与超然，使这位兵家智者成就了更加辉煌的业绩。现在的孙膑书屋也只是一座修葺不久的房舍，里面除了孙膑塑像外，便是挂在墙上的关于孙膑的文图对照的传说。如果走出房外，稍作留意，便顿感“风景这边独好”。房舍左右与后边，是陡峭的山石与茂密的林木，前面一片空地，视野开阔而幽静异常，这绝对是一个讲学、写书、修身养性与成就大业的好地方。孙膑独具慧眼，选中此地，也见出他的大气与心境。我甚至都想，这寓清幽与神秘于一体的环境氛围，与心灵世界已经融为一体，《孙膑兵法》的问世，与之当是有着一定的联系吧。

听陪我的两位朋友讲，游九仙山，需缓行细品，用两三天的时间，方可深味其间的妙趣。而我也只是观赏了两三个小时，而且似走马观花般匆匆而行。尽管如此，已觉山中诗意沛然，玄妙无限。所以，有了不虚此行的欣慰，也有了再游此山的奢想。五莲这个不为世人多知的地方，竟有一个如此不为人们多知的胜景，而这胜景又不多为人们所观所道所写，故于夜阑人静之时，小记如斯，以示世人。

1999年8月19日晚于五莲

（载于《当代散文11家》，华艺出版社，2006年12月第1版）

# 拉车生涯

今日返归济南，没有再去舍近求远地既坐火车又乘汽车，而是乘坐了五莲直达济南的汽车。一是因为朋友再三劝告，二是下午家中还有必做的事在等待着我。在汽车上看书，便没了火车上的从容，常因颠簸令我步入尴尬的境地。

刚过诸城不久，汽车又出了点小小的故障，大家便不满地走下车来，等待再次起程的那一刻。这时，一只小毛驴驾驶着地排车悠然而来，车上的年轻人甩一声响鞭，毛驴车便飞奔地从我们身边快速驶去。

望着渐走渐远的毛驴车，自己的思绪便翻涌跳跃进70年代那特殊的生活画面。

那是一九七〇年古历七月四日的深夜，细雨迷蒙，道路泥泞。我偷偷地逃离了故乡，摆脱了对我不断升级的批判与肉体的惩罚。

因了高中同学的帮忙，我开始了拉地排车的生涯。

整整三年，我独自一人，穿行于山东、河南、安徽、江苏四省之间，历经无数磨难。有时歇足于深山旷野之中，夜闻野禽走兽的鸣叫；有时露宿于行路之旁或树荫之下，惊诧于挨身驰过的各种车辆的神速。命运给我开了一个不小的玩笑，我也给自己开着玩笑。

没了鸿鹄之志，有的只是生存下来的顽强的拼争。奋斗的目标何在？面对苍茫天穹，我摇首叹息。

渐渐地，我在扑朔迷离中又窥到了一线希望，我开始谴责自己的潦倒，开始规划那个环境下的行进目标。

“天将降大任于斯人也，必先苦其心志，劳其筋骨……”我一遍又一遍地吟诵着先哲孟子的名言。

不能爬着维续人生，必须跃身而起，昂首直面艰难的现实。

我的未来会变好，毋庸置疑！

“保住身体，学习知识，摆脱困境，以待来日！”这，便成了当时环境中我的奋斗目标。

俗话说得好：“留得青山在，何愁没柴烧。”要保住一个健康的体魄，要胸藏满腹的诗文，才能期待机遇，去迎接幸运女神的光临。

我将自己的生活安排得有条有理，不仅用汗水换回了一定的经济收入，而且学会了调剂生活，有时还买来猪肉或羊肉，自剁肉馅，自包水饺。身体没有因为环境的不好而变坏，反而格外健康。

有了身心健康做基础，便为丰富自己的文化素养而努力。夜幕降临，破旧不堪的小店里鼾声四起的时候，我却如痴如醉地迷恋于书的世界；与臭汗味浓烈的拉车夫擦肩而过时，我正背诵着意境幽远的古代诗文。

没有伙伴，也没有寂寞，只感到心里的愉悦与精神的充实。

两个春节，有家不能归。原先车来人往的公路上，节日里已是一片沉寂，而我，正在这沉寂的异乡他土上，缓缓地拉车行进，低声吟诵着古代的诗词佳句。远近的村落里，鞭炮声声，年味弥足，亲情甚笃的农民们，正团聚在自己家里，庆贺着春节的到来。

夜幕降临时，我方走进一家小店安顿下来。疑惑不解的店老板见我春节不归，独自包起了水饺，便拿出一瓶白酒，一声不响地放到我的面前，然后折身走到他的屋里。当我端起水饺时，真想将这位好心人赐予的烈酒猛喝几口，以浇灭我对亲人思念的烈焰。但我没有，我不愿接受这种无名的恩惠，也担心万一醉倒不起，影响了我雷打不动的读书计划。油灯之下，四壁寂然，我将那瓶白酒悄悄放到老板的柜台上，去诵读屈原的《离骚》。

三年时间短暂而又漫长，我摆脱了生活上的困境，也摆脱了精神上的困境。艰难困苦磨炼了我的坚强意志，读书诵诗又丰富了我的文化修养……

“上车了！”司机一声断喝，将痴痴站立在路旁的我从思绪翩翩中唤醒。我赶忙跑上车，去寻那远去的毛驴车，哪还有一丝儿踪影。多年来我已将拉地排车的历史搁置一旁，不再念及，自己的奋斗目标也早已转向了另一个层面。但是，今日忆起那段历史，仍令我百感交集，祸矣？福矣？但有一点可以肯定，不管在任何情况下，都不可没有奋斗的目标，都不可失去生活的信心与不懈的追求。如此为之，生活便会给你一个公正，给你一份幸福。

1999年8月20日下午于济南

# 寻索动物

今逢重阳佳节，决定前去济南野生动物园一游。万里无云，风丝全无，暖暖的阳光透过车窗，洒射在我们身上，有一种难以言表的舒服。久居泉城，久违了旷野山川，久违了各种各样的动物，所以汽车驶出济南，渐向东南山野行进的时候，便有了一种独特的向往。

汽车开始在山路上蜿蜒而行，山林的绿色越来越多地走进我们的视野，坐落在泰山余脉中的野生动物园愈来愈近了。只见漫山的林木与黄褐色的山土交织在一起，将晚秋染醉，将游人裹入自然原色之中。

向纵深的山中观看动物须乘园中的专车，等车的人们早已排成了一条长龙，但为了一睹奇观，愉悦心境，便毅然排在队尾。不长时间，我们后边又有了许多游人，渐渐地将队尾伸向远方。

时间过得真慢，队伍缓缓地向前蠕动着。环视左右，游人都在等待。我一方面焦灼地等待，一方面便想象出一幅新奇的画面：汽车在深山丛林中爬行，但见大象挡道，虎豹横行，孔雀展翅，百鸟争鸣。正因了这美好的想象，才有了美好的期待，而且这期待又几乎在每一位游客心里蔓延，然后又勾画出一幅幅更加诱人的奇观。

终于等到了专车，匆匆上去，便做好了近观奇景的准备。我们都瞪大了双眼，搜索飞禽走兽。可是，山太大，地太广，树太多，偶尔有几个动物出没，便很快消融在山林之中。不过，开始是进入的食草动物区，如果到了食肉动物区，或许可以看到惊心动魄的险象奇观。刚进入食肉动物区不久，便有一只憨态可掬的黑熊在路边直立观望，令我们不禁欣喜莫名。山路七转八折，崎岖难行，只见山林从车旁掠过，不见凶猛的动物出没。休道凶神恶煞的豺狼，勇敢异常的虎豹，即便庞然大物的大象，也不知躲向何方。任我们在心底呼唤，大山里的动物们还是潜踪隐形，罕有出现。先前的期待与想象，在我们的遗叹声中，悄然融进深远的山林之中，最后凝结成一串串失望的沉思。

山势险峻，林木遍地，这一天然园地确是野生动物生存的最佳场所。但绵延的山林隐没了屈指可数的动物，野生动物园以野生的林木、原始的土石构成了观赏的主要物象，即便是在一般动物园抬首可见的一般动物，在这远山深林中，也成了难得一觅的稀珍之物。回想在大连天然动物园观览时，不仅可以观览漫山的林木，更可一睹各种各样的动物，游兴始终不减，观后再让你产生重游的欲望。但这里太荒凉，太辽阔，荒凉辽阔得令你不再有重游此地的念头。

不过，此行也非全无收获，除却那种美丽的期待之外，毕竟有了走入旷野的愉悦。远离了喧嚣的城市，没有了鳞次栉比的楼房，远离了汽车噪音，仰望蓝蓝的天空，贪婪地呼吸着新鲜的空气，目遇漫山遍野的绿色，还是有了一种全新的感受。不再思考所见动物的多少，只去享受大自然赐予的清新与幽远，便又有了一种独特的享受、审美的愉悦。

1999年10月17日傍晚于济南

# 游山之乐

今天中午下榻群山环抱的五峰阁宾馆。饭后即与希明、庆祥等十人向东南山林间行进。至于风光秀美的五峰山游览区，我们决计留待明日再去一饱眼福。

山上柏树遍野，尽管没有参天古柏的苍劲，但却绿色葱茏，昭示着年轻的生气。有的地方只有一些为数不多的衰草，可谓人迹罕至的荒山野坡，透射出一种原始的冷漠。但清新的空气，却早已袭入我们的心田，使我们每一个人感到了美在心间的舒畅与惬意。

第一次小憩时，庆祥离队前行，不长时间，便消融在漫山遍野的林木中。其妻秀荣直呼其名，对着浩浩渺渺的山林呼喊。开始还可以听到庆祥的一两声回音，后来任秀荣千呼万唤，山林仍然寂然无声。大家不由得开起玩笑："是不是平时把庆祥管得太严，所以今天稍一放手，便飞得无影无踪！"

此语刚一结束，随即响起一片欢快的笑声。随后，机智的调侃便接踵而至，行进的愉悦与山林的秀色和谐在一起，进而在每一个人的心底流动起一种享受自然与放飞心灵的美感。

我们继续东行，林木的绿色覆盖了群山，厚厚的秋草又覆盖了山土。窄窄的行路上，时有山枣的荆棘对我们悄然挑衅；而几朵小小的黄花则在路边释放着鲜艳；偶有几只蚂蚱跳起，又成了我们手中的俘虏。我们于是忘了庆祥，忘了劳累，谈话中又多了笑声，笑声里又多了几分放肆。

突然，前方林木中传来了庆祥的喊声，顿时令大家一片欢笑，放飞庆祥的秀荣，终又迎来了束约庆祥的机遇。原来，庆祥已经往前行走了许多路程，并且探明了最佳路线，现在折身而回，足可成为一位优秀的向导了。于是，大家针对庆祥与秀荣，又有了不少幽默有趣的笑谈。

行走了五六里地，大家都有一种渐入佳境的感觉，登高望远，俯瞰漫山林木，可以偶见几抹红叶，生机勃勃地昭示出“万绿丛中一点红”的审美意象，带给大家惊喜，并令我们生发出感受自然原色的美感。

东行近及山峰最高处时，终因年长者体力不支而决计北拐西行下山。由于返回的路接近森林浴场，林木更加茂密，用手握一握绿得发亮的柏叶，便感到柔韧之中流动着生机无限，让你感受到自然生命在欢快地跃动，并生发出与自然碰撞的心灵体验。

渐近山脚时，一线天、白虎泉等自然景观又给漫山的绿树点燃了亮色，令我们涌起无限的遐想。在这个秀色长驻的山林中，还流传着无数优美的故事，引发着游人对它的神秘向往与新奇探索。

下午的山中之游，竟然长达三个半小时，我们在山林中行走，也与山林对话。空旷的自然山林接纳了我们，我们也融进它伟大的怀抱里。而我们这个小小的群体，也在对话，在心灵沟通，从而形成一种人与人、人与自然的和谐；而这种和谐，最后凝结成一种美，并将在我们的记忆长河中经久不息地流淌。

1999年10月30日于五峰阁宾馆

# 雨中登山

一觉醒来，已是6点多钟。窗外的雨声风声传来，令我心里蒙上一层阴影。原定今日观游五峰胜景，难道化成了泡影？推窗外观，山林之上，已经缭绕着浓浓的雾气，秋雨和着冷风，不停地侵扰着抖瑟的树木。

早饭之后，风雨仍旧，令同行的人们心中都回旋着胜景难观的遗憾，都期盼着秋雨尽快停止，但是整个天空全是阴云，绵绵细雨绝无停歇的意思。于是与希明、庆祥商定，不管天气如何，9点决定上山。

9点刚到，我们便聚集在宾馆大厅里，而秋雨一如故我地下着，完全无视我们的祈望。真可谓急中生智，我们这群未带雨具的游客突发奇想，决计从宾馆里取出淋浴帽与浴巾权作遮雨之物，去品味雨中登山的妙趣。

当我们头戴淋浴帽、身披黄色浴巾走向五峰山时，立刻成了一道诱人的风景。就连检票的人员也觉大开眼界，感到平生第一次看到了这一独特的景观，而我们彼此相望，也不由得大笑不止，因为个个犹似黄袍道士，与遍地绿色形成了一种鲜明的比照。

恰巧这里又是一个道教圣地，在观览皇宫门、三清殿遗址、碧霞殿、真武殿、三元殿等古迹之时，经导游绘形绘色的解说，感到这里的每一个景点都蕴藏着丰富的内涵，都弥漫着浓浓的文化氛围。这种人文景观与苍山翠柏等自然景观天然地和谐在一起，使五峰山有了更大的观赏价值，但最令我神往的还是五峰山的自然风光。迎仙峰、望仙峰、会仙峰、志仙峰与群仙峰，自西向东耸立在雾云环绕的高远处，撩拨着游人的攀登欲望。拾级而上，身旁便有似云若雾的物象在飘动。因了雨的冲洗，树木原始的绿色又透射出油绿的光亮，十几个同行者都因这如诗如幻的美景陶醉了。尽管有的累得气喘吁吁，有的甚至还穿着高跟鞋，但个个洋溢着喜悦，也洋溢着活力，所以登上望仙峰时，又都有了一游迎仙峰的雅兴。欧阳修在《醉翁亭记》中说“有亭翼然”，这两个山峰上的亭子便呈“翼然”之状，远观有一种腾空欲飞的感觉，近看则有飘飘欲仙的诗意幻想。

导游曾说群仙峰在五峰之东，最可观览，于是我决计一览此景，但是随行者大都已呈疲劳之状，空留心有余而力不足的遗叹了。不过，吉哲、钱雷玺、秦紫菲三位中小学生却有昂然的态势，决计与我同去群仙峰。长明的儿子年方六岁，虎虎而有生气，执意随我同行，任长明千说万劝都无济于事，于是，此行便有了六岁的最小者。岂知上群仙峰还须先下后上，近及三元殿时，方有石径向群仙峰伸展。其路虽有石级，但多陡峭而窄险，加之山势又高，走了一程又一程，几个孩子早已气喘吁吁，直喊“累死了”，并不时央求休息。冷风湿雾不时袭来，雨水冷冷地打在脸上，却都没有寒冷的感觉，几个孩子喘着粗气的时候，脸上也冒出了热汗。但沿途的山石更奇，山树更绿，道路崎岖，云蒸雾腾，奇美无比。只可惜几个孩子为累所困，山林之美已无暇光顾，只叹山道艰难了。尽管没说此行的悔意，但每一个人的脸上早已写满了后悔与疲惫。不过，大家还是登上了群仙峰，南边的山林已经全部沉浸在云雾间，或隐或现，诗意沛然。

我平时每日爬山锻炼，此时犹感体力旺盛。下山的时候，我又有了再游自然原始森林的构想。钱雷玺、秦紫菲与长明的孩子，再没了朗声的响应，再没了重游的执着，所以由长明带领，他们四人便打道回府，径回宾馆了。吉哲稍一迟疑，便下了决心，随我同行。这位身高1.6米以上的中学生，有如她父亲一般的强壮体魄，又秉承了她母亲的不苟言笑与默默无闻，呈示出一种内秀外刚的个性特征。下山时又巧遇庆祥夫妇，于是又有了结伴而行的游者。

自然原始森林异常辽阔，道路虽无石阶，却多是平坦之路，所以行走虽远，全没有登山的艰难。自然风光之美堪称一绝，可谓“这边风景独好”。雨水冲洗了森林，森林又将绿色展示给我们，一尘不染的林间，无声地流动着清新无比的空气。我们每吸一口气，都在心底荡起一阵舒畅。我们的脑清了，心静了，气匀了，连脸色也因这空气的洗礼变得红润。这种超级享受，也许只有我们几个坚持到底的人能感受到了。因为雨，人们驻足了；因为累，人们返回了。偌大的自然森林公园，就我们几个游人在享用。雨已变得细小，山风又开始吹起，庆祥夫妇便在风声中，唱起了古老的歌曲，虽不婉转，但自然而愉快，与山林的自然美色共振成一种诗意的美，令我们都感到有一种融入自然的心灵体验。

这时，我突然想到应当感谢今日的风雨，因了它，山林变得神秘莫测；因了它，才有了我们寥寥数人独享其美的机遇；也因了它，我们有了一种超然尘上的空灵的感觉，所以尽管到达山脚时已经12点钟，我们依然有一种乐而忘返的游兴、有一种余韵未歇的诗意在心中流淌。

1999年10月31日于济南

（载于《当代散文11家》，华艺出版社，2006年12月第1版）

# 雪中登山

6点5分走出家门时，老天爷给了我一个始料不及的惊喜——白雪皑皑，覆盖了整个大地，细碎的雪花平整地铺展在行路上，每一脚踏上去，都感到松软而柔美。回首一望，竟已经留下了一串清晰有序的脚印。

每次都从名士山庄的大门进山，而且大门早已打开，爬山者也已陆续向山里行进。可是今天的大门紧关着，门卫在没有灯光的传达室里做着美梦。我只好翻门而过，向佛慧山挺进。

山里静极了，山风很小，原有的山路被一夜白雪装扮得洁白如玉。我得意于独自一人而行，得意于无人先我而行，我的每一次抬脚落地，都在平展的雪路上留下第一个先行者的足迹，前望后顾，便欣慰异常，以至窃笑不已。尽管雪花不时洒落到我的脸上，甚至悄悄钻进我的脖子里，但很快为我的温热所融化，不感到寒冷，只感到诗意盎然，趣味无穷。

古人用“忽如一夜春风来，千树万树梨花开”来形容雪后的美丽景观，真可谓绝妙之至。原先遍山的柏树，绿色中又多了朵朵白雪，将初春的佛慧山装点得分外妖娆。雪美化了山树，也压低了树枝，常在行进途中与我不期而遇，给我的脸部与脖颈送来比飘雪更多的凉意。大自然便是在这种不经意间，给你开着一个又一个不大不小的玩笑。

半山腰上有一片长方形的平地，那是一群老人几经修整，方才形成的打太极拳的地方。平时他们起得很早，四五点钟便已人影晃动，而此时只有那白雪在无声地等待。我踏上去，转了一圈，用脚印给这里划了一个椭圆，意在给后来的锻炼者一个意外。驻足北望，泉城尽收眼底，黎明前夕的泉城也许是因了雪的漫天翻卷，失却了昔日灯光辉煌的壮观，只有几处不亮的光线在雪中瞌睡似地闪烁着。

继续前行，四野阒然，没有了往日此起彼伏的呼啸声，也没了登山者边走边谈的说笑声，就连路两旁的衰草与落叶小树，也只是在无声无息地挣扎着。黎明前的黑暗与初下的白雪里，只留下我那脚踏雪地的声响，我独享这片雪的纯洁，独享这份山林静寂的美妙。

至开元寺时，那尊既威严又慈祥的佛像依然端坐在石龛中，雪花没有靠近他的躯体，只在人们膜拜他的地方铺成白色一片。这里已没了庙宇，石基尚在，不知何时方可修复。

每次爬山至此而返，今日亦然。但开元寺下一小段较陡的山路，在今天上山时便令我感到行路的艰难，下山尤其难行。以前下雪时曾在此处摔倒多次，此次下山应当更加小心。本来是另有好路可行，但愈是难行，也愈充满了诱惑，所以下山时充满了探险的喜悦。我用手抓住一个树枝，然后再转换成另一个树枝，以防脚下打滑。可是，其间在我用手去抓另一树枝的刹那间，脚下一滑，屁股早已着地，哧溜一声，便仰面朝天地滑将下去。领口里，鞋子里，已经灌了不少的凉雪，顷刻又融化成凉凉的水。左顾右盼，竟无一人，只有静静的白雪在那里静静地观赏。

我上山时的脚印已蒙上了一层薄薄的雪花，与下山的脚印已有了明显的不同，偶有鸟儿惊飞，便将树上积存的雪花抖落，纷纷扬扬，簌簌落地。山腰下已偶尔传来登山者的叫喊声，天也渐渐亮了起来。

到半山脚那块长方形的平地时，已有一人在用心地扫雪；再往下走，已有三位登山者拄杖而上。不用多长时间，一些打太极拳的老者又要踏雪而来了。

回到家时，雪花依然飘着，头发湿了，上衣湿了，鞋子湿了，就连袜子也湿了，但久驻在胸中的愉悦却还在蔓延着。

雪真美，雪中登山更美。

2000年2月7日早于家中

# 再去梁山

我这次去梁山，是去寻觅当年梁山好汉的踪迹，去感受那“替天行道”的人生况味，所以小车一驶出济宁，大家关于水泊梁山的议题便再也挥之不去了。我的思绪，却不时地飘然其外，悄然去耕耘另一番真实故事的土地。

那是1973年初春，我在河南等地拉地排车两年之后，终于在宋江故里郓城南关石灰店有了一间属于自己活动的小屋。固定的“工作”，便是用地排车为这个店拉运石头。

固定的住所与“工作”，令我心满意足，也使我懂得了珍惜。星光满天时，我已拉起地排车向梁山快速行进。每天要经过当年朱贵所开酒店的拳铺村，并到梁山南麓去装运石头。锋利的石刃曾不止一次划破我的手指，但望望耸立于头顶的梁山主峰，想想那些叱咤风云的一代豪杰，我便默默地撕块破布将手包上，继续去搬装那大小不等而又颇为沉重的石头。当时我并没有因生活的艰辛而怨天尤人，甚至为自己幸免于大难暗自庆幸。我常想，八十万枪棒禁军教头林冲，遭人陷害被逼上梁山；我一区区无名小卒，有暖身饱腹之固定“工作”，偶有小灾小难，又何足道哉？于是，我在拉起地排车与梁山告别时，宛如与已逝好汉进行了一次对视与握手。笑着，想着，我一步一步地走向郓城，直走得夕阳落山，星光再现，一直走到那个属于自己的小屋里。

这一走，走得我双脚生茧，走得我双腿生风，走得我与梁山别情依依，走得我与郓城情意绵绵。

今天小车从梁山南边急驰而过时，犹有昨日如梦、恍若眼前的感觉。梁山无声地在原地站立着，在世事沧桑、物是人非之后，依然苍劲雄健，英姿不减当年。

我没有再到自己去了数百次的地方寻找旧时的行踪，那里的山石已因看惯了太多的秋风冷月、丽日春色而将我忘掉，没有感时伤怀的泪水，只有老子般的理性与冷峻。

我们的小车也没有停，不长时间便到了梁山北麓，也就是梁山游览区的入口处。梁山已是遍地的苍柏，这都是50年代当地老百姓栽种的，尽管没有高耸入云的雄劲挺拔，却也绿色宜人，生机盎然。拾级而上不长时间，便是一条以土为主的山路，夹在丛丛柏树之间，绵延着伸向山顶。据说，这便是当年梁山好汉行走之路。不过除了传说中孙二娘一个深深的脚印外，再也见不到好汉们的任何足迹。但走在这条路上，可以想见昔日那一双双硕大有力的脚印叠印在这条山路上时，曾掀卷得尘土飞扬，是何等的豪气冲天。我们不由得浮想联翩：自己的脚印是否已经与手持禅杖的鲁智深的脚印相重叠，也许林冲火并王伦的血就在这里流淌过。黑旋风李逵的塑像赫然独立，双柄板斧不知杀了多少贪官污吏与无辜之人。黑风口在春意融融的阳光下，风声阵阵，直刮得尘土飞转，凉气飕飕，而忠义堂前“替天行道”的杏黄大旗，在风中飘展出一派浩然正气。忠义堂里居中所坐的宋江，是善是恶，是成是败，是功是过，令后人千般评说。

告别三十六名天罡星塑像之后，我们便谈笑风生地向山下走去。这时不知谁唱起了《好汉歌》，雄壮而苍劲，在山间盘旋，在林中回荡。我想，权当我们走了一番好汉路，过了一番好汉瘾，作为此游一个余韵徐歇的结局吧。

岂不知梁山之游并未结束，它一直绵亘到中午的酒宴上。

梁山好汉是大碗喝酒，大块吃肉。中午的猪肉、驴肉、牛肉块块硕大，而一个个黑色瓷碗便是专用的酒杯。盛情难却的我们，也只好与热情的主人一样端起黑瓷碗，把将近及半碗的烈酒和着一番豪情一饮而尽。久与白酒“拜拜”的我，也许是受了好汉们的感染，一碗又一碗地喝将下去，只喝得满面红光，粗声大嗓，斯文扫地，烈酒在胸中激荡出慷慨与悲壮。主人说，游梁山不喝梁山酒，难有真正当一次好汉的感受。但习惯了细瓷小杯与啤酒、红酒的我们，在主人的步步逼攻下，只好宣告败北，在好汉酒面前没了好汉的海量与气魄。

与好汉路、好汉酒先后告别，要说声与朋友再见、与梁山再见了。梁山的街道并不十分繁华，但毛驴驾驶的地排车却又一次闯入我的视野。17年前，我曾有过无数次登临梁山追思英豪的梦想，但拉排车的“工作”不容许有闲情逸致与游玩的奢想。今日夙愿方才得以实现，但以前的那段与梁山的情缘，一直在我的心间徘徊着。

2000年3月18日济南家中

# 孔庙：孔子的思想无处不在

每次游览孔庙，都有一种朝圣的感觉。对于孔子的敬仰，始于我的一位启蒙老师，他怀着很深的敬意说过这么一句话："中国两千多年以前出过一位大教育家孔子。"当时，我们这些见识短浅的农家孩子，心中的偶像便是自己的老师。老师对孔子佩服得五体投地，我们对孔子就只有高山仰止了。后来我便逐渐地去关注孔子，尤其是1980年在曲阜师范任教后，几乎每天都要到一墙之隔的孔庙去。坐在草地上，背倚古柏，悠然地读着圣贤书；有时则伫立于古碑之前，品味那苍劲的笔法中所蕴藉的儒家要义。

今天从南门走入孔庙后，苍柏依旧，古碑默然如初。我所倚过的古柏，所认读过的碑文，在我看来还是那么亲切，与之有一种内在生命的对话。"子在川上曰：'逝者如斯夫，不舍昼夜。'"《论语》中孔子这一具有哲学意蕴的话语，在我的心底顿起波澜。离开曲阜到省城工作，已经17年了，但却犹如弹指一挥间。人的一生没有几个17年，不管你如何"不知老之将至"，自然法则一如故我的执法如山。但孔子的思想，却在一轮又一轮坐观冷风秋月的老者飘逝后，如强劲之风，吹进国人的心扉，甚至吹到异域另种肤色人种的心灵深处。我们常说，思想超越时空，具有永恒的特质。孔子的思想便如是。

有了这种感情与思考之后，观看孔庙的桥石、草木、建筑、碑文等，便感到孔子的思想无处不在，尤其是杏坛与大成殿，总感到它们以另一种形态昭示着孔子思想的永恒。当年孔子设坛讲学，弟子三千，贤者七十有二。谁敢说你所站立的地方，没与孔子或其弟子的脚印重叠过？有意乎？无意乎？偶然乎？必然乎？此时此地，休说仁者智者，即便受过儒家思想熏陶的游者，都会产生一种激动与思索：在承继优秀传统文化方面，我们该如何无愧于炎黄子孙？这时候，巍巍壮观的大成殿，似乎正在俯瞰你的心灵，并传递出孔子的古远声音："听其言而观其行。"因为世事沧桑，它目睹了更多的人间悲喜剧。前来朝圣的帝王将相、达官贵人，有真心真意真学识者，更多的则是"金玉其外，败絮其中"。因此，我总认为，以不仁人之心来求仁，这是一种缘木求鱼的滑稽。

导游小姐给我们讲了许多孔子的史事与传说，但那只是一种浮于表层的戏说，不是从本质意义上去吸纳与承载孔子的思想。在她侃侃而谈时，我常用《论语》中孔子之言给她做些必要的纠正与补充，目的是不至于让孔子的思想在她的笑谈中流失，使我的客人如一些游人般疏离了这种文化的要义。好在我的客人对儒家文化颇有研究，也不由自主地做些恰到好处的阐释。所以，此次孔庙之游，使我们在挥汗如雨的燥热中，有了探究儒家文化的收获。

2000年7月23日晚于泰山华侨大酒店

（载于《中国教师报》，2007年1月10日，第1版）

# 幽雅的后石坞景观

今日登临泰山南天门时，时间刚过8点。清凉的山风迎面吹来，犹如置身于初秋季节，天高云淡，绿树在起伏的山隙间挥洒着生命的原色。信步天街，欣赏美景，心里顿生一种特殊的愉悦与轻松，而到日观峰泰山极顶览胜时，更有了以往没有的审美感受。尽管正值炎热的夏天，旅游的旺季，泰山还是给了我们一个明丽的心境。

而此次之游最令我们难以忘怀的，是在后石坞索道东丛林小路边的坐而论道。尽管已到10点，但阳光被浓密的树叶挡在外面，凉风从山涧林隙间轻轻吹来，直吹得我们神清气爽、心畅意舒。任何空调、任何氧吧都不会有这种带有自然原味的清新空气。加之带来一个在冰箱放了一夜的西瓜，取刀切开，鲜嫩的红瓤中透出丝丝清香；取瓜入口，凉气甜气，与清凉的轻风一起，舒服到我们的心里。大家都说，这里是今年所处的最好的环境，吃的是最好的西瓜。在济南每早爬佛慧山时，每每感慨于山林空气之清，环境之美。但到这里一坐，方知真正出自自然原色的空气环境。人是属于大自然的，人的内在结构也是一种自然形态，在这里，内外自然才是真正地和谐为一了。自然之美与内心自然之美，真真正正地将我们推到一个幸福的乐园。

吃过西瓜，便自然地谈起泰山。作为五岳之首，泰山是自然景观与人文景观的和谐。其自然属性是美学中的崇学壮美，人文景观与自然属性有着同等的美质，只不过它以文字的形式，将其特色与历史镌刻在了饱经风霜的石头上，向来自天南地北的游人默默地诉说着它的过去、今天与未来。尤其是大观峰巨石壁上的《纪泰山铭》，笔法遒劲有力，内容气势恢宏，令无数文人墨客竞折腰。

大家又由泰山谈到孔子、老子、庄子、孟子，谈到秦始皇、李斯，讲到古今战争，而后又归拢于泰山个性与泰山文化。一位对泰山颇有研究的导游也不由得坐在地上，与我们一起谈论泰山文化，共论儒释道三家文化。泰山似乎在听着我们谈天说地，悄然将更加清新的空气、更加怡人的爽风阵阵吹来，直吹得我们思接千载，口若悬河，吹得我们如痴如醉、乐而忘返。

恋恋不舍起身而行时，已是11点多钟，踏入归途中的话题，依然是壮美的泰山。彼时彼地的审美感受，竟如《纪泰山铭》一样，镌刻在了我的心里。

2000年7月24日晚于家中

（载于《当代散文11家》，华艺出版社，2006年12月第1版）

## 刘公岛，让我们三缄其口

这次重游刘公岛，随行的有一位年仅16岁的小客人俞子舒。他刚刚初中毕业，对历史与军事情有独钟。在甲午战争博物馆和甲午海战馆观览时，有时听导游讲解，有时也与俞子舒交流看法。惜言如金的他，常常是寥寥数语，便将这场战争勾画得入木三分，让你感到那是一个独特的视角，一个对甲午海战的全新诠释。这令我突然想起孔子之言：“后生可畏，焉知来者之不如今也。”有了俞子舒的参与，对甲午海战的认识，我便有了或超越既往或有异于先前的看法。

甲午海战演奏的是一首壮怀激烈的悲歌，丁汝昌、邓世昌等临危就义的英雄气概，既履行了他们与阵地共存亡的誓死诺言，也淋漓尽致地张扬了一种民族精神，还昭示出一种崇高的民族文化。英烈已逝，浩气犹在，迄今仍激荡着国人的爱国之心。

当时北洋水师号称亚洲第一，世界第四，却在日军的突袭下，全军覆没，这又是一个巨大的悲哀。其间深层的原因何在，不能不令我们深思。如果从慈禧太后挪用军费建造颐和园这一人人皆知的原因再行探究的话，便可以看到一个令人震惊的现实：这位骄奢淫逸的皇太后之所以颐指气使，政令畅通，指挥了百官，而且也愚弄着全国人民，除其自我构建了一个势力网外，皇权政治、封建统治，是其为所欲为的一个坚实的政治基石。如果是在一个法制健全的民主社会里，不仅她的皇位难保，而且如此大肆挪用军费也绝不可能。休说丁汝昌们的壮烈殉国，以后的维新变法失败，谭嗣同的被杀，也都因为有一个皇权政治支撑而得逞。中国常以两千多年的历史文明而自豪，但却很少有人因有了如此长期的封建统治而汗颜。

另一方面，慈禧太后、大臣们，甚至将士们、国人们的闭关锁国、妄自尊大，也是失败的原因之一。当时真正展望世界、感到危机的人微乎其微，中国水师的亚洲英雄，使人们有了一种盲目的乐观。盲目的乐观，又导致了政府的懈怠，乃至将士的松弛。我方船舰行至日本海域时，将士们的衣服乃至裤头悬挂在船上，令日本人感到这是一个没有准备、缺少斗志的部队。日本人有了打胜仗的心理优势，更确切地说，我军的松懈，给日本人的进军寻得了内在的依据。

我还想对丁汝昌、邓世昌等将领们说上几句，这可能会惹恼国人，但事实却不容回避。一些家眷移至军中，军人半数归家去住，古往今来任何常胜将军治军都是严肃纪律，绝不会是这样一种形态。尽管海战时有前仆后继之勇，但长久的非军事化训练，不可能在一夜之间成为克敌制胜之师。我总感到这场战争打得精神准备不足，行为准备不足，物质准备不足，有仓促上阵的感觉。在战争中，农民的义气莽动多于军人的训练有素。日本水陆两路进军，是在研究了我方军力、地形之后采取的战争方略，而我们的统帅却始料不及，说明对此很少进行过研究，更不消说士兵了。尽管丁汝昌等人有了“三军可夺帅也，匹夫不可夺志也”的人文精神与仁勇品格，但却无力扭转失败的战局。

人所共知的失败原因还不止一端，但仅此几条，足可以令我们徘徊复徘徊，忧思复忧思。我与俞子舒从黄台炮台踏着夕阳的余晖返回时，都没有一句话语。甲午海战对我们心灵的挤压太重，在触摸这段屈辱的历史时，在心潮澎湃不已之后，凝重的思考已悄然锁住了我们两个人的嘴。

2000年7月26日晚于文登市昆嵛大厦

（载于《当代散文11家》，华艺出版社，2006年12月第1版）

# 青岛速写

此前曾到过几次青岛，但都因工作过忙而未能端详这座岛城的风貌。今日下午有了空暇之时，也有了悠闲的心情，方得以到几个景点观览。这才发现，它是如此的美，如此的富有韵味。

岛城的树木多而繁茂，而且生机无限，绿色怡人。无论是在马路上信步闲游，还是坐在汽车上左顾右盼，绿色随时都会走入你的视野。也许是海洋气候润滋了这些树木，每片树叶都绿得油亮，仿佛一个个生命体在欢快地跳跃。它们或高低不一、连成一片，静静地穿插在高楼矮楼之间，无声地流泻出生命的原色。有的虽仅几株，却倔强地挺立在路边，与树下默默无闻的小草藤蔓共同构筑成和谐的绿色。尤其是八大关，一条路上一种树木，每种树木都因其特色独具而呈示出浪漫的色彩。据说春天时节，芳花绽露，或香溢四处，或落英缤纷，将这一方之地装扮得美不胜收。现在是盛夏时节，没有了花香，但绿色将其各自的个性张扬得更加动人，它们都向行人挥洒着清凉，并向人们昭示出生命美好的要义。几座旧式洋楼时隐时现，在绿色一片中透视出别样的韵味。有的地方则是大片大片的树林，悄悄地延伸向远处，让你感到这座现代化城市因其幽雅而更具特色。

我很欣赏这座城市的建筑美，错落有致而又特色各异，颇富洋味而又不失青岛本色。它们不重复自己，也不以方方正正的传统形式存在，而是以新奇、美丽与富有情调取胜。不少楼房具有一种特殊的异国风味，但似乎比异国楼房更有个性，因为岛城人的审美追求已融入这些建筑中，中西合璧而又张扬了一种创造力。我感到，这些楼房辐射出青岛人面向世界与未来的理念，流淌着一种自豪感、幸福感与审美情调。于是我不由得想到，青岛人因其环境之美而生活充实、心理愉悦、精神焕发。现在如是，未来更美好。

青岛第一海滨浴场在看惯了秋月春色与目睹了游人如织之后，依然以其博大的胸怀、美丽的形态，接纳着四方游客。一湾海水很平静地躺在那里，与渤海深处的风高浪急形成两个审美形态。它亲吻与爱抚过千千万万的游人，也为游人所亲吻与爱抚。爱，在无声地维系着海水与游人的关系，给海水注入高级动物的生命，也给游人无私地奉献着幸福。人们或在海水中游嬉，有近有远，有仰有俯，有快有慢，享受着与大自然亲和的愉悦。有的人干脆躺在柔软的细沙滩上，甚至还将些许沙子漫无目的地洒在或黝黑或白皙的身体上，双目闭着，一动不动。你一定认为他们已经步入梦境，而且那梦很美很甜。其实，他们并没有睡，只是以这种悠闲的方式，幸福地感受着海滩沙土触摸的美。这里比独步山林自然多了几分喧闹，但也多了几分闹中取静、闹中怡神的乐趣。

对于五四广场，我还是第一次领略它的风采，而且旋即被它的魅力所征服。它的北边是座座高耸入云的现代建筑，巍峨、壮美、大气，让你感受到青岛人的现代意识与不凡志向。南边是一望无际的大海，让你联想到青岛人面向世界的博大胸怀。就在这楼房与大海之间，辟一块不小的地方，植草种树，立上一些具有人文色彩的雕塑，将属于大自然的大海与显示人的伟力的建筑连接起来，形成了一种特殊的过渡。现代人在紧张工作之后从大楼中走出，踏向广场，心情豁然开朗，再瞩目大海或走向海滨，便可以将一天的疲劳冲刷干净，以另一种情调去享受另一种美。

观游这些地方，仅用了一个多小时的时间，总感到走马观花，只看到了岛城的表层美。如果用更多的时间去作深层次的审视，那将会再现一个意蕴丰厚而又美丽四射的岛城形象。

2000年7月27日晚于青岛教师之家

（载于《济宁日报》，2002年3月17日，第2版）

## 崂山：自然与文化的融合

这次游览崂山，没有登临它的主峰，只是从太清宫上面从容走来。一段不长的山路，在林木掩映中蜿蜒而下。山上林木葱茂，品种繁多，疏密相间，高低不一；而且绿色也浓淡相宜，别具色彩。林间有奇花异草，虽平贴地面，却与林木一样散发出自然的芳香，昭示出原始的美丽。抬首望山，只见奇石突兀，怪石嶙峋，林木绵延不断。我为山石之奇所吸引，它们大都近似于圆形，有平滑的视觉感。也许若干万年之前，崂山原在海底，后因地壳变化，浮出水面。原先被海水冲刷的山石，便有了今日的奇状。所以，举首抬足，左顾右盼，都感到自己真正地走进了自然的腹地，都在享受着自然的无私赐予。

正行走间，突然听到几声稚嫩但却不大的叫卖声。原来，路旁摆了一个不大的摊子，一个十多岁的女孩，正在那里卖着崂山特产。一眼便可以看出，她是经营此道的新手，全没有南方辍学之后卖惯了商品的儿童的放肆。她在我们走近她时甚至有了几分局促，喊声不大，叫了几声便又停下。一问方知，她是附近一所小学三年级的学生，暑假期间，卖点东西，赚些钱，用于开学后的学费。不远处还有一个女孩，与其有着共同的表现形态。她俩的皮肤微黑，透视出健康与质朴。这令我生出几分怜悯与敬意，为了求学，她们勇敢地迈出了这一步。走不多远，迎面走来两位少年，他们每人拿着一叠报纸，皮肤黑黑的，带几分羞怯，也弥洒着朴实，与刚才见到的两个女孩如出一辙。他俩是初中生，暑假卖报，同样为的是开学后的学费。我们买了两份报纸，他们便轻声地说着“谢谢”，又继续前行。农村的孩子确不容易，他们在这么小的年龄，便迈出了自我生存的一步。暑假刚开始时，我的二女儿要去打工，我阻止了她，理由是学习外语，以防开学之后的外语班落下课程。其实，打工何尝不是学习呢？让她体味挣钱的不易，感知劳动的艰辛，也许并不比学习外语收获少多少。

到太清宫时，已经将近11点了，但空气凉爽，很是舒服。据导游小姐讲，这里属温带海洋性季风气候，冬无严寒，夏无酷署，全年平均气温12.6度。同时，这里还有浓郁的人文色彩，自古便有“道教全真天下第二丛林”的美称。正因其美，这里在历史上曾经演绎了佛道之争的故事。名僧憨山曾于此建过海邱寺，意欲将道教逐出此地。于是纷争诉讼多年，经御批方还归道家。名道邱处机、张三丰、徐复阳、刘志坚、刘若拙等都在崂山修过道，蒲松龄还曾于此写过《崂山道士》等脍炙人口的佳作。所以，崂山道教有了名扬天下的美名。道教自然少不了老子塑像，额头凸出，白髦飘胸，有着不俗的智者风范。想想老子《道德经》开卷之作的“道可道，非常道；名可名，非常名……”，便感到道家思想的深奥绝妙。前几天曾去曲阜朝圣，在那里感受儒家文化的熏陶。以前还在千佛山听过曾为少林寺高僧的永定法师高谈阔论《逍遥游》，那真是一个至高的境界。当时曾想，佛家高僧在佛家圣地高讲道家经典，真有佛道合流的感受。而孔子曾说过：“述而不作，信而好古，窃比于我老彭。”儒家先师以老子自比，足见儒道两家早有相通之处。因此，我总感到儒释道三家各得其妙，而且很少抵触与斗争，这成为世界罕见的一个文化景观。崂山有一段佛道相争的历史，是奇谈，已成历史，而且再未重演。因为中国文化是一个多元的文化，有冲撞，更有融合，这也许是历千年不衰的重要原因吧。

崂山三面环海，背负平川，人文景观与自然景观各有其独具的特点，所以引得游人如织，也就成其自然之势了。

2000年7月28日晚于青岛教师之家

（载于《中国教育报》，2001年11月27日，第7版）

# 湛山寺里寻境界

因了崂山的遐迩闻名，道教也定格在游人的心目中，而坐落在青岛市区的湛山寺，却鲜为外地游人关注。如果稍微了解一下它的历史，仅弘一法师在此授过课这一特殊历史情境，就足以让它光辉得流光溢彩，让远道而来的游客因与之擦肩而过终生遗憾。

弘一法师是我心目中的偶像，他的出家，他的才识过人，他的超尘脱俗，他的溘然长逝，都有着太多的特殊，充满了神秘色彩，以至有关他的一些研究，迄今仍是一个不解的方程，所以对于湛山寺，又多了一份特殊的兴趣。想当年，他的讲学弘法，成为青岛的一大文化景观，赫赫大名的青岛市市长几次宴请，都被他拒绝了。他保留了出家人的平静与淡泊，以及不与权贵为伍的超然情怀，为佛学界与青岛历史谱写了一卷明丽的画卷。令我多了几分敬意，多了几分激动。

湛山寺的监院心健法师是我的本村老乡，从南京佛学院毕业后便一心在这里学习佛法。今天下午拜见他时，他正在房前小院里干活，见我到来，甩下工具，便将我们带进他的寝房。刚一坐定，有关佛教的话题就自然而然地展开了。他很自豪地讲起这里的开山祖师倓虚法师、近代高僧弘一法师，以及现任住持明哲法师，进而讲到全国的一些名寺古刹，讲到在此修行的心境，以及生活禅的为人关注等。他谈得十分从容，笑得也很自然，我们彼此都有“他乡遇故知”的愉悦。记得当时我入大学时，他还是个十多岁的孩子，一晃二十多年过去了。他留住了儿时的纯静，又有了另一份淡定与从容，在这个特殊领域里耕耘着另一种收获。

人有各自的追求，也有各自的生活方式，而佛教的淡泊名利与宠辱不惊，当是我人生追索的一种境界。临别，他送给我《金刚经》等一些佛教书，令我欣喜莫名。许久前便想认认真真地诵读《金刚经》了，由于这一段时间重点攻读《论语》而将它搁置下来。今日也许是个因缘，为我了此夙愿做了铺垫。读余秋雨先生的散文，知其很小的时候便已将《金刚经》倒背如流；李敖的《北京法源寺》写得大气磅礴，其间透视出其儒释道文化的深厚底蕴。当今不少人短视与浮躁，为升官奔波者有之，为逐利奔波者有之，为求名奔波者有之，而以一颗平常心面对纷纭万变物象者少之。静下心来研读一下佛教文化，悟出一些禅的要义，也许可以使人们从浮躁不安走向安适静雅。

离开湛山寺时已近下午5点，几十位法师正在大雄宝殿里齐声朗诵佛经，余音缭绕，使这个静寂的寺院弥洒着一种浓郁的佛教文化氛围。我想，对于中国传统文化，如果从积极的态度与多视角去审视它，便会发现它是如此博大精深，玄妙有趣。

2000年7月29日晚于青岛教师之家

（载于《中国教育报》，2003年7月15日，第5版）

# 触摸岛城自然生态

今日下午来到青岛，晚饭就安排在靠海的一个渔村里。饭馆一点儿也不豪华，甚至有些土，但不大的院子里却停放着几十辆轿车，悄悄地昭示着“酒香不怕巷子深”的古有道理，以及现代人追索原始风尚的心理。上楼走进用餐的房间，可以遍览窗外的一切风景。近处有十几艘打鱼归来的渔船，静静地湾在一片不大的避风港里。远处便是一望无垠的大海，海风徐徐吹来，满身清爽。多天来在济南被“热笼”蒸惯了的我们，不由得为这天壤之别的气温惊叹不已。

吃的尽是刚刚从海中捕捞而来的鲜活海货，令久违了这美味的我们胃口大开。尤其是两个不小的黑铁锅里各盛了一条十余斤的海鱼，又鲜又香的鱼肉的气味不绝如缕地飘洒在房间里，致使我们未曾动筷便已垂涎欲滴。肉一入口，顿感美不胜收，鱼肉鲜嫩，鱼汤微辣，愈吃食欲愈好，肚子虽饱但手难停筷。这种餐具与吃法，不时勾起我儿时的回忆，将我带进遥远的故乡，带进那鱼肉飘香和炊烟袅袅的梦乡里。

晚上下榻于裕龙大酒店，面向大海，三面环山，开窗有阵阵清风袭来，关窗亦有适宜气温相伴。远离了喧闹的城市，也远离了烦琐的事务，有一种超然尘上的飘逸感。想到入住酒店前看到的青山绿水，便决意到外面去感受一下这世外桃源的况味。于是怡然走下楼来，独自在院子里漫步缓行。山上的草木休眠似的静无声响，也静无声响地散发着泥土的芳香，只有不知名姓的虫子在轻声絮语与鸣唱。不知不觉走出院外。不远处，白天尚“惊涛拍岸，卷起千堆雪”的大海已经平息了怒吼，只是轻轻地叙说着海水深处的奥妙。这令我想起了老子所言“飘风不终朝，骤雨不终日”的哲语。只可惜老子当年没有见过大海，不然，他会为此发表许多“前无古人，后无来者”的精彩之语。不过，另一道家智者庄周之“望洋兴叹”的寓言故事以及凝聚而成的这一成语却传流千古，在思想上给人们以哲学的启迪。如此良宵，这般佳境，岂有不流连忘返之理？东行十来里即是闻名遐迩的崂山，令我念起昔日之游的许多趣闻与遐想。南面平静了的海面上，有三五船只的灯火在闪烁，给本就神秘的大海披上了一层捉摸不定的色彩。大自然有无数未解之谜，也有无穷无尽的美，令现代的人们开始做起返归自然的梦。人本来就是属于自然的，亲和自然，与自然构成一种和谐，人的心境也会明丽起来。

白天劳顿，明日还有很多工作要做；况且明晨5时还可临海傍山而行，这比往日在家时每天的登山锻炼将增添许多生趣。想至此处，便与大海、山林依依惜别，重返斯人独在的房间。一按电源开关，屋内旋即洒满了柔和明亮的光线；一按电视开关，一个外国故事片顷刻映入眼帘。现代科学给人类提供了更加美好的生活空间，也提供了各种便利条件，甚至了解世界许多信息也不费吹灰之力。如果真的要谁走进纯自然的生态中，拒绝当代文明，钻木取火，茹毛饮血，大概大都望而却步吧。如果既有现代化的生活条件，又能够经常身处自然美景之中，当是一种理想的生活方式。想到此行可以安然地在这种“理想”环境中小住数日，便有了一种欣慰莫名的感觉。以至灯下撰写此文时，依然有一种陶然自乐的情怀在心胸徘徊不去。

2001年7月4日晚于青岛裕龙大酒店

# 篝火前的诗赛

我采写的《腹有诗书气自华——苏静老师与青云斋、兰若轩的诗词情绪》不久前传真到中央电视台《当代教育》栏目后，很快便被选中。这为我和苏静共同送来了一份欣慰与喜悦。前天编导嘉艺和摄像江波已到青岛，随后便进行了紧张的拍摄工作。今天嘉艺有一个新的创意：在第四海水浴场拍摄青云斋十大才子与兰若轩十大才女的诗词比赛的场景。

傍晚，夕阳的余晖洒在一望无垠的大海上，坐落在对面海滨的一排排欧式建筑的小楼，静静地沐浴在这美丽的晚照之中。小楼后面，便是错落有致、造型不一的一座座高楼大厦，气势恢宏，呈示出一种现代都市的壮美。它们与浩渺的大海、细软的沙滩、绿色的树木，共同构成一幅特色独具的风景。

江波显然是被这美丽的景色陶醉了，镜头不断地转换着。突然，他的脸上更加生动起来，镜头定格在临近海水沙滩的一位窈窕少女身上。英雄爱美的江波这才发现，竟是嘉艺！她拖着长长的裙子，凝神眺望着大海的远处。她的脸上流溢着一种淡淡的忧思，又保留了纯清少女的秀丽。也许是这特殊的美景触动了她的多愁善感的心弦，才有了如许的诗意情调。江波顿生感叹："这不正是诗词比赛的一个诗意的序幕吗？"他迅速地抓拍着，以使这一生动的情状化作艺术的永恒。直到青云斋的十大才子与兰若轩的十大才女已经围成半圆形坐在沙滩上时，他才意犹未尽地将摄像机移转过来。

孩子的前面不远处，有一堆隆起的干柴，是夜幕降临时用作篝火的。此时此地，一场特殊的诗词比赛已经悄悄地拉开了帷幕。这时候，著名小诗人老咪已应邀而至，苏静老师请她担当比赛的裁判，她便当仁不让地满口应承下来。第一轮由苏静老师出题，要求以“明月与江海”为题材，青云斋与兰若轩双方都要背出相应的诗词佳句。青云斋斋主纪建辉与兰若轩轩主王晨燕先后背诵诗词之后，其他高手也一路杀来。明月、大海与江河，成了古代诗人抒情写意的审美客体，也为小才子小才女挥洒诗意的背诵提供了美妙的载体。加之老咪诗情洋溢的即兴评说，使此地此时此景更加充满了诗情画意。

这时候，篝火已经点燃，大海的波涛有节奏地拍打着沙滩，与这诗意的物象构成一种独特的意境。苏静老师坐在青云斋与兰若轩的高手中间，满脸被篝火映得通红。她一边胸有成竹地指挥着比赛，一边口若悬河地作着恰到好处的评说。其高雅的素养与非凡的才华，因了这场特殊的比赛被演绎得淋漓尽致。第二轮比赛的项目是背诵长诗《长恨歌》，青云斋的“剑客三侠”与兰若轩的轩主王晨燕入乎情中的背诵，使我们不由得有了情肠百转的感叹。

夜色渐浓，篝火未息，赛事正酣。苏静老师突发奇想，要老咪为孩子们命题作诗。老咪略一思索，便笑道：“如此良宵，又有大海在侧，篝火相伴，便请各位诗界高手以‘火与海’为题，赋诗作词，一试高下。”随后，苏静老师宣布：“限时两分钟，过时不候！”趁着篝火的光亮，小诗人们稍作思考，便铺纸挥笔，刷刷地写了起来。

海水轻轻地吻着细软的沙滩，篝火熊熊地燃烧着，一切都归至宁静的海滨夜色之中，似乎万世万物都为这些孩子的诗意陶醉了。

“时间到！”苏静老师清脆的声音划破了短时的静寂。

青云斋斋主纪建辉犹如听到命令一般，朗声诵读起了自己的诗作，兰若轩轩主王晨燕也不示弱，用两首《十六字令》与之竞争。随后小诗人们一一闪亮登场。苏静老师的指挥若定与妙语迭出，以及老咪精到的点评与适时的判分，又使这一比试有一种高手云集的紧张感。

时间已经8点多钟，篝火渐渐熄灭，20名小诗人明早还要上学，比赛只好在高潮时便宣告结束。这时，老咪从容地走到孩子们中间，轻轻地唱起了自创的歌曲，清丽的歌声就在这美丽的夜色里回旋，不绝如缕地飘流到我们每一个人的心里。

这次比赛兰若轩虽以76.5分屈居亚军，但与青云斋的男孩一样，幸福与愉快清晰地写在她们每一个人的脸上。胜负乃兵家常事，输赢绝非比赛的终极目的。还是“腹有诗书气自华”的苏静老师说得好：“在这充满浪漫情怀的海滨之夜，我们为拥有这分弥足珍贵的诗情和友谊而欣慰。”

2001年9月26日于青岛

# 蒙山的木道和夜景

今天已是第三次登上蒙山，与前两次不同的是，这次夜宿山上，且独自行走了“天下第一木游道”。

以前登山，走至雨王庙与翠云观时，便认为到了旅游的最后一个景点，没有继续上行。这次下榻的蒙山会馆，就在雨王庙与翠云观之上百米左右。

窗外便是漫山的绿色，傍晚的秋风正在清爽地吹着。我不能辜负了这天然的恩赐，于是尽快走出房间，到山林间去享受无处不在的清新空气。

出蒙山会馆西北方向而行，不远处便见一行木道蜿蜒西行而上。起端处立有一个木牌，上书"天下第一木游道"几个大字，下面便是简短的说明。说这一木道于2002年4月建成，由46000根2米长的红松圆木铺成，长达3990米。2004年8月申请吉尼斯纪录，成为世界之最。

这令我顿感兴趣，因为这是一个意外的收获。喜欢登山，又对自然景色和奇特景观情有独钟的我，对这种原木制作而成的木道，就又多了几分好奇与感情。于是，决计在这个木道上一走为快。

太阳已被西边略高一些的山头挡住，只有那绚烂的红色，还在西方温情地燃烧着。

踏着一个一个红松圆木铺就的道路西行而上，清凉宜人的山风不时在我的脸上抚摸复抚摸的时候，心里的爽快惬意也就无边无际地流淌回荡。路上一个游人也没有，目之所触，全是一尘不染的绿色。偶尔可见细细的清水，缓缓地、悠然地流动着。鸟儿在山林中断断续续而又自得自乐地鸣唱着。除了我有节奏地踏击木道的脚步声外，就全然归于静寂。

继续前行，除俯拾即是的绿色之外，还不时有些别样的景点，或悬崖，或佳木，或奇石。由于步步登高，此时的夕阳因没了山峰的阻隔已经呈示在我的视野里，与山林共同渲染着它那红绿相糅的壮观。

这时已经到了栖凤山上，一个木牌赫然而立，上面写着，经中科院环境研究所测定，此处为迄今为止发现的中国负离子含量最高的地方，含氧量为北京的195倍。

贪婪地呼吸着清新的空气，我尽情地收拢着这分文不花的无价之气的馈赠。遗憾的是，更多的游人并不知道这一木道如此无声而又自然地延伸着，也不知道这里有着如此丰沛的天然氧气，更感受不到这种幽然而行的特殊美感。

不过，想来也并不奇怪。一是因为人们从山下登至雨王庙时，多是认为已经到了游览的尽头，继续上行不会再有更加奇异的景色。二是步行至此的人们多是当天上下，犹如“强弩之末，势不能穿鲁缟者也”，设若再走这3990米，早已力之不支了。就是习惯了登山的我，如果不是下榻蒙山会馆，当天上下，再走木道，恐怕也是比较困难的了。

但此行我毕竟拥有了独走木道的幸福。早已厌倦了城市的喧嚣，人事的纷争，现在于这个几乎是独属于自己的静寂世界里，真真正正地感受到了人与自然和谐的从容与淡然。

走至木道最高处时，方知我是从北路而上的，意欲领略它的全程之美，当然要从南路而下了。越往下走，红松圆木道上就越失去了原始的状态，有的已经显出人行摩擦的光亮。显然，在距离蒙山会馆较近的路上，已有不少游人踏过。看来，真正走完它的全程者并不太多。

看到蒙山会馆时，已是6点多钟。回首走过的木道，还是依依不舍。明天一定早起再走木道；以后再游蒙山，也一定重上木道。

白天有了独游木道的兴致，夜间的蒙山也定别有情趣。

晚上9点多钟，在我房间谈话的朋友一走，我便立即走出蒙山会馆。宾馆之外漆黑一片，就是绿色，也全部溶化在茫茫夜色之中。借着宾馆门内的灯光，门外三四十米的地方还可以供我缓步而行。

空气如白天般清新，夜间则更加静谧，除几声虫子的低声弹唱之外，几乎听不到任何声音。这份幽静，数十年已经没有感受过了。而心灵的恬静，也如这夜一样，不知不觉地融入到自然的神秘里。

偶尔抬头望天，原有的心理平静旋即为惊讶之心替代，因为只有在儿时所见的满天星斗，现在突然重现在我的视野之中。银河横亘天际，密密麻麻的星星躺在“河”中静静地听着牛郎织女委婉的诉唱。银河之外也是星光灿烂，洒满天涯，与黝黝的山林形成鲜明的比照。这是一个全新的世界，一个在城市绝对看不到的世界。突然想到，古代的隐者终老山林而不悔，会不会是在留恋闹世间不见的幽静与绚丽。在延年益寿之时，他们更在追索一种心灵的纯净，思想的超然。这比那些在仕途中奔波行走者，心里永远装载着一道怡然而乐的风景。

星斗如此灿烂，自然如此神秘，人生如此短暂。属于自己的那份淡然，那份自然，真的是可遇而不可求吗？

2004年9月16日晚于蒙山会馆

（载于《当代散文11家》，华艺出版社，2006年12月第1版）

# 莲台山记游

莲台山度假村坐落在莲台山上，乘车蜿蜒而上，我们在绿色簇拥之中。

昨天晚上，除度假村有点灯光，四周一片漆黑。深入山中显然不行，于是我就循来时的柏油马路而下，到下一个宾馆而行。同行的有李效彦、李海燕、毕晓红。我们缓缓地走着。除我们小声的交谈之外，山上没有任何声响。李、毕打开手机作手电，照亮前行的路径。

早晨5时多，我便起床，穿上运动鞋，向山上走去。昨夜的雨水还在树上闪烁，窄窄的路旁尽是树叶枝蔓。设或有一条或几条蛇出现，而且雨后这是正常的事情，于是折身而返。想到昨晚走过之路，只好重蹈覆辙。

昨晚数人之行与今天独自而游又是另一个感觉。已有不少小鸟在婉转地歌唱，且在我前行的不远处的路面上跳跃着、欢唱着。待我走近，它们并不十分惊恐地飞起，然后落在不远的树上，而有些树枝，像一枝红杏，毫不犹豫地伸展到路边，甚至是数米之远的路面上。细细一看，却并没有受到多少损害。因为行人并不太多，即使多，人们对它的旁斜逸出也不会干涉，甚至认为这是一种美，最多轻轻地抚摸几下。来这里的汽车并不多，即使有，也多是小车。司机也感到这是一种特殊的景观，况且没有必要走到与树枝斜出的地方。于是，它就有了一方属于自己的生长空间。

我住的103房间前面是一个不小的阳台，阳台之下之左右之前，尽是郁郁葱葱的绿色。也许是近些天有雨的缘故，特别富有生气。北方很少有这么好的生态环境。听蝉儿鸣叫，观鸟儿飞转，看云卷云舒，吸清新空气，真感到这是一个修身养性之处。

2005年6月29日早饭后于莲台山庄

# 云南、贵州

# 昆明之夜

昆明夜间的气温仅有20多度，缕缕凉风吹来，身上便有了济南这一季节没有的清爽与惬意。这令我想起15年前初到此地，夏季的小雨正在淅淅沥沥地下着，走下火车，我们个个白衫短袖，与穿着两件衣服，甚至毛衣的昆明人形成鲜明对比。凉雨与冷风侵透着我们的肌肤，我们恍若来到了另一个季节。今夜尽管无雨，但同行的人们还是一边愉快地叫着“好爽”，一边兴味盎然地欣赏着昆明的夜景。

世界园艺博览会的召开，令昆明的机场修葺一新，展示出一种特有的现代气派。沿街花草葱翠，景色宜人。拔地而起的新型建筑，特别是林立别致的大酒店，更使这座旅游城市显示出昂然向上的生机与别具一格的风采。

清洁干净的马路上，灯火辉煌，已经到了10点多钟，依然人流如织。其繁华热闹景象，是北方城市很少见到的。

我在去百货大楼买东西的时候，情不自禁地为其附近的美景所吸引。大楼前的花坛与喷水池，在如昼的灯光下，有一种争奇斗艳的美。南侧的牌坊附近，有行人在观览与照相。继续南行，是一段很长的空间地带，几条人行道穿行在花草树木之间，别有一番情调。百货大楼的后面，是一幢高耸入云的新纪元大酒店，其奇特的造型，雄伟的气势，成了游人驻足观览的一大风景。

东风东路则是另一道风景。宽阔的马路两边，有宽宽的人行道；人行道两边，有奇花异草，然后才是林立的高楼。特别是工人文化宫，有一片偌大的场地，花草铺展在喷水池前面，令许许多多的游人流连忘返。现代的建筑，因了自然的美景，方才显示出活力与风采；而自然的美景，也因了现代的建筑，更具有了诱人的亮色。

我们随导游去了一个歌舞厅，其间坐无虚席，演出正在热烈地进行。歌手有男有女，个个倾其全力，异常投入，充溢着娱乐的成分。人们感到听他们的演唱，是一种愉悦，是一种享受，是在劳顿之后的休息。其间穿插一些相声小品，又逗起无数观众无数笑声。每一个演出者都有自己的绝技与特长，任何滥竽充数者在此都无立身之地，因为观众自发而来，对演员的要求有着特殊的挑剔与自觉的选择。特别是主持节目的一位男士，不仅能歌能舞，而且讲话口若悬河，颇具文化功底。人们在专注欣赏他的主持的时候，不由得给他以热烈的掌声。

行在返回酒店的路上，璀璨的灯光一如先前，不少地方的行人依然熙熙攘攘，说说笑笑。回味短短几个小时的观览与感受，便感到与济南有了许多的不同。这里的城市建设，特别是城市绿化，在与世界先进国家接轨，人们在感受现代气息的同时，也在感受自然。市场经济的冲击，似乎在狂涛巨浪之后，已形成了必然的定势，人们认可了它，习惯了它，也游刃有余地去享受生活。

1999年6月4日夜于昆明

（载于《齐鲁晚报》，1999年7月8日，第28版）

# 石林览胜

15年前曾一游石林，给我留下了很深的印象。今日故地重游，再一次感受了它的特有之美。

石林之奇在世界自然景观中堪称一绝，被誉为“天下第一奇观”。据科学鉴定，这里是距今2.7亿年前大海海底石灰石沉淀区，由于地壳的运动，海底上升露出海面，经海水雨水的溶融、冲刷与风化，约在200万年前即已形成的千百万座拔地而起的石峰，与众多的石柱、石笋、石芽连为一片石林。

石林没有高山大川，但石峰与石峰之间，却又似层峦叠嶂。面对错落有致形态各异的石峰，通过想象，你可以勾画出一个个独特的物象与有趣的故事。尤其是小石林中的“母子携游”，在形似神似之中，具有了传奇色彩与独特魅力。

石奇树亦奇，它们从石块上、石缝间倔强地挺立起来，生成枝叶繁茂的绿色，与灰黑色的石峰相映成趣。我真不明白，造物主何以使这些树木具备了如此神奇之力！

石林之中还有一片鱼翔浅底的湖泊，鲜花争妍的园圃，绿荫遍地的草坪。这景观与周遭高低不一的石峰形成一种美丽的对比。

久在济南，见到的大都是灰蒙蒙的天，对蓝天白云早已久违了。但在石林，朵朵绚丽的白云，缓行于蓝得纯净的天空中，呈示出云天的一种自然原色。尽管天气炎热，汗水不断地流着，但因空气的透明，天空的高远，石林的美景，便稀释了本该产生的烦躁，生出无限的愉悦与感叹。

世博会在昆明召开，使石林的游客与日俱增，以致在石林中游览的人们摩肩接踵，人人相拥。导游小姐风趣地说，这与桑拿已没有什么差别了。一位游客说，何止桑拿，还有免费按摩呢！无怪乎在前去石林的路上，导游小姐便说石林的石峰多、人头多。大自然在给人们展示自己的美姿时，人类却很少想到它的不堪重负。游人依然在不停地说着，笑着，照着相，但脚下的石径却在无声的呻吟。彝族导游小姐也是石林的一道风景，她们穿着鲜艳的民族服装，用带着彝族味的普通话从从容容地解说着。我们请的是一位芳龄18的李小姐，她让我们叫她阿诗玛，而叫我们则是阿黑。她说这是彝族的习惯称谓。这位阿诗玛是一个秀气的姑娘，似乎还是一位初出茅庐的新手。她用柔细悦耳的声音，羞涩地回答着我们的问题。即便对景点的解说，也是惜言如金、少而精。尽管如此，同行的一位年轻小伙还是满面春风地与其交谈，使她不时发出轻轻的、愉快的笑声。

石林给游人的美感，不只在秀丽石峰，还有多层的内涵。如果细心体察，认真感受，也许还有更多赏心悦目的风景。

1999年6月5日夜于昆明

（载于《齐鲁晚报》，1999年7月22日，第28版）

# 纳西采风

丽江之行，令我久难忘怀的是苍莽壮丽的玉龙雪山，古朴悠长的纳西古乐，以及古色古香的丽江古城。

玉龙雪山是一座高耸入云、气势磅礴、终年织雪的高山，主峰扇子陡上白雪皑皑，在行云中时而闪射出耀眼的银色。山上山下，古树参天，苔藓遍地，倒地的大树横亘在树与树之间，风化腐烂，失去了固有的苍劲，还原成自然的本色。适值阴雨突至，冷风侵骨，但漫山遍野的大树，却更加超然而上，不屑一顾地鸟瞰着在冷雨中说笑的游人。空气似过滤了一样清新宜人，在海拔3000多米的山间行走，没有缺氧的感觉，而是空前的舒畅、愉悦。初识原始森林，便被它的壮美，它的原始形态所慑服。这是真正的美，一种远离尘嚣，不经人类雕凿的美。

纳西古乐，是一种文化景观，但与玉龙雪山相似的是，它也带着原始与自然的美。因为这种古乐起源于公元14世纪，是中国与世界最古老的音乐之一。它是纳西族人民在以儒道文化为代表的中原文明影响下而创建的艺术结晶，又融进了自己的民族特色，形成了独特的艺术。它的曲目古老，乐器古老，演奏人也多是古稀之人，服饰也是具有民族特色的古代装束。奏乐、舞蹈、唱歌，都是原汁原味的纳西古乐。这不仅令我们感受到它的古老与文明，也体味到了它的博大精深。

丽江古城以另一种形态昭示着它的古老之美。早在战国时代，它就是秦国的蜀郡。它以四方街为中心，四条主街向四面延伸，并分岔出无数条街巷，加之小桥、流水、垂杨，使小城又增添了令人心向往之的情调与优雅。古城的街道由石块铺展而成，因时代久远与行人踩踏变得凹凸不平。建筑则是土木结构的瓦房，大多是三坊一照壁式建筑，也有四合院。每家房屋都是精雕细凿，大都雕有双凤朝阳、八哥山茶、二云抱日、暗八仙、水波浪等图案，还有的用东巴特有的象形文字写成对联条幅，将纳西先民的艺术造诣与审美情趣完好地保留至今。因此，看每一座房屋，走每一条街道，读每一段文字，都感到是在触摸纳西古文化的艺术血脉，都有一种走入古老文明之中的感受。

玉龙雪山、纳西古乐与丽江古城，似乎都没有远离原始形态，对我们这些终日与现代文明碰撞的游人来说，这是一个新奇的审美物象，时时处处可以激起我们的兴趣，吸引着我们去欣赏它、赞美它、思念它。

1999年6月6日夜于丽江

（载于《齐鲁晚报》，1999年8月12日，第28版）

## 峡谷动魄

玉龙雪山与哈巴雪山之间的金沙江虎跳峡，峡窄谷深，以水流湍急、景观奇险而扬名天下，尤其是中虎跳，其壮观激越的景象，更让人惊心动魄。

金沙江水行至此处，河床突然变得格外狭窄，两岸高山耸立，白云飘然，脚下江水咆哮，横冲直撞，卷起千堆浪花，掀起无数白沫，然后怒吼着顺流东下，再不回复。尤其是黑色的虎跳石，又被拦截在仅有30余米宽的河床激流中，与来势凶猛的江水相撞击。被激怒了的江水，拼命地向它冲撞而去，顷刻激起无数倏然形成的白浪与水雾，而后汇入左右或前方的激流中，不屑于回顾虎跳石一眼，便呼啸而去，而虎跳石在倔强地迎战撞击后，岿然不动，再去迎接新的冲撞与挑战。一方是气势磅礴，不可一世；一方是临危不惧，稳如泰山。这种自然界的较量，是非成败，没有人给它一个盖棺论定的评说。

在人凿的石道上俯瞰此景，总令人在惊心动魄时生出无限感叹。沿途但见宽宽的河床中，金沙江水波澜不惊地向东流淌，除偶见几个暗旋之外，显得格外温柔安详。岂知一到此处，秉性大变，顿然暴怒起来，似猛虎下山，如万马奔腾，原有的形态荡然无存。真令人怀疑这是不是同一条河流，同一派水系。

据导游小姐讲，那些以勇于探险著称的漂流者，漂至此处，也都勇气顿减，悄然而退。而唯一的一位勇士，欲与这一怒涛一争高下，骤然顺流而下，悍然汇入这一激流之中。只可惜这一勇士被扬起的狂涛轻轻一卷，便被狂涛如缚小鸡般甩向空中，狂涛又以迅雷不及掩耳之势将其扼困在湍流险水之下。打捞者三天奔波与焦灼，没有唤起这江水的丝毫怜悯。人们在触目惊心处，又生出望江兴叹的无奈与遗憾。三天之后，被激怒的狂飙才从漂流者被卷入水底的地方将他托出水面，给了这位勇士一个愤怒的嘲弄。此后，便再也没有人敢向虎跳峡挑战。这一永远翻卷着激流的江水，更加肆无忌惮地卷起惊涛骇浪，令无数游人心旌神摇。

人在大自然面前，显得如许渺小。往日那种雄心勃勃，试图改变自然的荒唐，也终成历史的传说，而虎跳峡，依然壮观，依然以其大气叩击出不歇的壮歌。

1999年6月7日夜于大理下关

# 苍洱风情

苍洱地区在云贵高原的西北部，横断山脉的云岭、怒山纵贯其间，金沙江逶迤于西北，澜沧江、怒江奔腾南泻。峡谷、森林、湖泊，呈现出一派群峰竞秀、山岭绵亘的高原景色。

苍洱地区的大理，因了这山水之美闻名遐迩；白族的姑娘，因了这山水之美而灵秀。苍山的冰流、洱海的湖水，洗礼了这里的人民，“五朵金花”似的青春靓女出现了，纯朴善良的村民唱起了动人的山歌。

夏天的洱海，环山苍翠，岸柳垂枝，将这一淡水湖泊点缀得澄如碧玉，软似锦缎。清清的湖水，平静温柔得似一个含羞掩面的处女，媚态百生，情调横溢。真可谓一方水土养一方人，大理的姑娘有着洱海的温柔娴雅。一路上听惯了荤素俱谈的导游小姐的调侃，到了这里便另有一种文化情调。这里的导游小姐绝无放肆的言行，在从容的解说中，多了几分拘谨与羞涩，增了几分外在美色与内在素养。不少白族姑娘，都从秀丽的形貌中，透射出几分清纯与隽雅，给人以赏心悦目的审美感受。

白族女人又是不甘寂寞的，在蝴蝶泉，我们看到路两边坐着许多白族女人边说边笑，边从容自若地在一袭袭白布上结扎着东西，据说是要再去染出不同的花色。没有组织，一个个来到游人如织的名胜景点路边，天南地北地与前来扎花的老幼女人神侃闲聊，不时望几眼游人，添几多笑容。这与自然景观有着同样诱人的美，因为这也是一幅民族风俗画面。

大理石因大理而命名之后，当地的人们也对这一天然的资源进行着充分的开掘。一件件工艺品，在心灵手巧的白族人手中，奇迹般地涌入市场，调动着远方游人的“胃口”，满足着人们源源不断的欣赏与购买欲。工艺品物美价廉，又具民族特色，所以游人大多大大方方地从身上掏出钱来，去做不顾远行劳顿的购取。一路对购物不屑一顾的我，也顿开买戒，买了不少可赏可用的工艺品。

从大理的山水，到大理的女人，再到大理的工艺品，都给人风情万种的感受，都令人感到白族人的温情，白族人的美丽，白族人的智慧。

1999年6月8日夜于大理下关

# 世博会抒怀

在世博会观览了8个多小时，其气势之恢宏，内容之丰富，作品之精美，无不令中外游客叹为观止。

从主门进入，展现在游客眼前的是60米宽的花园大道，以草坪为基底，各色花卉为主体，形成五彩缤纷的花海花廊。以“花钟”为序曲，迎来“花船”奇观，再经“花溪”而步入“花海”，而后步入世博园主体工程中心广场，从而一览中国馆、大温室、人与自然馆、科技馆和国际馆的风采。

主题为“绚丽多彩的中国园林园艺”的中国馆，生动地展示了我国各省市自治区的奇美风光与人文景观，以及具有典型意义的土特产品。每一展厅，都具有出奇制胜之妙，不同凡响之处。不过，崇尚自然美成了展示的主格调。山东展厅里，几乎全以奇石夺人眼目，给人以别有洞天的美感。

国际馆充分展示了人与自然和谐发展的主题，充溢着美不胜收的异国情调，给人耳目一新的感受。其间的园林园艺制作精美而又逼真生动，反映了各参展园的风土人情与自然风貌，以及广交世界朋友的精神态势。

人与自然馆将山、林、水、建筑融为一体，把“人与自然”的主题生发得淋漓尽致。它形象地昭示出了人与自然形成的互动关系，借以增强人类保护生态环境的意识。

大温室荟萃了生长在热带、亚热带、温带、高寒山地和极地等不同气候条件下生长的各类珍稀植物。奇花异卉，形成热带雨林和高山植物奇异、独特的自然景观，但在这里我们没有看到早已被媒体炒得沸沸扬扬的跳舞草，因为那个展厅没有开放。据说跳舞草在一拨又一拨游人面前，一遍又一遍地跳舞之后，已经漠视了人类的呼唤与要求，再也没有跳舞的雅兴与能力了。这一奇观的变异，也给破坏自然生态环境的人们不小的警示。

以“园艺与科技”为主题的科技馆，展出了现代科学技术在植物品种选育中的应用与成果，园林园艺产品加工技术与成果，以及园林园艺栽培技术与设施设备等，它将自然与现代科技放在同一个框架里思考，并将其有机地联系起来，给我们展示了一个灿烂的前景。

中国展区与国际展区是中国与世界各国自然景观与人文景观的一个形象展示，在这里可以遍览全国各地名胜与世界各国风情，偌大的场面与生动的展示，令许多游人不时发出“世界真奇妙”的惊叹。

世博会中的一草一木、一山一石，都有巧夺天工之美，都令人对自然美产生一种向往，都让人感到自然美是一种世之至美。欣赏自然，爱护自然，关爱自然，已令人们感到刻不容缓。城市的喧嚣，空气的污染，水土的流失，在给大自然以伤害的时候，也伤害着人类自身。猛然醒悟过来，试图对它亲和关爱的时候，大自然已是伤痕斑斑。人是属于自然的，要像关心自身一样去关心大自然，使自然回归到愉快的形态。遗憾的是，游客在欣赏这些自然美景时，有的只是满足于感观的需求，让世博会的主旨在观光中悄然流失。这种思想倾向与审美心理，令我们在遗憾中反思再三。

1999年6月9日夜于昆明

（载于《齐鲁晚报》，1999年10月18日，第8版）

# 龙门怀古

龙门石窟背依草木葱茏的西山，东临波光粼粼的滇池，在宽仅1米、高约2米、长近百米的石道上，创作了石刻、平台、石坊、石室、楹联、神像、天棚、宝壁、神案、香炉、烛台、供品等，形成了整体雕刻艺术的长廊。尤其是其间的魁星、文昌、关圣均为石岩凿成，巧夺天工，其后的八仙过海，形态各异，活灵活现。

龙门石窟开掘于1781年，前后历时72载，由吴来清、杨汝兰、杨际泰三人分三阶段组织众多石匠开凿而成。石窟沿悬崖绝壁凿成，全部工程由人工一锤一凿完成。施工者多是山村的石匠，他们冒着生命危险，用千斤索吊在空中开凿，上为悬崖峭壁，下为垂直高度300多米的滇池。他们付出了血与汗的代价，才创作了这一令人景仰的石窟文化作品。

今日行在曲径石道上，抚摸着这些历史的遗迹，向东俯瞰船帆点点的五百里滇池，不由得生出无限的感慨。吴来清等人决意在此处开掘石窟时，该需要何等的眼光与勇气！他们在那个时代对这项工程的经济投入，一定是一个不小的数目，但他们也由此产生的精神上的升华，这种品格今日观来依然辉光不减。而敢于向这一陡石峭壁挑战，不仅需要勇气，还需要毅力与智慧。长达72年的时间，即使是由三个人承接完成，也很需要耐得住时间的考验，没有一种大执著、大毅力，也只能是中途告辍。这其中要有一种精神与信念的支撑，需要排除万难的斗志。这种事业，当时对他们本人，也许并无多少好处，但由此而留下的文化遗产，却价值连城。开掘山石的工人，也许有经济利益的驱使，但也有精神的投入，他们也许朦朦胧胧地感受到这是在从事一种神圣的文化事业，是一种艺术的创造。72年来，工匠前后承接，终于大功告成。这山石上浸透着他们的血汗，同时也记载着他们的业绩。所以，这是一项伟业，一项足以令中国人骄傲的壮举。

如织的游人，发着各自不同的感叹。而这一在西山滇池自然美景间开凿的独特的人文景观，使秀色长在的昆明流光溢彩，更加具有了人文的色彩。

1999年6月10日夜于昆明至安顺的火车上

## 天星桥景区的奇与美

天星桥景区的奇与美是我始料不及的，尤其是观看了石林的美景之后，对这片景区的审美要求又有了更多的挑剔。然而，同行的人们还是情不自禁地赞叹它，有的游人甚至还说美在石林之上，只不过这一位于贵州关岭自治县晒甲山东麓的景区少于宣传罢了。

景区四面环山，面积7平方公里，由天然盆景、天生洞景、水上石林三大景区构成。山、水、潭、瀑处处皆有，怪石奇树千姿百态。

这里的山石不似石林那样座座拔地而起，美中有着相似的形态；它以千姿百态，各不相同取胜。有的崎岖成岗，有的峭立如塔，或夹峡成巷，或环拱如门，石芽排列，岩隙成网。它的奇妙，它的独特性，都会令你生出无限的感叹与向往。

奇中之奇的是，大小石堆之上，遍体古藤缠绕，怪树横生，树根盘结，编织成各种奇形怪状的根墙壁画。特别是那些形态各异的树根，显赫地裸露与攀援在一个个石堆上，大小不一，曲折回旋，层层叠叠，或延伸到石隙间，或钻扎于石头里。让人感到每一个石堆与生长其上的树木树根，都是一个绝妙的天然盆景，非人工可以造化，唯自然神力方可为也。在某种意义上说，自然比人更具有创造力，更富有奇特的想象力，它常令驻足观览的游人自叹弗如，惊讶不已。

再就是一个个石堆、石峰、石穴交错辉映的时候，山水又几乎是无处不在，大则如激湍奔流，小则如滴淌小渠，且穿插行进，乍分乍合，水石相依，蔚然成趣。有时还可观到白练倒挂，瀑雨坠地，晶莹水滴，凌空飘洒，蕉叶上琼珠点点，藤蔓上乳液缕缕。如此景观，在昆明石林是绝难见到的。

天星桥不仅有地面美景，地下还有奇妙可观的石景——天星洞。洞内的石笋、石柱、石幔等造型奇特，令人生出无限遐想。或似高矮有别、肥瘦各异、神态不同的“八仙过海”，或如形似串串葡萄的碳酸钙凝胶体与晶莹透明的滴杯构成的“葡萄厅”……这一天然地下景观，与地上美景相映成趣，平分秋色。

然而如此佳地美景，游客并不太多，特别是与摩肩接踵的昆明石林相比，形成一个不小的落差，所以旅游业也要宣传，“桃李不言，下自成蹊”已是明日黄花。这一景观一旦为世人共知，那将是另一番景象。

1999年6月11日夜于贵阳

# 感受黄果树瀑布

对于黄果树瀑布的壮美奇丽，我已是第二次用视角与心灵去感受了。这次的观感，并不是第一次的简单重复与平面推移，又注入了新的审美视角与审美评判。

黄果树瀑布坐落在滇黔公路南侧，黄果树小镇旁、打帮河上游的白水河上。它高达74米，宽为81.2米，雄姿盖世，丽色昭日。其瀑布入潭的訇然声响，其气势的雄伟壮丽，都令中国任何一处的瀑布俯首称臣。

瀑布自悬崖上倒挂下来，形成数条宽阔的白练，激流直下，蔚成千古奇观。砸落在潭中之水上，旋即又掀起层层白浪，溅起无数浪花与白沫。然后雾状玉状的水丝又纷纷扬扬升到天空，去触摸游人的笑脸，点缀葱翠的草丛。

徐霞客在《黔游日记》中写道：“捣珠崩玉，飞沫反涌，如烟雾腾空，势甚雄伟，所谓‘珠帘钩不卷，匹练挂遥峰’，俱不足以拟其壮也。”走入“水帘洞”，大瀑布银色挂练近在眼前，凉爽的水沫扑面而来，确有一种步入世外仙境的感受。

据当地人讲，皓月当空时，水月一色，壮丽中又多了几分秀美，有一种银河自天而降的美感效果，晚风轻拂，哗哗的流水伴一片蛙声朗朗、蟋蟀争鸣、鹰枭偶啼，令人陶醉，乐而忘返。

大自然的奇妙美不胜言，不管从哪个角度去审视它，都可以给你一种别样的审美享受。而大自然对人类的恩赐，是人类永远难以回报的。黄果树瀑布永不停歇地给人们送来美，送来愉悦，却从无任何的索求。驻足静思，又对它多了几分仰慕，几分向往。以至回到贵阳的晚上，瀑布那绚丽壮观的景象还在眼前，似乎还可以听到万马奔腾的轰响，看到白练倒悬的奇丽。久思自然的伟力与奇妙，长夜难眠，激动不已。

1999年6月11日夜于贵阳

（载于《齐鲁晚报》，1999年10月11日，第8版）

# 云贵归来的思考

云贵之游归来，我依然沉浸在对美景的回忆中。仅仅去了两个省，只是游览了其间的部分景观，但不同的审美意象，已强烈地撞击着我的心扉。

中国幅员辽阔，大江南北的景观各具特色，旅游业有着一个广阔的前景。旅游消费也开始在12亿中国人心中萌动。在行程中，我们看到了许多以家庭为单位的旅游者，也看到了许多个人随团旅游者。人们不再将此作为一种无谓的浪费，而是作为一种有意义的行动。古人说，读万卷书，行万里路。我这次对这句话的感触颇深。读书是一种学习，旅游亦然。旅游不仅可以增长知识，拓展视野，而且可以提高人的审美情趣，净化人的心灵。劳顿终日的人们，到了纯然清美的自然中，那是一种享受；到了古迹斑驳的名胜处，可以激起你的遐想与思索，那是一种净化心灵之后的审美愉悦。

游人的激增，对旅游业来说是一种机遇，也是一种挑战，因为敏锐的国民也纷纷将目光投向了这一行业，旅游公司已如雨后春笋般蓬勃而生，所以对导游的要求也越来越高，不仅要有一定的思想修养、文化品位，还要言行得体，诙谐风趣。借助导游，游人方可对景观有一个有序的观览与深入的把握。有人说，没有导游的旅游，是一种无灵魂的旅游。回归到15年前我们的云贵之行，那时的观景是真真正正的浮光掠影，一闪而过，更深的印象难以留下。此次则不然，每处景观都给我留下了美好而又深刻的印象。

人们外出旅游找旅游公司，这也成了一种时尚。花不太多的钱，却可以享受到纯然观景的雅致。吃、住、行、看，都由旅游公司一手包揽，作为“上帝”的我们，真真正正享受着上帝的待遇，所以一路顺利，一路愉快。这使我感到，好的旅游是一种心灵的放飞，情感的陶冶，精神的净化，审美的享受。

旅游业已经呈示出方兴未艾之势，可以断言，它的前景将会更加灿烂。

1999年6月12日夜于济南

（载于《齐鲁晚报》，1999年10月25日，第8版）

# 古城览胜

1999年曾一游丽江古城，但由于来去匆匆，对这一世界文化遗产并没有认真的观照。

这次重至古城，才真正领略到她的非凡之美。

古城的水来自北方的玉龙雪山，源源不断，清澈冷冽。从大水车向南一路奔腾而下，而后分成几个分支。多为游人放生的鱼儿悠闲地溯流而上，与流水一样的自然从容。水继续下流，便分成几个相对较小的水流，在两岸垂柳的怀抱里唱着轻快的歌一路流去。流得游人驻足观望，流得白云在蓝天里徘徊不去。加之一些不宽的古老木桥横跨其上，形成了中国古诗词中“小桥，流水，人家”的独特景观。也正是因为这水，所以不管游人行至何方，都没有迷途难返的尴尬，因为只要找到水，逆流而行，就可以回至大水车处。

古城的路面一律石板铺地，凹凸不平，让人惊叹古老文化投射如此斑驳陆离印记的沧桑之美。虽然每行其上不能如履平地般轻松，但因了与文化遗产的接触，可以让你的思想放牧于悠远的东巴文化的长河之中，遥听南国历史的回响。

与路面和谐成历史乐章的还有那鳞次栉比的传统古式建筑。青砖砌墙甚至土制成墙，上覆古式的砖瓦，便建造成矮则一层、高则两层的东巴房舍。步入其中，多是别致的纳西四合小院。游人多去的街道两旁，则是相依的客栈、商铺等，老式的灯笼挂在门口，古色古香的招牌有着惹人眼目的诱惑。休说东大街演绎着古老的传说，即使是一条小巷，也同样昭示出这座古城原汁原味的美。这不由得令我想到，这是纳西民族生活的一个缩影，是中国传统之美的一种外化。

这是远古传说中才有的一方水土，所以成了世界文化遗产，成了世界各地人们争相前来一睹其容的地方。特别是在喧嚣的城里住腻了的人们，到这里一游，简直就是一种返璞归真，走向自然的逍遥。

但这里的人们并没有停留在原始生活之中，他们的市场意识似乎比上海并不逊色多少。比如说家家户户都做起了生意。有的就在自己的家里开起了旅店，几间小房，数张小床，招揽顾客，日有所收。有的就开起了茶社，还将一些旅行团的人员引至家中，在东巴四合院里感受东巴文化。有的则面市一个小的房子，甚至小到几平方米，但就在其中成了产销一条龙的生意。我特别惊诧于他们的木雕。采访过许多这方面的人，多是初中或高中毕业生。他们没有升学的希望，于是就做起了木雕。就是有时要去买他们的产品他们还在头也不抬地做着他们的工艺，而有的则给你讲其构思，讲得绘声绘色。我想，他们都是艺术家，都是创造者。这是一批文明的经商者，是适应了旅游的需要而出现的。

2004年11月16日晚于丽江古云杉大酒店

# 3.8 平方米的古城

说起玉龙县黄山镇白华村来，前来丽江旅游的人们大多并不知道。它坐落在丽江城南数公里之处，从外观上看，它平凡得几乎不值一看。但它就是颇有名气的黄山纳西民俗文化村，在丽江旅游介绍图上有其一番非常精彩的介绍。

在黄山纳西民俗旅游接待中心主任和红章先生的带领下，我们走进了接待户张悦来老农的家。

刚一入门，我们就被黄得有些绚丽的玉米吸引住了。以两根木柱为支撑，中间以绳子为维系，从而形成了高达六七米、宽有四五米的一片黄色屏障。同行的城市女性一下子就惊呼起来，喊着快快照相。于是，女性的妩媚，玉米的灿烂，就在“咔嚓”“咔嚓”快门的声响中走进了艺术的永恒。

一串串的红辣椒与一捆捆的黄玉米悬挂在屋檐之下，更为这所院落装点了浓浓的土味。对于久在城市居住而极少涉足农村的人来说，谁能不为这化解不开的乡土气息而激动呢？于是，与老农张悦来合影留念，就成了女士们的迫切要求。

且不要认为满脸憨厚且五十六岁的张悦来是个土老帽，其实，就在这座院子里，他从容自若地接待过中央领导和外国元首。不卑不亢、行止有礼，在他的言行中无时不流露出来。1966年就已初中毕业的他，从纳西族的文化中吸取了必要的养分，加之纯朴善良，才有了他那始终如一的从容与真诚。

他知道城里人要在这里追寻什么，他也总是想方设法去满足来人的要求。见女士们对照相情有独钟，就将狩猎的衣服取来，披挂整齐，与女士一起照相，令女士们高兴得手舞足蹈，而后又拿出纳西族妇女穿的衣服，让女士们穿上，再一起照相。就是我也不由得产生了照相的热情。于是我也穿上纳西族男人的衣服，也一起合影。整个院落里，不时荡起欢快的笑声。

他带着我们参观陈列了满满一屋各式各样古老的农家用品，踏上二楼参观他简单干净的“宾馆”。他说，挪威国王就在这里居住过，之后，他带我们观看了他的后花园，那又令我们生了不少惊奇。因为不仅有自种的蔬菜和花草，还有养鱼池。纳西族的妇女披星戴月地在田间耕种，男人则成了收拾家中的主人。他的家中一尘不染，各得其位。透视着农家风味，又不失其品位。

2004年11月16日晚于丽江古云杉大酒店

# 女司机和玉凤

从张悦来老农家出来后，在黄山纳西民俗旅游接待中心主任和红章先生的推荐与陪同下，我们又搭乘一辆面包车，向文笔山驶去。

司机是一位芳龄40的女司机，黝黑的脸上始终挂着阳光一般的笑容。虽然刚刚见面，可犹如他乡遇故知一样，让我感到真诚与善良就在自己的身边回旋流转。

她的声音清脆而甜美，歌声更是婉转动听。从她主动请缨唱第一首歌起，我们就为她美妙的歌声陶醉了。这不仅令小车里的我们拥有了美妙的幸福，而且歌声透过车窗飘转到山林里的时候，行人与小鸟同样享有了无比的快乐。于是，一天的美好心情，就从这小车里拉开了序幕。

她的见面熟是天然的，正像她的笑声宛若天籁一般。她将心灵的闸门彻底打开，给我们讲述她的学生生活与学习，谈论她的开车经历等，让我们从心里深切感受到一个纳西女人的质朴与真诚。

学生生活为她留下了美好的回忆，也烙印下终生挥之不去的遗憾。从小学到高中，她都是班级里的优秀学生，语文学习尤其突出，作文写得生动流畅，经常被教师作为范文在全班阅读。加之天生一副甜美的嗓音，常在班级领唱中展露风采。如诗如画的学生生活，就成了她永远的回想与自豪，但就在她走进高三，做着玫瑰般的大学梦想的时候，母亲提出让她中止半年学习的要求。一边是乐在其中的高中学习生活与大学就读的召唤，一边是在九亩地里奔波忙碌的母亲的求助。她试想“鱼与熊掌”得兼，决定休学半年，帮助母亲度过最忙的时节，再返回学校学习。可是，她怎么也没有想到，这竟是她与学校学习生活的永诀。鲜嫩的花季少年，从此只好与炽热的阳光、繁忙的体力劳动相伴相生。

但她的遗憾只是在她的心里流淌，外化出来的还是清丽的笑声和爽朗的话语。她说，她尽了一个女儿的责任，又有了一个已经上学的儿子。正在丽江教育学院就读的儿子已经有18岁了，虽不如她当年学习用功，但毕竟可以去圆她的大学梦。她一边说着，一边大声地笑着。不知为什么，我感到这笑声犹如歌声一样，在我的心里荡漾不已。

她并没有绝望，而是在铺展自己的希望之路。38岁学会了开车，就在拉送客人的旅途中，享受另一种快乐人生。因为她可以以最低的价格，拉送四里八乡以至来自全国各地的游客。在与他们的交往中，感受自我生存的价值，享受与人为善的美丽。她说认识我们非常高兴，与有知识者交流也是在提升自己，这也是一种学习。其实，同行的人都有一个共同的心里话语，那就是我们也在学习，学习她的善良与真诚，学习她乐观达人的思想，学习她为开辟新生活之路的勇气。

在送我们返回宾馆的途中，我们同行的一位同志因事下车10多分钟。她非但没有因为耽误时间而生气，反而一直在笑着与我们讲述纳西族的生活故事。中间我们同车的一位同志去办事，这对司机来说一定是不愉快的事情。可她一点儿也没有，而是笑着谈她的生活，她的未来。一直将我们送到宾馆，还余意未尽。

她不是披星戴月地在地里干活的纳西族妇女，可同样有一颗勤劳善良的心。

2004年11月16日晚于丽江古云杉大酒店

# 纳西艺人和锡江

丽江古城，有各色各样的店铺，许多都是百年老店。在任何一家店铺，你很难想象的是，主人既是商人，更是纳西族文化的艺术家，而在这些店铺中，纳西族木刻作坊最具特色。和锡江就是一位纳西族木刻艺人。他的店铺叫纳西和作坊，不足10平方米。就在这个小店里，和锡江先生接受了我的采访。

他对我说，他做的是木刻石刻工艺，木雕是浮雕、版画一类。

那么，游人怎样挑选可意的工艺品呢？

据他介绍，一般分两类：一是有一定的艺术价值，二是纯纪念品。纪念品也可以分为一是劣质产品，二是翻译了东巴象形文字的纪念品。即使自己不懂，也要让顾客买到原汁原味的东西，这就是纳西人的思维方式。

为什么要从事这样一种工艺？

和锡江先生说："当时我与爱人都是教师，教了十七八年了。1996年大地震以后，爱人想出来开店，首先开的就是这个店。开始时卖一些纳西人简单的纪念品，如纳西的祝福语等。后来就发现顾客要求翻做纳西有价值的工艺品。我们就在一边卖的同时，开发与东巴文化结合在一起的木雕——以前也有接触，产生了可以将这纳西文化展示出来的思考。然后就进行一些简单的创作，将东巴文化展示出来。后来发现这些对游客有吸引力。我们把绘画的反思展示出来，在后面的过程中就继续一边探索，一边搞一些简单的创作。后来就形成了目前的规模。每一个人的审美需求不一样，所以就有了不同的工艺品，如抽象的……我们就是纳西族，有文化的底蕴，从事这行业有潜力。”

那么，在制作工艺品的过程中，是如何融进自己审美追求的？

和锡江先生认为：“是随心所欲式的，自然境界。觉得颜色如何，就上去了。其实本身纳西的木雕只要求出来的东西神韵到位，没太过分的精心的表现。质朴是目前制作中体现出来的。没有特别的追求，我们想表达的主题表现出来就可以了。其实，工艺的作品虽精美，但缺少质朴的、原始的感觉。而我们表现出来的画，处理的方法，线条的勾勒，体现出人潜在的精神。这表现的方式，就是纳西人与自然的和谐。”

我问他有没有进行过专门的艺术学习与培训。如果没有，是如何自学成才的？

他淡淡一笑说：“其实在丽江民族师范学校读书时，接触过一些这方面的东西，都是讲得随便，点一下而已。后来就出来做这个工艺品。东巴文字不是很规范，我们组成一句祝福语，意思表现出来就可以，与汉字不一定对称。如太阳放在不同的地方就有不同的意义，最大的意义是简单的图形文字。在这个基础上，凭自己的感觉。相对接触一些全国各地来的人，搞美术的工艺的，甚至搞美术评论的。在与他们接触中，他们认为纳西工艺品本身有一种非常自然的美。‘不要有意追求，过分美化工艺品’这是他们给我们提出的建议。有些看法，我们受到启发，提高了自己对纳西文化的认识。我们以前认识不够，地理环境、自身的价值没有开发出来，在与他们的接触和创作过程中，自我提高了。原来像比较有名的美院的教师来过，曾经尝试着将中原文化糅到东巴文化中去，他们有优势，接触很多。但是他们的局限在于没有我们收放自如。”

有没有知识产权保护意识？

他很无奈地说：“知识产权意识比较淡薄。我的一个朋友，别人仿了他的作品，官司打了，别人还是做了。”

那么，究竟如何打造自己的艺术品牌呢？

和锡江先生说：“我发扬的是东巴文化，一种保持原汁原味的艺术。每一幅作品都要求做到不管从内容到形式都注意。直接介绍自己的名字，在与客人接触过程中，赠送自己名片，体现自我价值。树立在游客中的形象，强调自我保护，提高自己的品牌。从形式上可以模仿，从本质上不可以。我们在与顾客聊天的过程中，自我价值已经体现在其中了。我们对自己也是一种认知。有时候在感受的过程中，就像苏轼说的‘不识庐山真面目’。我的店，政府与顾客认可。收藏个人的作品，相对多。实际上，在经营的过程中，本身也在考虑艺术品牌形象，八年的努力，一直坚持。主题以东巴文化为主，一方面可以解决生存问题，另一方面可以培养下一代，收一些徒弟，也在考虑传承问题。”

我问和锡江先生：“你是如何进行市场营销的？”

他说：“最缺少的是有效的策划。不是没有考虑市场营销，丽江毕竟偏远，又是一个以生活为主的城市，很难结识这方面的人。实际上我们做得比较可行了，因为不在于东西卖出去多少，有多少收入。没有多少广告创意，只通过与顾客交流，完成自己的直销。也有人邀请我们去做市场的推广，但没有去，考虑得不太多。有的回来再要东西，回头客比较多，又传给他的朋友。现在经营还是可以的，随时保留一定的销售。大家认为做的东西有一定的艺术价值。尽管众口难调，但回过头来，不强求你买，不强求符合你的情趣。这种价值，在多年的过程中，体现得很好。

“《太阳神》给我最初的感觉是，高原地区对太阳的感受比较强，反映纳西人的一种精神。我又看了一些图腾，每一个国家、民族对太阳的理解不一样。不同的符号不一样，总体上是平安幸福的象征。有钱的人不一定快乐，但心中有了太阳就快乐。人对于事业，总想是永恒的，就像太阳一样，靠的是什么呢，需要理性化的智慧以及勤劳。事业最需要的是这两个方面。这也是最简单的生存之道。这些通过我的作品体现出来。

“抽象类的。古代的祝福是一个主题。基本的思路是民居里面作装饰的，有求财的，长寿的，求子的，很丰富。怎么样用一种方式表达出来？我们想到将一种人的抽象的形象与房屋糅到一块。这样就提炼出一个主题是‘祝福’。这个方式综合性比较强，手法上似是而非，变幻莫测。只要表达了这一主题，不必考虑线条上多优美，所以比较质朴，但是又反映出人的一定的想法。

“东巴的祝福语的设计，没有太多的考虑设计图，如何完成它，通过什么方式完成，强调随意性。比如说，美好人生，在纳西象形文字中，只有五个字，可以按照自己的想法设计它。只要感受到，会意到就行了。不一定非常严谨，意思一到就很美。

“纸画类，强调非常自然的美。纳西的象形文字，比如祭天，我就糅进去，纳西族神山，一个男性一个女性的形象，男神与女神，道具也糅进去。画面颜色有层次，比较有个性。本身视觉效果好。作品，只能用手工纸，基本原材料是树皮，别的不行，出不来效果。

“这就像西方的抽象画，有的质疑，是原始的，没有固定的元素，符合绘画。比较自由的组合，只要表达出来，不受体裁限制。有人说我非常大胆，正规学院没有人如此大胆。他们说是鞭长莫及。有许多美术学院的师生都比较欣赏，问过我们是不是专业毕业的。我说我们凭自己的想法、认识去做的，没有太多的牵强附会。

“个人感受，我们的最初的动机。动机不同，产生的效果不同。我们的基调是传承东巴文化，完成自我生存的价值。纯粹是为了生存的话，为了太多的财富，可能本身原始的生活就失去了。一般说，拉客的现象就非常少。没有非让买一点东西，考虑得少，愿买就买。

“也遇到一个问题是流水线生产，最直接的危机。对于消费群体，政府部门采取过一些保护措施，但没有做好。由于方方面面的原因，有待于政府下一步的措施，张扬纳西文化的一群工艺，体现出这个古城。不然就不可能被市场接纳。来自于租房的压力也特别突出。出自于我自己的东西，卖给喜欢与认同的人，但也不可能不考虑其他方面的开支。其实有一些工艺美术的人，有一个设想，搞一个流水线，招生此学院的学生完成，看来也没有错，但还是考虑想将自然和有品位的作品展示给游客。另外，还是要依靠政府的支持，不然就成了纯粹的商业化了。这也是价值体现的一种形式。”

2004年11月16日晚于丽江古云杉大酒店

# 甘肃、新疆

# 初入兰州印记

到达兰州之前的一段时间，从飞机的窗口俯瞰甘肃大地，全是连绵的群山，几乎看不到绿色。歌唱家们所唱的“黄土高坡”还有高亢与韵味在，可现在目之所及的全是了无生机的荒山野坡，所以总有一种凄凉的哀伤在心中回转。于是，我在想，国家开发西部，可谓任重而道远。

但甘肃也有济南不及之处。当我与同行的侯广泰、范宗武于18时15分于兰州机场走下飞机时，地面只有17摄氏度，凉风习习，顿感清爽怡人；与两个小时前尚是35摄氏度高温的济南相比，真有一种走进避暑佳地的感觉。据前来接我们的甘肃省政府研究室副主任宋玉山先生讲，兰州与泰山的海拔高度相差无几，夏天气温多在20摄氏度左右；即使偶尔出现30多摄氏度的高温，也只是中午阳光高照时的短暂时段，但一到树阴之下，依然清凉可人，更不要说早晨与晚上了。人们大多只知道伏天暑日到海滨等地躲避炎热，殊不知兰州也有如此清凉的天气。

从机场到兰州市里的高速公路两边依然是群“山”相连。说其是山，与山东所言之山却大不一样，“山”上几乎见不到一块石头，全由黄土凝结而成，既无青草红花，也无茂林修竹。可细一观看，却有一株株小小的柏树遍布山上，尽管显得柔弱无力，毕竟已经生存下来。据宋玉山先生讲，近几年政府实施“退耕还林”工程，调动了当地老百姓的积极性，才有了这俯拾即是的绿色生命，但此地雨水很少，每一棵小树的存活与生长，都要通过人工的浇灌方能延续。可不，一条条引水管道从山下爬到山顶，宛如黄色土地上的黑色长虫在蠕动。正如“合抱之木，生于毫末”一样，若干年之后，说不定这里会葱绿遍山呢。

汽车一驶入兰州市里，又是另一番景象。路的两旁不仅有绿色盎然的树木，有的地方还有草坪与鲜花。汉唐时代，这里曾是古丝绸路上的一个通津要邑，当时的繁华可想而知；今天，这里已成为西北第二大都市和最大的铁路枢纽，以及西北商贸、旅游的依托中心。“天上来”的“黄河之水”穿城而过，两岸20华里长的风景线秀色摇曳：既有古代风车、黄河母亲雕塑等人文景观，也有花草树木等自然景色。人言兰州拥有集丝路文化与黄河文化于一体、集历史佳话与现代风情于一体的丰厚与美丽，今日亲临其境，方才信然。

饭后，小雨悄悄地下着，没有风声，亦无人声喧哗。干净的地面上，只有很少行人在无声地行走。古老的建筑与苍劲的古树似乎在低声叙说着昔日的辉煌，新建的高楼大厦与年轻的树木则好像宣示着重振雄风的决心。于是，在雨中散步，就有了历史的回想与未来的遐思。

2003年7月30日晚于兰州市宁卧庄宾馆

（载于《现代教育导报》，2006年1月23日，A4版）

# 兰州特吃的诱惑

我对饮食素无研究，平时吃饭也不问味道如何，吃饱而已。所到之处，如若有谁问起饭菜的特点，我都是统一的话语：“很好！很好！”

其实，自己并没感到有何特殊之处，还是老话：“吃饱足矣！”但此次兰州之行，却突然对兰州特吃产生了兴趣：不仅吃得饱，而且吃得津津有味，吃得流连忘返，吃得回味无穷。

我在济南等地不止一次地吃过凉皮，但绝没有吃过如此味道佳美的凉皮。兰州人还为它起了一个非常文雅的名字——酿皮子。据甘肃教育报刊社马光荣社长讲，酿皮子以上等的小麦为原料，调料也是只有甘肃才有的草本材料研制而成。因其内容之纯，才有了口感之美。一盘酿皮子上桌不长时间，便被我们风卷残云般地吃个一空。矜持没有了，文雅也没有了，直叫主人再要一盘快快上来。

又一盘酿皮子刚刚放在了饭桌上，几双筷子便不约而同地伸了过去。就在筷子们交错之际，饭桌上又来了一盘手抓羊肉，报刊社副社长牛喜林示意让我们品尝一下。这一吃不要紧，我们同行三位都不由得齐声叫好。既无任何膻腥之味，又不失却羊肉的鲜嫩之美。《论语》中曾说孔子“在齐闻韶，三月不知肉味”，设若他老人家在兰州吃过这上等的羊肉，不知“闻韶”之时会不会想起羊肉之美？我等凡人，吃在嘴里，美在心里，早已“欲辨已忘言”了。

正是有了这些美味佳肴，寻常小菜也就不屑一顾了。报刊社副社长冯国荣却幽默地说道：“被冷落的，并不一定不是美的。”好客的甘肃人少有妄语，不妨就近尝一尝一个小盘里的近似猪头冻的东西。“好！”我刚一下口，就叫出声来。但究竟是何之物，却不知端的，比猪冻肉稍硬，略带韧性，虽有肉味，却又香而不腻。刚想请教，报刊社的宋副社长便已心领神会。他说先饮一杯美酒，方可道出它的真名实姓。我久不饮酒，侯广泰与范宗武先生只好各自满饮一杯。宋副社长这才说出它的雅号——水晶牛肉。不知哪位先生在哪个年代为它起了这样一个好的名字，真的是美哉斯名，美哉斯肉！

一向认为应当“早饭吃好，午饭吃饱，晚饭吃少”的我，现在肚子已经胀起，但如果此时再有几道美味送来，仍会不由自主地取来逐一品尝。肚胀小事一桩，错失美味机缘绝对是一个不小的遗憾。

已到夜间22时，习惯了每晚散步的我，便独自走出宾馆。小雨下个不停，凉气缕缕袭来。没有注目树影中闪烁的灯光，也没有谛听夜雨的淅沥，满脑子想的还是兰州特吃。如果能将一些特吃带回济南，让亲友也一享口福，肯定会迎来一片赞语。但这只是幻想而已。不知此时此刻的侯广泰和范宗武是否已经入睡，是否也在思考同一问题？

半个小时之后，回到宾馆。服务台前，两位操着上海话的男士正在兴味盎然地讲着手抓羊肉和酿皮子。驻足一听，方知他们谈的是订购这些兰州特吃的事情。原来，他们在傍晚时分，就在一家正宗清真店订好了40斤手抓羊肉，让老板派人在其离开宾馆去飞机场前10分钟送到。据其中的一位先生讲，这家清真店早起将肉煮好，再打好包，装好箱。如是带到飞机之上，数小时之后，就可以与家人共同品尝当天的兰州特吃了。

上海人的精明随处可见，这一次又有领教。只后悔没有计划好出发的路线，如果先去新疆，最后一站再到甘肃，说不定还可以从上海人那里学上一招，让济南的亲友也像我们一样吃上这种美味呢。

2003年7月31日晚于兰州市宁卧庄宾馆

（载于《现代教育导报》，2006年2月6日，B4版）

# 莫高窟的痛思

莫高窟俗称“千佛洞”，因其地原为莫高乡而得名，是一个世界级的佛教艺术石窟。因对佛教颇有兴趣，游览莫高窟，就成了我的一个夙愿。中午到达敦煌市后，草草吃点午饭，便租一辆桑塔纳汽车，径向东南方向25公里的莫高窟驶去。

莫高窟开凿于鸣沙山东麓的峭壁上，坐西朝东，与三危山东西相望。它始建于前秦建元二年，历经隋、唐、宋、元等11个朝代的不断修建，方才造就了以大乘佛教不同时期、不同宗派所崇尚的经典为根据的壁画和彩塑。它南北长1600多米，壁高50多米，现存洞窟492个，其内容涉及佛藏中的经、律、论、史四大部分的绝大部分内容，构成了当今世界上保存较为完备的佛教美术馆与佛教图像宝窟。在其间听导游纵论古今，观形形色色的艺术珍品，恍若走进千年历史长河之中，与不同时代的政治、经济、文化艺术相触摸。

但是，莫高窟中的不少珍品，已经不在莫高窟，亦不在中国了。20世纪初，一些来自不同地区、不同国家的“探险家”“考古学家”“考察家”“游历者”，陆续向莫高窟进发。自1905年俄国人勃奥鲁切夫探险队盗走一批古经卷开始，此后英国人斯坦因、法国人伯希和、日本人吉川小一郎、俄国人奥尔坦布鲁克、白俄陆军少校阿连阔夫、美国人华尔纳等，都不择手段地将这里的很多文献、文物盗运而去。

游览的人们，从大人到小孩，从男人到女人，无一不在痛骂这些外国人的强盗行径。骂是应该骂，但痛定思痛，似乎还有值得我们的先人自责的东西在，还有应该值得我们后人反思的东西在。20世纪20年代初的敦煌虽早已拥有了丝绸之路的昔日辉煌，但当时没有汽车，也没有公路。试图从外国到莫高窟，需跨越茫茫沙漠，往往是数千里见不到水，看不到人，甚至是与死神握手相见。来此盗宝，其险可知。今天我们从敦煌向莫高窟的路上，所见全是戈壁荒漠，除屈指可数的沙漠之草——骆驼刺之外，看不到任何的绿色。而听司机王启军先生讲，这对于整个戈壁滩而言，也只是冰山一角。当时外国人意欲进军此地，没有冒死而行的胆量和决心，没有随机而行的智慧与才能，只能是望洋兴叹或者客死异乡。那时中国不乏文化之人，也不乏勇敢之士，但他们大多不知道莫高窟，也不知道莫高窟的价值。这对拥有数千年文明史的中国来说，无疑构成了一个巨大的讽刺。1909年法国人伯希和仅将盗走的少数经卷在北京展出，就震惊了中外。此时中国北京学部才于1910年命令甘肃当局将剩余残卷运至北京。起运时仅剩的8000卷经卷，又被王道士偷藏偷拿了一些卖给外国人；沿途又被各路官僚多方克扣。对此，余秋雨先生在他的《道士塔》一文中曾做过详尽的描述。

游罢莫高窟，在我心中回荡的，多是屈辱与悲哀。勤劳、智慧的中国人民创造了伟大的石窟艺术，又被中国人拱手送给了外国人。被盗也罢，被骗也罢，被卖也罢，毕竟一去不复返了。目前，西方一些国家博物馆里，摆放着中国敦煌莫高窟的艺术珍品，引来一批又一批观览者的惊叹声。试想，我们的国人能有几个也赶到遥遥万里的外国，搞来一批批他国的艺术珍品？但有人会说：盗不可干，此为强盗之举；骗亦不可干，此系小人之为；买吧，高价尚可，低价就很难了，如法国人仅用一沓子银元就从王道士那里换取24大箱经卷、5箱织绢和绘画的买法，我们可干不了。再说，如此危险之地，如此遥远之路，如此行路之难，如此生命之忧，对于“珍爱生命”远远超过珍爱艺术的中国人来说，是大大不可为的。

智慧、勤劳、勇敢、文明的中国人，你究竟在哪里？

2003年8月1日晚于敦煌市敦煌大厦

（载于《现代教育导报》，2006年2月27日，A4版）

# 鸣沙山、月牙泉之奇

鸣沙山——月牙泉风景名胜区位于敦煌市城南5公里处。鸣沙山因沙动而发出声响，月牙泉因形似月牙而得名。它与莫高窟艺术景观遥相呼应，形成敦煌市南一脉相连的“二绝”，成为国内外游人心向往之的旅游胜地。

我和侯广泰、范宗武到鸣沙山脚下时，已是晚20时许，而这个时候，方是人们游览的最佳时段。因为漫山是沙，倘若太阳当顶，沙热烤人，游兴也就荡然无存了。

凉风轻轻地吹着，沙的余热也已散尽。山上山下已有不少游人，有人骑着骆驼，驼铃声声，在夕阳晚照中缓缓地向山上行进；而更多的人，则是徒步而行。我们就顺着前行者的足迹，踩着细沙，一步一步地向上走去。

这山太奇了，全由细沙堆积而成，踏上去，软软的、柔柔的。从这一个山头到另一个山头，须沿山脊而行，但这些如同刀刃的山脊并没有因为众多游人的足踏而消减，因为这些沙子虽随足滑落，但夜风一吹，又辄复如旧了。

上这样的山，与在家中登山大不相同。因为这里足踩之地，是随脚下陷的沙子，费劲得多。在行至第一个山头时，便有不少游人挥汗不止、裹足不前了。余秋雨先生在《文化苦旅》中也说过沙山之行的艰难："上沙山实在是一项无比辛劳的苦役。"不过，上沙山未必难到如是程度。我一直向上走着，从一拨儿又一拨儿坐在沙山上流汗的游人身边走过，从第一个山头，一步不停地直走到当天人们行至最高的第四个山头，并没有流太多的汗水，身上的余力仍然不少。究其原因，一是因为自己在家时每天早起爬山，有了一定的体力基础；二是心态较好，这一段时间正在背诵《金刚经》，佛言"无所住而生其心"在此地生发了作用，不急不躁，不慌不忙，悠然而行；三是踩着前行者的足印行走，下陷较少，自然用力也可以小一些，而不是余秋雨所说，"顺着脚印走罢，但不行，被人踩过的地方，反而松得难走"。也就是说，心态、体力与技巧的和谐，才使我有了超越他人的地方。

站到第四个山头上，回首俯瞰，但见刚刚走过的几个山脊上依然有着不少或行或坐或退的游人；而向西望去，已有上弦月悬在天空，而月牙泉则静静地躺在沙山环绕之中。

月牙泉曾是历朝历代儒、佛、道教争相释义的地方，文人墨客也多喜欢在此吟诗咏赋，有的还写得诗意沛然，形神兼备——"天光星影一泉涌，新绿盈盈映远山；不是驼铃摇细月，应疑水色是江南。”其实月牙泉面积并不太大，长约218米，宽约54米。但它却是神奇的，只与流沙相距数十米，即使劲风吹来，泉水却并不为沙淹没。在《敦煌县志》上也说：“经历古今，沙填不满。”据当地人讲，之所以如此，一是丰富的地下潜流不断补充到泉内；二是由于泉水处于四周沙山之间，是常年特定的风向造成了泉周围沙粒上升和泉如月牙的情状。

走至月牙泉近前时，天已黑了下来，游人也大多踏上归程了。我与范宗武先生从月牙泉的东南角北行，再沿北岸西行，但见北边不远处就是沙山，南岸则是茂密的芦苇。环行一周，竟没有听到幽幽清水的一丝声响，甚至连一声蛙鸣都没有。上弦月已行至西天，地下的“月牙”依然一动未动。释迦牟尼所言“无我相，无人相，无众生相，无寿者相”，我等远未达到，而月牙泉或许已经得其要义了。我们没有像余秋雨先生那样有幸巧遇老尼，但却因会晤了颇有禅味的夜中月牙泉而有了一种淡然释怀的幸福感。

2003年8月1日晚于敦煌市敦煌大厦

（载于《现代教育导报》，2006年3月27日，A4版）

# 历经辉煌与残败的玉门关

上小学的时候，就诵读王之涣的《凉州词》：“黄河远上白云间，一片孤城万仞山。羌笛何须怨杨柳，春风不度玉门关。”所以，玉门关的意象早已沉淀在我的心里，并时不时勾起我一览其现有风采的欲望。今至敦煌，玉门关自然成了一个必去的景点。

据司机讲，玉门关坐落于敦煌城西北90公里处的一个沙石岗上，需行1个来小时的路程。早饭过后，我与侯广泰、范宗武就坐上一辆破旧的桑塔纳，向玉门关驶去。

路的两边没有齐鲁大地随处可见的绿色，也没有山东高速公路上大大小小的车辆。收入视野的，除悲哀地摇动于茫茫沙滩上的一些骆驼草之外，几乎见不到一棵树木，甚至一株破土而出的小草都会令你“寻寻觅觅”而一无所获。虽系柏油路，却只有一个车道的宽度，设若遇到迎面而来的车辆，其中一辆必须脱道而行方能“擦肩而过”。好在路上车辆极少，特别是驶出敦煌10多公里之后，整个路上只有我们所坐的一辆小车在孤独地行驶着。司机幽默地说：“今天是我们的专路。”

但因了玉门关这一景点的诱惑，也就点燃了前行的希望。我们一次又一次地询问抵达玉门关还有多少路程，还需多少时间。距离玉门关愈近，就愈激起我们观览其胜景的渴望。

玉门关终于到了！

但它远非我心目中的景象，只有趋于残败的四堵墙壁，不展开丰富的想象，怎么也无法再现其昔日的壮观；西、北两方虽然尚有一门，但也已经风采不再。我们一圈又一圈地环绕着这个方形的“关隘”慢慢地行走，用审美的眼光与特有的想象去触摸其内在的壮美。它是衰败了，即使墙上现存的所有黄胶土，也因“年事已高”斑驳陆离，生机不再。但也许正是这种古老与残败，才更加勾起我们对它昔日辉煌的向往。

是的，它曾有过特殊的辉煌：自西汉张骞出使西域以来，通过玉门关这座“海关”，中原的丝绸和茶叶等物品源源不断地输向西方各国，而西域诸国的葡萄瓜果等名优特产和宗教文化也相继传入中原。当时的玉门关，驼铃悠悠，人喊马嘶，商队络绎，使者往来，一派繁荣景象。所以，玉门关就成了丝绸之路通往北道的咽喉要隘。

沙漠上最缺少和最需要的就是水，玉门关特有的丰厚水源成就了它往日的灿烂。即使今天，它的北面不远处，仍有一片清水，一些植物也因水而丰茂地生长着。据司机讲，一年四季，这里的水从不枯竭。大自然的神来之笔是妙不可言的，就在这沙地漫漫、水如珍宝的地方，竟有了这一汪清泉，如一颗明珠，为广袤的戈壁滩增添了亮色与希望，为丝绸之路提供着不竭的水源。

任何辉煌都不是永远的，就是古代的玉门关，也难以走出这一历史的定律。王莽篡位后不久，玉门关便遭遇了丝路中断、关口封闭的悲哀。此后虽有生机再现之日，但命运多舛的玉门关还是在三通三绝之后，关口湮没，长城坍塌，路无人迹，进而沦为废墟。昔日繁华景象已不复再现，成了“春风不度”的荒漠寂野。所以，才有了王之涣悲壮苍凉而又意蕴悠长的千古绝唱。

但也许正是因为既有辉煌又有悲怆，玉门关才有了传奇色彩。据司机讲，玉门关原名小方盘城，因为一个传说才改名玉门关的。

当时络绎不绝的丝绸之路上，西域于阗国的特产“和田玉”也源源不断地经过小方盘关运到内地，然后再从内地换回中原王朝的大批丝绸。为此，于阗国王还派了一队官兵，专门往内地押解运送玉石。但运送数次之后出现了一件怪事——驮运玉石的骆驼一进小方盘城就口吐白沫，昏迷不醒。押运官对此束手无策，愁眉不展。一个有经验的拉骆驼老人告诉押运官：“咱们长年途经此地运送玉石，从未祭礼关神。你看这关城全是土筑的，虽然宏伟壮观，再不祭祀，恐怕下一趟也要生病。”押运官问：“怎样祭祀才能消病除灾，确保人畜平安呢？”

老人说：“用上等玉石，在城关门上镶嵌一圈，作为献上的贡品，再诚心向关神礼拜。这样关楼就有了光彩，关神也就高兴了。”押运官按老人的建议办了。骆驼灾病果然消除，他们平安到达长安。小方盘城门砌了一圈闪光的玉石后，使关楼更加雄伟壮观。从此，小方盘城就改名叫玉门关。

今日的玉门关早已没了昔日光彩夺目的玉石光圈，但因了这个传说，它却近小车的时候，我的耳畔恍若听到了驼铃声声，我的眼前依稀闪现出玉石光圈的光彩。

2003年8月2日晚于敦煌市敦煌大厦

# 无言而悲壮的雅丹地貌

如果说“春风不度玉门关”的话，玉门关西北方向100公里以魔鬼城著称的雅丹地貌就更是当年人迹罕至之地了。现在虽然有了通往雅丹地貌的道路，在它附近还建起了集地学博物馆、餐厅、接待大厅于一体的雅丹龙城，但前来游览者依然不多。这一有着30多万年历史的神秘之地，究竟是一种什么样的色彩与形状？到底能将人炙烤成什么样子？我和侯广泰、范宗武就带着疑问与好奇，乘坐着小车从玉门关向雅丹地貌行进了。

1个多小时之后，我们抵达雅丹龙城。本想立即走进雅丹地貌之中，可是司机却无论如何也不愿开车前往。他说里面道路难行，气温特高，桑塔纳小车进去，一旦陷入沙土之中，便会进退不得，我们就会在热浪滚滚中，了却一生。

雅丹地貌就在近前了，我们不会无功而返，唯一的办法，就是从旅游站租一辆吉普车。但对于在这个荒地里建起的一个站来说，吉普车并不好租，我们拿出三个记者证，恳请站上一位热心的负责人满足我们的心愿。临近正午的时候，他才叫来一个司机。我们一边表示着感谢，一边钻进吉普车内。不过，车尚未开动，司机便严肃地告诫我们，不带足够的水进去，人会被烤个半干的。水带得并不太多，但不管他如何讲，我们已是必进无疑了。

吉普车刚一开进雅丹地貌的东部边缘地带，我们便为其特殊的气势征服了。道路的南边，黄褐色的山如“土岗”似的，沿着东西方向一道又一道地排列着，犹如临近血战之前的一队又一队雄壮而又惨烈的战士。无言、悲壮，没有任何绿色与之作伴，没有一滴清水为之洗尘，也没有一个行人与之对话，但它们并不孤独，因为它们是一支庞大的队伍，是视死如归的英烈之士。这时候，你才知道什么是悲壮与崇高，才知道地球上还有另一种美丽。

是的，道路很不好走，有的地方是很深的沙土，如果桑塔纳小车进来，真可能会有来无回。即使吉普车，有时开起来也并不轻松。好在司机经验特别丰富，他已没有对道路之难的恐惧，也没有对雅丹地貌的惊奇。行至比较适宜观览的地方，他将车停下，让我们下车。不过，他随即又说，一般在这里停上一二十分钟就会把你们晒个半干，渴个半死！

我们没将司机的话当作耳旁风，也没当作多么庄严的警告。他的话刚一结束，我们便快速地跳到车下，往南向雅丹地貌的腹地走去。太阳好像就在我们的头上，烤着整个大地，也烤着我们整个身子。地上的沙土是炽热的，雅丹地貌的山土是炽热的，包围着我们的空气是炽热的，偶尔有一丝儿风袭来，也是热气腾腾。虽然没有温度表，想来至少五六十度吧。走了一会儿，便想走到高一点的较高雅丹地貌的背阴处稍停片断，然而那里也没有任何的凉意。这时候才想起司机的忠告其实并非恐吓。这不是人类可以久处之地，如果停上两三个小时，也会葬身热浪之中，即使耐高温的动物，在这里半天时间也会被晒死。

可就在这个时候，突然发现一种状如蟋蟀的黑色小动物，就在我们面前敏捷地蹦跳起来。在这个“赤日炎炎似火烧”的地方，它竟然如此欢快而从容。大自然真的是不可捉摸！它对炎热的适应能力之强，真的是令人叹为观止。也许看到这种动物的自然与从容，我们被烤得几乎

“唇焦口燥呼不得”的时候，竟对它评论了一番，甚至由此多了一些勇气，非但没有知难而退，反而继续往里行走。

也就在这个时候，一辆载有数十人的豪华型大客车也赶到了我们来时乘坐的吉普车停放处的旁边，但当我们继续往里行进了两三分钟之后，回首一看，那几十个刚从车上下来的人们，已经慌慌张张地从热浪滚滚的地上向车里钻去。很快，那辆客车便在黄土飞扬的路上向来时的方向奔去。

我们三人几乎都想尝试作为万物之灵的人对于热气的承受能力，继续向纵深处走去。也就在这个时候，太阳的热浪更加强劲地向我们攻击着，觉得整个嗓子都干透了，整个身上好像被烤得没了水分。这时候突然想起司机临行时说的话：“在那个鬼地方，有的时候人是走不出来的！”但也就在这个时候，曾出现的那种小动物，在这个空旷得几乎只有天、地和我们三个人的空间，竟然成了我们的精神支撑。走至一座小“山冈”旁，用手摸一下那黄褐色的土，这就是有了30多万年历史的雅丹地貌之土吗？它经历多少人世沧桑，虽然从来没有对世界作过任何评价，但它却成了历史变革的见证者。这时候，才突然感到人类的渺小，在我们只有数十年最多百十年的生命历程中，从来没有它的这种坚韧，也没有它的这份从容，甚至还没有与它相伴的蟋蟀似的小动物的从容。悲哉，人也！

人的力量是有限的，人的耐力也是有限的。从吉普车上下来，往南行走了只有40来分钟，就有些支持不下了。于是，我们才达成共识：返回。

回去的路上，没有初入此地时的力气，而且口干得几乎说不出话来，但是，我们却因与这个有着30多万年历史的雅丹地貌的“会晤”而欣慰。

走近吉普车的时候，司机不可思议地看着我们："你们走了这么长的时间！"

是的，往返1个多小时的时间，也许这是我们整个生命成长经历中最为炎热的1个小时，可是，也正是这种特殊的经历，使我们感受到了大自然不仅有秀丽，也有悲壮。作为天地之间的人，对于大自然的林林总总，我们有赏心悦目的欣赏，也有须仰视才见的崇敬。

走出雅丹地貌，一下吉普车，我们就迫不及待地跑到从敦煌出发时所租车上取出一个西瓜，取刀切开，贪婪而大口地吃起来。旋即，一个偌大的西瓜，就进了我们三个人的肚里。用手抹一把残留在嘴上的西瓜汁，相互欣慰地笑笑，然后钻进小车里，向另一个目标——阳关行进。

2003年8月2日晚于敦煌市敦煌大厦

（载于《中国教育报》，2007年1月22日，第8版）

# 承受日晒与感受绿荫

小车从雅丹地貌附近的龙城驶出时，已是下午2点来钟。由于热气袭人，虽然尚未吃上午饭，却一点儿食欲也没有。况且司机说，一般游客都是赶到阳关附近的饭店吃饭，那里风景宜人，且有农家情调。于是，我们怀着绿色的希望与憧憬，与这里作了一个悲壮的告别。

我们本以为一上小车，就可以享受空调的凉爽了，没想到这个破桑塔纳的空调吹出来的全是热风。这时候，我们才知道，车上的空调已有形无实了。但车窗是不能打开的，因为外面的太阳光线更为炽烈。

小车在一眼望不到边的戈壁滩上孤单地行驶着，万里无云的天空，有一个我们此日以前没有见过的太阳强劲地照耀着大地。正是因为今天的特殊之行，才有了享受这种特殊“待遇”的机遇。我坐在与司机并列的前排，尤其受到了太阳的“恩赐”，因为从车的前面、西面两个方向，它都可以一览无余地普照于我。

由于太阳的无处不在，我的整个身子都已热气腾腾，即使装在衣袋里的手机，也已“炙手可热”。走了半个多小时，感到嘴里的唾液也所剩无几了，这时候才想起在农村老家农民说过的一句话：“嘴里干得都冒烟了！”小时候总觉得老百姓太过夸张，今天方知他们修辞运用得水平有时比我们这些喝了许多墨水的人还要高明得多。

我与侯广泰、范宗武几乎同时脱口而出：“吃西瓜吧！”是啊，我们车上还有一个西瓜呢！但总要找一个没有太阳的地方吧！可是，茫茫戈壁滩，见不到一株树木，甚至连一堵墙壁都没有。只好下车取瓜，路边而蹲，迅速地取刀切瓜，狼吞虎咽地吃完，就又钻进小车里。这时候才发现，小车里的温度虽高，比诸连沙土都热得烤人的戈壁滩来，还是略低了一点。

据司机讲，到阳关附近的饭店，需要2个多小时。也就是说，我们还要与炎热相伴1个半小时的时间，这实在是对我们耐热能力的一种考验。设若这辆破车哪个零件一坏，我们在这个前不靠村，后不靠店的沙漠里，非葬身热海之中不可。因为这里没有修车的地方，甚至很久见不到一辆旅游的车辆。这对我们构成一种恐惧，也构成一种挑战。看着神色庄重的司机，也许他也与我们在想同一个问题。而他，却因为谋生计，一年不知道要经历类似的考验多少次。于是，便对他顿生敬意。开始还对其隐瞒空调已坏心怀不满，现在才知道他在尽量节省开支的同时，也在承受着上苍的历练。

也许是在济南这个被称作中国“四大火炉”之一的地方生活了20年没有用过空调与电扇而能安然入睡的原因，也许几年来在看圣贤书时有了一些定心的缘故，这时候我的心反而平静下来了。虽说不能达到“心静自然凉”的境界，但没有了躁动不安，坦然地享受着炎热的侵袭。因为我知道，人生不可能一帆风顺，有热就有凉，有好就有坏，有乐就有悲，有生就有死。于是，我不再说话，闭目养神，用心灵与这份热气对话。

下午4时许，司机说，前边那片有树的地方就是我们用餐的饭店。我们从养神修性状态，一下子进入到亢奋情境。是的，前方出现了一片绿色！这对于我们来说，无异于点燃了一片希望。“冒烟”的喉咙似乎一下子湿润了许多。默然无语了将近2个小时之后，我们之间的话语一下子多了起来。

小车终于驶进一个农家小院，在大门与用餐房间的路上，有紫色诱人的葡萄和浓密的枝藤铺盖于上，形成一条装点“农”字况味的浓阴之道。穿道而行，数十步之路，便走到院中的一个八仙桌旁，叫上茶水，未品便下肚。这时候我们已没了这么多的斯文，只喝得口不再干，腹不再渴，方才放缓了速度。

这时候，才有了欣赏院中之景的雅兴。原来，这是一家很有品位的小店。不但有绿荫环绕四周，而且院内还有了人文色彩。不但每扇门上对联文气十足，屋内书法也遒劲有力。这与看不到绿色的戈壁滩形成一种鲜明的对比。也正是几个小时与绿色相隔离，对这突现的富有生气的绿色才更有了特殊的感情。

正当大家赞叹不已之时，范宗武突然取笔铺纸，赋诗一首。很快，我与侯广泰也就和诗而出。于是，肚虽辘辘，饭尚未用，一首又一首的诗便沛然而出。其实，这些所谓的诗，大多是打油诗，甚至是顺口溜，登不得大雅之堂。因为我们此前从不作诗，对此也没有多少研究，但刘勰所言“情动而辞发”却是一语中的，因为我们是感慨系之，情不自禁，甚至是脱口而出，所以才有了立马成“诗”的“神来之笔”。本想将这些“诗”写入游记之中，可范宗武说，我们可以以诗寄情，但不可拿出来贻笑大方。是的，我们三个还是有些自知之明的，权作一时兴起，胡言乱语一番而已。于是，这批打油诗就化作永远的虚无，与茫茫无知的天地间的太多的不可知一样，让世人永远无法见其面目了。

饭还是在我们诗意未尽之时上来了，它对“以食为天”的我等百姓而言，还是具有诱惑力的。于是，又一番狼吞虎咽，尽管与途中吃西瓜一样都有风卷残云之势，却已是另一番情调在其中了。

2003年8月2日晚于敦煌市敦煌大厦

# 阳关沙滩寻“宝”

午饭茶足饭饱之后，我们便径去甘肃之行的最后一个景点——阳关。

人们对于阳关的熟知与向往，大多来源于王维的《渭城曲》：“渭城朝雨浥轻尘，客舍青青柳色新。劝君更进一杯酒，西出阳关无故人。”儿时的我与很多小朋友一样，对这首诗耳熟能详。但经历沧桑之后且亲临其境与当时的追求韵律式的诵诗不是一个感觉。

当时背诵起来朗朗上口，现在却知道了阳关的一些兴衰史。

早在公元前121年，西汉王朝为抗击匈奴，经营西域，在河西走廊设置了武威、张掖、酒泉、敦煌四郡，同时建立了阳关和玉门关。从此，阳关成为通往西域的门户，丝绸之路南路的必经关隘。自西汉以来，许多王朝都把这里作为军事重地派兵把守。著名佛经翻译大师鸠摩罗什，就是从阳关大道进入中原，将佛教传播到中华大地的。而赴西天取经的唐玄奘从印度归来时，唐太宗李世民命令敦煌官员和百姓，到阳关去迎接这位历经了八十一难的高僧归国。马可·波罗进入阳关后，游历了整个中国，在游记中他记录了一个欧洲人看到的东方神奇。

“物壮则老，老则不已。”宋朝之后，随着中国政治、经济中心的南移，丝绸之路日渐衰落。阳关，这个中国历史上著名的军事重镇和关隘逐渐消失了，阳关大道也被历史的烟尘所湮没。如今留下的，只是一片望不到边的大沙滩。

阳关重镇的辉煌不再，现今只留下方圆百里的空旷。

据导游讲，当地人称这片沙滩为古董滩。汉唐陶片、铁砖瓦块就隐藏在茫茫沙流之中。如果运气好，游人还会捡到金、银、玛瑙、五铢钱、陶器、箭头、铁刀片等等。所以有人说：“进了古董滩，空手不回还。”

既来之，当然不愿空手而还。

我们就在一道道错落起伏的从东到西自然排列的大沙丘中，开始了寻“宝”之行。我突然有一个奢想：说不定有一件价值连城的古董，就无声无息地显露在自己的眼前。取之而归，便成为甘肃之行的一种意外收获。

我们三个人像拉网似的瞪圆了眼睛在沙地里“寻寻觅觅”。不长时间，侯广泰便捡到一片古瓦片，随后，范宗武又拾到了一个箭簇。此后大约10分钟后，我才找到了一片不大的瓦片。用手抚去上面的沙尘，小心地放在手绢里，便又继续自己的寻“宝”之行。

吃过午饭，已经是下午5点多钟了。所以说，阳关之游，更多的是在夕阳西下的时段。好在这个时候的阳光已没了在雅丹地貌时的灼热，加之寻“宝”之时都有了一定的收获，大家的兴致还是没有丝毫减弱。一直到天渐渐地暗下来时，我们才聚拢到一起，分享各自所寻之“宝”。可别说，还真的不虚此行，每一个人都捡到了五六件“宝物”。

离开阳关沙滩时，古阳关也正渐渐地被暮色所消融，不长时间，就安详地进入了历史的梦乡。

就在这个时候，突然有一种悲壮感。阳关千年以前的辉煌，就这样湮没在日月巡行的时间过程之中了。而作为生命个体的人，辉煌更是短暂的。谁也逃不过历史的铁律：从生到死。而且不少的人，经历的是从辉煌到衰败的过程。而现实中人们所追索的，往往是短暂的荣耀，漠视了历史的伟大与无情。所以，知晓自己的成败得失，才是真正的聪明；善待自己与善待他人，才是永远的美丽。

再次回首阳关，这个走过了许多朝代的历史“见证人”，已经与天色融为一体。

于是，返程，用餐。

晚饭之后回到宾馆房间，离开阳关之时的感受还在心中徘徊，于灯下再次展望捡到的瓦片，古色古香，沙砾犹存。不知为什么，突然感到它似乎没有多少文物价值，甚至阳关的寻“宝”之行没有多少意义。不然，早有专门人员夜以继日地寻找了，是根本等不到我们这些迟到的游人的。于是，留下小小的一块，作为此行的一个纪念，其余的，则一并扔在了垃圾箱里。

躺在床上，看着没有任何反响的瓦片，不由得哑然失笑：明日的新疆之行，还会有今天的故事吗？

2003年8月2日深夜于敦煌市敦煌大厦

# 老乡陈道忠

初识陈道忠，是在去年于福建召开的《中国教育报》记者站会议上，当时他少言寡语，似乎与这个富有生气的队伍有些格格不入。当时甚至认为，他是属于那种落伍守旧的一族。可今天于新疆相见，听他谈自己的人生经历，与我们论教育形势的发展，方知人不可貌相，也不可以以年长、年少论其改革与保守。

他是一个创新者，大胆新奇的思路，经常性地在他的大脑间回荡；他还是一个雷厉风行者，一旦思路确定，随后便是行动，不管多么困难，也要克服与排除，直到取得意想中的结果。为此，有人为其起了一个“陈大胆”的绰号。其实，大胆是不错，只是少了一个核心的东西，那就是他运筹帷幄的智慧。他总是在有了想法之后，自己进行“论证”。有时他会在办公室里徘徊复徘徊，半天甚至一天不吃不喝，思考何以马到成功。他说，机遇无处不在，关键是你能不能抓住。风险随处都是，关键是你能不能避难呈祥。从购地、建大厦，到赴京跑刊号，难度之大，常人难以想象，也非一般人能够办到，可是他大胆地想了，更出奇制胜地办成了。

不知为什么，他使我突然想到《水浒传》中的鲁智深，看似莽撞的行动中，往往暗含着粗中有细的智谋。他长得身材高大，膀大腰圆，形貌上与鲁智深也有点相似。我将这种想法告诉他的时候，他“嘿嘿”地笑笑，算是一种默认，也是一种自我欣赏。

在福建的时候，我没有见他这么开心地笑过，特别是今天谈他的传奇经历时，他常常不经意间笑起来。那笑里有自信，有自豪，有回味往事时的欣慰与满足。有时他还会大手一挥，如一个将军指挥千军万马与敌人作战一样，早已成竹在胸，克敌制胜就在眼前。

他做成了许多又大又难的事情，这成了他永远值得骄傲的资本。可是，他的得意“作品”并没有在他的手里更加生动起来，一纸调令，他成了只有一个兵的《中国教育报》新疆记者站站长。往日的喧闹不再，昔日的辉煌有了新人继承，壮志未遂，宏愿未了，所以提及往事，他发出了轻微的遗叹。其实，人生有太多的无奈，有很多意想不到的事情。他从一个摄影记者一跃而成为报刊社的领导，无异成为当时人们匪夷所思的黑马。可是，他志得意满地一剑封喉之后，一个未来的损失也已向他招手。当时他在摄影、绘画方面已经颇富造诣，今天他将以前的作品拿出来让我们欣赏，即使我等对此没有多少研究，依然惊叹不已，因为其中有激情与灵气的飞转，那绝对是一个艺术家的审美创造。如果不是十几年前的“官运”突兀而至，他现在一定是一位很有名气的艺术家了。就其个人而言，他失去了一个艺术家的生命，“毁掉”了一生。就其从事的教育事业而言，他成就了报刊社，成就了教育大厦。可是，命运并没有按照他的思路轨迹行走，得失都在笑谈中化作一个永远难以理清的账目。

他现在只是《中国教育报》新疆记者站的一个站长，只有一个兵，还不在乌鲁木齐。况且他也年届六十，该是夕阳将至之时了。可是，山东人的义气与豪爽激活了他，一见我们来到，立马变得虎虎而有生气，当年意气风发的神态宛在眼前。他亲自到机场迎接我们，“司机”是他的一位朋友的儿子，因为他没有专车，公车也没有。晚上，他带我们到一家正宗的穆斯林饭店吃羊肉串，到大街上观光，回到宾馆陪我们说话。

“他乡遇故知”该是多么美！在遥远的新疆，有一个老乡，而且是可以与你深谈的老乡，该是何等的幸福！

2003年8月3日晚于乌鲁木齐市新疆教育大厦

（载于《现代教育导报》，2006年8月7日，B4版）

# 葡萄沟之游的享受与缺憾

没到新疆之前，对吐鲁番的葡萄沟就心仪已久。今天上午即可亲临其地，观其胜景，自然有些兴奋。特别是听陪我们同行的维族小伙子说，中午便在葡萄架下就餐，感到更是“欲辨已忘言”了。

葡萄沟不愧是葡萄的天国，面积之大，葡萄之多，品种之众，均系有生以来首次所见。游人行走于绿荫蔽日的葡萄架下，盛夏的感觉渐渐隐去，轻轻的夏风慢慢袭来，顿感心旷神怡，有临风把酒之欲求。

午饭的饭桌就设在葡萄架下，店主人用盘子盛上几个品种的葡萄，免费让我们品尝。对其垂涎三尺的我们，已没有了以往的斯文，略一洗手，便一个接一个地吃了起来。其味道之纯正，是从来没有尝过的。尽管在济南也年年吃些葡萄，可是，那不是这样一种味道。据同行的维族小伙子讲，吐鲁番四周高山围绕，盆地中的艾丁湖，湖面比海平面还低154米，是我国最低的地方。在这个盆地中，夏季里长达15个小时的阳光下，气温增高很快。高温受到群山的阻挡，无法扩散到盆地外面去，而盆地内，既无河流又少下雨，被蒸发掉的水分，得不到补充，便形成一股又干又热的“焚风”，加上中部一条近100公里长的红山，在烈日的照耀下，红光闪闪，很像熊熊的火焰，更增添了盆地的炎热，所以人们又称吐鲁番为“火洲”。火洲的高温，有利于葡萄的生长，使吐鲁番成为中外闻名的“葡萄之乡”。所以当地人们有一个民谣说：“吐鲁番的葡萄哈密的瓜，库尔勒的香梨人人夸，叶城的石榴顶呱呱。”它道出了新疆有名的四个水果之乡，吐鲁番则独居榜首。

听维族小伙子一说，我们吃起葡萄来更感美味可口，但人的胃的容量毕竟是有限的，我们大饱葡萄口福之后，饭菜吃得自然少了很多。可是，我们没有任何遗憾，如果在这里不将葡萄吃个尽兴，那才是真的得不偿失呢！

葡萄沟虽美，但与我们想象的还有不小的差距。原以为这是一片天然的葡萄园，不加雕琢，甚至带点野味，葡萄生长于山沟之间，土石相夹，行走于曲径通幽的泥土小路之上，偶尔还可以听到维族的民歌。然而，闻名而至的游人太多，在重要景点争相照相，有些不太文明的游人还会大声叫嚷，把本应宁静的田园之美搅得荡然无存。有的地上甚至铺上了地板砖，搭起整齐划一的钢筋支架，修了水泥平台与条坐。这种明显打着现代印记的“装点”，与葡萄沟所应有的原始生态形成一对矛盾。特别是对于我们这些在城市里住长了的人们，对这种特设的现代设施更是了无情趣，甚至产生反感。其实，这些“装点”的成本并不太低，如果用些具有本土特色的用不着花多少钱的木架、木桌、乱草、泥土等陈杂其中，也许更有葡萄沟的味道。

现在很多景点有了反自然的行为，认为这样可以方便游客，或使民风民俗与现代色彩并存。但很多具有地方特色的景点，一旦将本土特色破坏，便破坏了其固有的美丽。有些城市附近的酒店，甚至也打起了“自然生态”的主意，让吃在其中的人们，有一种回归自然的感觉。且不说这样做能不能达到预期的效果，单说这想法，就顺从了追索自然的人们的审美情趣。而本来就有自然生态优势的旅游胜地，更不必以现代装点改变其原有的风貌了。

返回的路上，带着缺憾，再望一眼葡萄沟，多么希望不久的将来，葡萄沟数十年，甚至百余年前的本色再现，摇曳出一道本土本乡的民族风情与自然原色。

2003年8月4日晚于乌鲁木齐市新疆教育大厦

(载于《现代教育导报》，2006年9月4日，B4版)

# 交河古城的炙热与感怀

火焰山之热是预知的，《西游记》早有描述。据当地人讲，如果将鸡蛋放在火焰山上，用土一埋，三五分钟，就已熟了。尽管我们是在火焰山西边一两公里的地方停的车。一出小车，便立即有热浪滚滚而来。匆匆下车，匆匆上车，看几眼火焰山的形貌，照一张纪念照，便落荒而逃，离它而去。

此后的一个景点是交河古城。我们想，这里自然不会如火焰山那样的炎热了，但怎么也没有想到，这里的太阳依然毒辣，甚至可以与火焰山比肩。所以，游客大多望而却步，触热而归了。我们一行三人领教过火焰山之热以后，反而对这种炽热难耐的地方产生了兴趣。况且，这是一个古城遗址，是要认真游历一番的。它因两条河在城南交汇而得名。汉代以前，西域36国的车师国曾以交河为都。自汉代以来，交河一直是丝绸之路上的政治、经济、文化中心，直至15世纪才逐渐被废弃。就历史跨度而论，这是中国迄今为止保存最完整的都市遗迹，也是世界上最大、最古老、保存最完好的生土建筑城市。交河古城留有不同地域文化的明显印迹，对研究西域历史和中西文化交流史都具有重要学术价值。

“走进去！”我们三人几乎是不约而同地下定了决心。

说来容易，进去则远非想象得那样简单。

太阳如炽，土地如烤。十几个与我们一起决定走进去的游客，刚入南门便“抱头鼠窜”了，但数千里而来，就此止步，将会留下终生遗憾。可进来之前，导游曾警告说，如果不带足够的水进去，有可能中暑休克。我们没有带多少水，但我们有的是勇气。经历过雅丹地貌热气蒸烤考验的我们，是不会惧热而退的。

太阳光强烈地照射到我们身上，地上的热浪也扑面而来，整个身上的水分不断地蒸发着，连喉咙里都好像没了唾液的滋润。可是，我们坚持着，一直向里面行进着。

由于特殊的地理条件和建筑因素，交河古城的大部分遗迹都暴露在地表并基本保存完好。许多院落，都有口小底大的储粮窖穴，甚至深达40余米的水井。这自然与当年战乱时应付围城有关。这一昔日政治、经济的中心，现在留下的只是一个又一个的土墙和土墩。昔日的街道依旧在，沿主街道而行，再至大佛寺，又从东路而归，到官署遗址，两口古井犹在。

当日的一代英豪今何在？只留给我们久长的叹息。只有这炽热如烤的残垣断壁还与日月同在，令一拨又一拨的游人随意评说。这令我想起电视剧《三国演义》开头一首诗篇中的诗句：“是非成败转头空……古今多少事，都付笑谈中。”

带着对历史追问的心理，以及富有悲壮意蕴的审美观照，我们在火一样的古城街道上行走了1个多小时，又回复到这座古城的入门处。衣服已为汗水浸湿，口舌已如火烤一样炙热。可我们因为这份特殊的游历与特殊的感受，油然升腾起一种不虚此行的快感。

有生以来，去过三个最热的地方——雅丹地貌、火焰山和交河古城。这三个地方又各有不同：雅丹地貌是大自然的鬼斧神工造就的一个千古神秘；火焰山因吴承恩的《西游记》而成为一个妇孺皆知的神话般的地方；交河古城却是真实的历史给人类留下的一个耐人寻味的绝唱。

2003年8月4日晚于乌鲁木齐市新疆教育大厦

（载于《现代教育导报》，2006年10月16日，A3版）

## 神秘的天池

古称天池为“瑶池”，是传说中西王母宴请周穆王之地。唐代诗人李商隐曾作诗曰：“瑶池阿母绮窗开，黄竹歌声动地哀。八骏日行三万里，穆王何事不重来。”

今人说天池深水之中，藏匿着千年怪物，由此还演绎出许多关于怪物的见闻，甚至还有相关的照片作证。这给原本神奇的天池，又蒙上了一层神秘的面纱。

此行能否寻觅传说中王母娘娘的一点儿踪迹？能否得见一两个怪物？就成了悬在我们心中的一丝期望。

天池的确是奇的，它的四周都格外奇美。

它背靠海拔5400米的天山第二高峰博格达峰，峰顶终年积雪，白雪皑皑。天池四周的山腰上，是深绿色挺拔、整齐的云杉林。清澈湖水、皑皑雪峰和葱茏挺拔的云松林，构成了天池迷人的景色。

天池之水更是奇的，这奇在它的深邃与冰冷。

船行水上，便会浮想联翩，这个最深处约达百米的湖中，究竟藏匿了多大的怪物，会不会突然浮出水面？即使没有水怪，会不会有几条大鱼突兀而出，给我们一个惊吓或惊喜。不过，我们始终没能见到怪物，或者根本就没有怪物，是一些人杜撰出来的。即使比较大的鱼也没有见到，也许大鱼担心与飞驰的游船相撞，早已悄然沉入水底，让游客欲见不能。于是在想，那些说见怪物者，真邪？假邪？如果真有，天下何会有这种咄咄怪事？如果没有，人们何以编造如此的谎言？

昨天在火焰山旁游览的时候，真真实实地感受到“炽日炎炎似火烧”的味道；而今天走近天池，便恍若来到另一个季节。休说水之冰冷，就是在天池边上，也是凉风飕飕。特别是乘船行于天池水面上的时候，更感到寒冷之至。穿上一两件毛衣，也会有冷风侵骨的感觉。对此虽然毫无准备，可是，我们并没有因为这种特殊之凉而退却，相反，在这个季节里，能够感受如此的气温，真的是意外之喜。

大自然的鬼斧神工非世人可及，雅丹地貌、火焰山和交口古城的火热，以及天池的寒冷，是人类不可改变的。曾几何时，“人定胜天”作为一个豪迈的口号，鼓舞着很多人去做力不能及的梦。可是，人们在大自然面前碰得头破血流之后，方才重新审视大自然的威严与不可战胜。人与自然同处宇宙之间，和谐相处，才能抵达天人合一的高层境界。和谐是人之生存的关键所在，不只是人与自然，人与人之间更需要和谐。可是，有人却自不量力地破坏这种和谐，结果就只能自食其果，甚至以生命的终结演绎出一段悲凄的闹剧。

和谐，不只是中庸之美，更是生命成长的必需。

2003年8月5日晚于乌鲁木齐市新疆教育大厦

# 附录

## 黄河之水天上来
## ——读陶继新老师散文有感

刘金华

其实，仔细算来，和陶老师相遇相见相处一共没有几次，就连电话、短信也很少联系。对他的钦佩、仰慕，是从文章的哑语中交流而来。

在第一时间里再次读陶老师的作品，温馨、灿烂，像曙光一样一下子铺天盖地，把金黄的经文洒满人间。一口气读完《日韩之行》，心界豁然开朗，有许多话要说。虽然感觉还是过去的陶老师，但他的所见所闻所思所爱所恨，灼烧着他的胸口。一种力量在暗涌，比原来更加强大，他脚步匆匆，像时钟一样，不停地转动。采访、对话、读书、写作、演讲……一种精神在传递，比原来更加迅猛，像阳春三月的春风抚慰着人们。没有理由不振作，没有选择不发愤，没有权利不站起来。一种心态在暗示，比原来更加平静，在《逝者如斯夫》中他这样写道："到达仁川港口时，只有14时40分，整个大厅里，只有我们一个团队的人员。谁也没有想到，时船要到晚上11点之后才能起航。也就是说，我们还要等9个小时后，才能正式起程。"视时间如同生命的陶老师，在空空等待9个小时的情况下，快速找到安慰：“一点儿也不生气了，安然地坐在椅子上，打开李泽厚先生的《论语今读》，认认真真地读起来。”镇定、沉静、善解、宽容、大度，无不显示着陶老师的秉性与境界。在《中间停车的尴尬》一文中同样显现出他的从容。汽车几次坏，司机几次修，游人几次怨。而陶老师则是说“人还要有点同情心，度人心”“人还是要多一些宽容，多一些平静”。

在《由两个小女孩想到的“均衡”的尴尬》一文中，陶老师写道：“父母的‘优’‘劣’之别也是造成这种分野的重要因素。受教育的不公平，比起一般性的分配不公，更加可怕。”理性、高度的精练可以看到陶老师洞察到隐藏在其背后的危机，洞察到夜雾过后将要升起的缕缕曙光。他用敏捷的语言往深层挖掘，让我们在波澜不惊中看到他内心的焦虑和惊心动魄。他用热忱和热爱守卫真理，把祖国珍藏在心口，担心着、忧伤着孩子的未来。一篇文章一个战区，不用厮杀，只用陈述或逻辑推理把“标本”一一摆出来，让读者抓住从天而降的神采和风度。

多愁善感，有喜有乐，生活总是千变万化。聆听陶老师在《广西越南之行》的话语：“清水绿山，悠悠白云，就在静静的行走之中演绎着一方自然美景……”神韵天成，陶老师笔下的草木心灵比我们更豁亮，更宁静。《〈印象刘三姐〉观后》更是让我们感到日子的爽朗、欢快、甜蜜。在波涌浪涛间，天与水汇聚于几根铮铮作响的琴弦之上。“有红布遍江，人在其中的红色海洋似的壮丽；有身着艳丽衣服的窈窕淑女的陆续出场；有牧童骑着水牛缓缓而过的悠闲；有傍晚归来鱼满仓和迎其归来的喜悦之情；有远近都在的船上之行，而且整个场面都非常壮观、雄奇，而不同的色彩，配以雄浑的音乐，将这种壮美演绎得波澜壮阔。”一江欢畅，满天流韵。美丽的夜晚，悠扬的歌声惊得归林的小鸟栖枝倾听醉情的天籁。亦真、亦假、若幻、若梦。牧童从这里走过，渔夫从这里走过，岁月从这里走过，历史从这里走过。陶老师的思索与笔耕，被响亮的语言裸露。茶余饭后的娱乐是华夏大地上的缩影。安居乐业，国富民强，中华盛世！

都说漓江风景优美，陶老师书写的文字比漓江更美。他定位一个视觉，卷起千年尘沙，折射周边事物。以水以山以梦以幻之斑斓，口若悬河，纵情千古。他把漓江古老的风，宁静的景，灿烂的文化、独特的形态……像蜻蜓点水，绝妙地绣一幅长卷，让我们欣赏得轻松、入神、愉悦、留恋。“虽然每行其上不能如履平地般轻松，但因了与文化遗产的接触，可以让你的思想放牧于悠远的东巴文化的长河之中，遥听南国历史的回响。”清流淡淡，水云相掩。就这么简单，轻而易举地指引我们去了漓江，进了巴东。侧耳，静听漓江幽静的吐纳；仰头，凝视巴东原始的自然。复活，一切都在浣纱的女子身边复活，重返那纯真的年代。

陶老师对山水的抒发，对生活的描述，对人物的刻画，对事业的感召，是何等的新颖又富有深厚情感。在《人的适应能力是很强的》一文中昭示出“在心理上有了必胜的信念之后，又持之以恒地坚持下去”的哲理。“这使我想到：人的适应能力是很强的，之所以有时候这种能力显现不出来，是因为人本身心理上没有认可这种能力，或者在开始适应之时，有了一定的反应或困难，于是便退下阵来。其实，走向较大成功的人，都是先在心理上取胜，而后在行动上取胜。”回目，看淡淡的反光。寥寥数语，呼唤亲切。他把笔一挥，把搏击的力量和突围的勇气，传递到我们的血液。自信、坚韧、耐劳、坚持……开始生根、发芽，而且发出拔节的声音。

智慧打开他神秘的路径，延续着他对生命未知部分的兴致，以及对耐力的考验。在《无言而悲壮的雅丹地貌》中，他用行动来证明了这点。“我们三人几乎都想尝试作为万物之灵的人对于热气的承受能力，继续向纵深处走去。也就在这个时候，太阳的热浪更加强劲地向我们攻击着，觉得整个嗓子都干透了，整个身上好像被烤得没了水分。”面对炽烤的火热，他没有畏惧，没有退缩，甩一把汗水，把皮肉交给阳光。用耐力守护不屈的尊严，用血脉衡量一滴水的珍贵，用生命体验抵达的钢铁意志。

陶老师善于运用对比形成反差，把层层外皮剥去，让人们一眼就认准实质性的核心。在《友好的藏民》那片天高地阔的土地上：“7岁的女孩自然地负起了看管这三个孩子的责任。但她一点儿也没有负担，背上的孩子不哭不闹，旁边的孩子不声不响。城里一个小孩几个人看管的情景，与这里的景况相去何远！但谁能说这样的孩子长大成人之后没有好的品德，没有强的能力？”深思后，像菜农一样，采一把野菜和温室里的青菜放在一起，鲜明的对照。同一个天地，同一个家园。命运在诉说，爱在呻吟，情在悲泣，心在滴血。接下来《友好的藏民》对牵骆驼的藏民真情流露，情不自禁地震颤。如一缕阳光，让我们感到扑面的幸福。“我突然感到，这是一颗还没有被污染的心灵，如这山里的葱绿的林木，在蓝天白云下自然地生长。对于久违了这种风光的城里人来说，真的是异常的可贵、可亲、可爱。”朴实的藏民踏歌而来，把渴望的灵魂惊醒，能回到那个美好的时代吗？陶老师深入、深情、凝神、张望。把世界截出一个真实平面，和春天联系在一起，要我们去琢磨、享受、寻味。就这样，亲情深入骨髓，我们的心弦不得不靠近自己的亲人。

敬佩。对人对事对大自然的表白是那样的虔诚，那样的振奋；而另一份真诚、承诺更让我们弓腰折服。在《带队的感受》一文中显露出陶老师责任心的专注:“今天再到成都机场，不管要等多长时间，不管所等的地方何等不佳，我也不会再到贵宾厅里，因为那种形式上的舒服，远没赶不上内在的痛苦。”肩膀的负重，使他理解道路的遥远。惯性的前进，他自愿让铮铮风骨迎风站着，让责任成为永恒的骄傲。叩问，良知，把心肺掏出来，这正是他做人的成功之处。

山西之行文章短小精悍，一篇一个闪光点、一个昭示。《王家大院》盛败乃自然，“现在人们多在为钱、为官而拼命，也为子孙而努力，甚至想着让子孙永远如期盼的那样‘幸福’地生存下去。但因其教育方式的不同，而子女如自己者却并不多见。思考深刻如鲁迅者，也不能幸免”。陶老师用有力的手挑开古朴沉重的天幕。纯美的文字像晨露，鲜活的例子像良药。在审美中准确地表达、流露。气宇轩昂，在灵魂里独啸；在独啸中，生命完成了一次次自我更新。

一草一木，一山一水，一城一池都是陶老师感慨的索引——遗憾、惋惜、伤感。在《云冈石窟》中他写道：“这里面也有令我遗憾感叹之处，那就是中国人的保护意识淡漠。”好痛，空抱一腔热忱，焦灼地寻找、饥渴地眺望。说些什么？只能劝陶老师怀揣一杯老酒外加一碟小菜。等待，静静地等待。肯定有一天中国人的保护意识会强起来。其实，平静的海面下，已经有股股涌动的暗流，您想离强劲的日子还远吗？

再让我们来欣赏《悬空寺》的微妙之处吧——“它以形体之小，容纳了太多的文化含量。其中有佛像，也有孔子像，还有老子像，甚至还有雄宝殿。它昭示出一种儒释道三家共存的文化，这是中国文化的一种特质。它不像外国那样互不相容，而是同中有异，异中有同，从而构成了独特的中国传统文化。”陶老师站在山水的一隅，安静地欣赏。他以山为背景，为中国百花齐放的文化插上翅膀。让我们清晰地感知这道奇特、回味无穷的景观——在无边的寂静中儒释道三家互为补充。他们的经典文本不同，但发出呼唤的和谐声音是一致的。真不敢相信，在同一时间、同一地点让我们看到春天的绿色，夏天的活力，秋天的沉甸甸。

文字的魔力，让我们深刻、珍惜、感恩。在《鸭绿江之游的反思》中：“看着朝鲜那些打鱼的人，总感到那是重演自己小时候的故事。设若中国现在仍然没有改革开放，我想，现在的我以及我的孩子也会为了几条小鱼而在水中奔忙呢。”河水轻轻扣动船舷，奏起古老的渔歌，往事曲曲折折而来，演绎着陈旧的故事。我们看到了陶老师对过去生活的感怀，对改革后的好日子发自内心的讴歌和赞礼：“原来天壤之别，在于改革开放与否，在于人之为人有内在的积极性与否。看着十几个人在一个地里干活的朝鲜农民，心里总有一种难以言说的悲哀。”感慨，万分感慨。改革开放打开我们的心界，为我们带来富裕，带来幸福。无法表达对它致敬的深度，唯有这潺潺的流水可以纯洁成对祖国的情感。他用朴实的语言阐明高尚的真理，用过滤后的文字把这个世界敲响——告诉人们阳光的厚度和重量。

长笑一声。千里之外的我们，听到陶老师开心的笑。《长白山上第一漂拾趣》中他这样写道：“当赵建春以一个胜利者的姿态得意洋洋地靠近岸边的时候，我以迅雷不及掩耳之势，将满满一勺子水倒在了他的身上。旋即，岸上一片欢呼，纪琳和刘健更是狂欢起来。”一语道破，另一种情怀，另一种语境里的热血、激情，融入放松的调子。挑逗，肆无忌惮地挑逗。一瓢清凉的水流劈头泼去，唤来童趣，释放原始的野性。世间的烦恼、忧愁悄然远去，成熟的清香里飘洒着逍遥的美好。

在《千岛湖之游三趣》中我们读出晴朗，读出灵气。每个字都是一个音符："春风因了水的参与，变得柔和而清爽。远近不同小岛之上的绿色，与湖之清冽交相争辉。"面对阳光，面对山水，流淌着豪情。"这时的岛屿，或在淡淡的雾气与柔和的夕照中自我陶醉，或在清水缭绕与游人赞叹中欣慰不已。"这里不仅岛屿有"通感"，且人也闪烁，进入了"化境"。他将自己的形体与美景融为一体，让相机留下瞬间的永恒。那历练的光辉，在清晰的细节中显得自由、单纯。"不知夕阳之西下，夜幕之弥漫，唯觉飘飘而欲仙，超然于世外。"气度从容，用洒脱的心态，放飞轻盈和时光，把生命中峥嵘的部分再次举过头顶。

陶老师理解着、完美着人生的光芒和善良，赞颂着安静之下溢出的自由与选择。"知晓自己的成败得失，才是真正的聪明；善待自己与善待他人，才是永远的美丽。"大山大气，长河万里，神秘的美学内涵里，张开翱翔的翅膀。真诚、真谛、真挚，在他纯粹的路途中得到恢宏地再现。善感、善良、友善，直入主题，被他正直无私带入绝对的永恒。美德、审美、美誉，在他经过千锤百炼的思辨中完整地捧出。看，他的字里行间垂下一帘恢宏的瀑布，在中国大地上落成清幽深邃的潭。一路走来，陶老师沐浴着风和日丽，在豪迈中绽放绚丽的年轮，从简单到繁荣，从单薄到浓厚。他，辉煌了大半生，我期待他的未来更加灿烂！

2014年6月18日